# Richard Hughes
# Sturmwind auf Jamaica

Aus dem Englischen
von Annemarie Seidel

Verlag Neue Kritik

Die englische Originalausgabe erschien 1929 unter dem Titel »A high wind in Jamaica« im Verlag Chatto & Windus, London. In Deutschland erschien der Roman erstmals 1931 in einer gekürzten Version im Erich Reiss Verlag und 1950 ungekürzt im Suhrkamp Verlag.

Umschlagbilder:
Vorderseite: Eva Schwab, Am Kinderbecken II, 2001
Privatbesitz: Ardi Goldmann
Rückseite: Eva Schwab, Am Kinderbecken II, Nachbild, 2002
(Fotos: Thomas Hahn)

Erste Auflage Oktober 2005

Genehmigte Lizenzausgabe für
Verlag Neue Kritik Frankfurt am Main
Druck Tiskarna Ljubljana Slowenien
ISBN 3-8015-0373-9

# STURMWIND AUF JAMAICA

# ERSTES KAPITEL

## I

Die Befreiung der westindischen Inseln hinterließ neben anderen Errungenschaften auch eine Menge Ruinen, die entweder zu den noch erhaltenen Häusern gehörten oder einen Steinwurf weit von ihnen entfernt lagen. Da gab es zerfallene Sklavenviertel, zerfallene Zuckermühlen, zerfallene Siedereien und oft auch zerfallene Herrenhäuser, deren Erhaltung einfach zu kostspielig geworden war. Erdbeben, Feuer, Regen und Dschungel waren schnell und verheerend am Werk.

Ein Bild auf Jamaica steht besonders deutlich vor mir, nämlich ein geräumiges steinernes Haus, Derby Hill (die Parkers wohnten drin), das einmal der Mittelpunkt einer blühenden Plantage gewesen war und später, wie so vieles andere auch, durch die Freiheitskämpfe zerschlagen wurde. Die Gebäude der Zuckerfabriken verfielen. Zuckerrohr und Guineagras erstickte der Dschungel. Die eingeborenen Plantagenarbeiter verließen geschlossen ihre Hütten, um irgendwo einen friedlichen Platz zu finden, wo sie selbst durch Arbeitsmöglichkeiten nicht belästigt wurden. Dann brannten die Quartiere der farbigen Diener nieder, und die drei treu gebliebenen Neger zogen ins Hauptgebäude. Die beiden Erbinnen des Ganzen, die Damen Parker, waren alt und infolge ihrer Erziehung wenig lebenstüchtig.

Als ich in irgendeiner geschäftlichen Angelegenheit nach Derby Hill kam, sah es dort so aus, dass ich bis zum Gürtel durch Gestrüpp waten musste, bis ich zur Haustür gelangte, die man aufgrund der wuchernden Schlingpflanzen nicht mehr schließen konnte. Die Jalousien waren abgerissen, und statt dessen verdunkelten strotzende Weinranken die Zimmer. Aus der Düsternis dieses Verfalls und der ungebändigten Natur lugte eine alte, in unbeschreiblich schmutzigen Brokat gehüllte Negerin.

Die beiden alten Fräulein Parker lebten im Bett, denn die Neger hatten ihnen die Kleider genommen; sie waren nahezu verhungert. Es wurde Trinkwasser in zwei zersprungenen Tassen gebracht und drei Kokosnussscheiben auf einem silbernen Tablett. Dann überredete die eine dieser Erbinnen ihre Tyrannin, ihr ein altes Kattunkleid zu leihen, kam und stocherte lustlos im Essen; versuchte, Blut und Federn eines geschlachteten Huhnes von der Marmorplatte eines vergoldeten Tisches zu wischen; versuchte, etwas Vernünftiges zu sagen; versuchte, eine Uhr aus Goldbronze aufzuziehen; und gab dann alles auf und nachtwandelte zurück ins Bett. Bald nach meinem Besuch, glaube ich, verhungerten alle beide vollständig. Oder man hatte ihnen, da der Hungertod in einem so fruchtbaren Land nahezu unmöglich ist, gestoßene Glassplitter ins Essen getan. Derartige Gerüchte gingen damals um. Wie dem auch sei, sie waren jedenfalls gestorben.

Das sind so die Dinge, die einen dort tief beeindrukken, weit mehr als die gewöhnlichen, weniger romantischen alltäglichen, die über den wirklichen Zustand einer Insel etwas im statistischen Sinn aussagen. Natürlich war selbst in der Übergangszeit ein solches Melodrama selten. Viel bezeichnender für das damalige Jamaica war zum Beispiel Ferndale, ein Gut, das ungefähr fünfzehn Meilen von Derby Hill lag. Da stand nur noch das Haus des Verwalters; das Haupthaus hatte seinen Geist aufgegeben, und der Busch hatte es erstickt. Das Haus des Verwalters bestand aus einem steinernen Erdgeschoss, das den Ziegen und Kindern als Tummelplatz diente, und den Wohnräumen in dem darüber liegenden Stockwerk aus Holz, zu dem, auf der Außenseite des Hauses, zwei Holztreppen führten. Wenn Erdbeben waren, verschob sich nur der obere Teil des Hauses ein wenig, und man hatte die Möglichkeit, ihn mit Hilfe von großen Hebeln wieder in die alte Lage zu bringen. Das Haus hatte ein Dach aus Schindeln, die in den trockenen Zeiten durchlässig wurden wie ein Sieb; darum ging zu Beginn der Regenzeit ein ständiges Verschieben der Betten und Möbel vor sich, bis die Schindeln so weit gequollen waren, dass das Wasser nicht mehr durchtropfen konnte.

Die Leute, die damals dort lebten, hießen Bas-Thorntons – es war eine Familie aus England, keine »Kreolen« von der Insel. Herr Bas-Thornton hatte irgendeinen Beruf in St. Anne und ritt jeden Tag auf einem Maultier dorthin. Mit seinen besonders langen Beinen machte er auf dem untersetzten Tier eine etwas komische Figur, und da er das gleiche Temperament hatte wie sein Maulesel, war es sehenswert, einer Meinungsverschiedenheit zwischen den beiden beizuwohnen.

Unweit des Hauses waren die zerstörte Mühle und die Zuckersiederei. Diese beiden Gebäude liegen übrigens niemals dicht nebeneinander; die Mühle mit dem Wasserrad, das die enormen eisernen Walzen dreht, muss höher angelegt sein. Der Zuckersaft rinnt durch ein keilförmiges Loch in die Siederei, wo ihm ein Neger mit einem Graspinsel eine leichte Leimlösung zusetzt, damit er granuliert. Dann wird er in große Kupferfässer geleert und auf Öfen gekocht, die ganze Scheiterhaufen von Holzbündeln, Abfällen und ausgequetschtem Rohr fressen. Ein paar Neger schäumen die brodelnden Fässer mit langstieligen kupfernen Schöpflöffeln ab, während ihre Freunde rundherum in einem Nebel von heißem Dampf kauern, Zuckerrohrabfälle kauen und Zucker lutschen. Was abgeschöpft ist, sickert über den Fußboden in ein anderes Bassin, wo es, kräftig untermischt mit Dreck, Insekten, sogar Ratten und allem überhaupt, was so an Negerfüßen hängt, zu Rum verarbeitet wird.

Jedenfalls wurde das damals alles auf diese Art gemacht. Von den modernen Methoden, falls inzwischen welche eingeführt worden sind, weiß ich nichts, denn ich war seit dem Jahr 1860 nicht mehr auf der Insel, alles liegt also nun weit zurück.

Aber auf Ferndale war das schon lange vor diesem Zeitpunkt vorbei; die großen Kupferfässer waren umgestürzt, und oben im Mühlenhaus lagen die drei großen Walzen nutzlos herum. Es war kein Wasser mehr da, denn der Fluss hatte sich selbständig gemacht und war anderswohin abgebogen. Die Bas-Thornton-Kinder krochen oft durch das welke Laub und die Trümmer des Wasserrades in das Abzugsrohr der Mühle. Dort fanden sie eines Tages einen Wurf Wildkatzen, deren Mutter abwesend war. Emily versuchte die kleinen Kätzchen in ihrer Schürze nach Hause zu tragen, aber sie bissen und kratzten so wütend durch das dünne Kleidchen, dass Emily im stillen froh war – obwohl das gegen ihren Stolz ging –, als sie alle bis auf eins entwischten. Dies eine, der Kater Tom, wuchs bei ihnen auf, aber wirklich zahm wurde er nie. Später zeugte er mit der alten zahmen Hauskatze Kitty mehrere Wurf Kätzchen, und das einzig überlebende dieser Nachkommenschaft, Tabby genannt, wurde auf seine Art ein berühmter Kater. Tom verschwand bald wieder für immer im Dschungel, aber Tabby blieb treu. Er war ein guter Schwimmer; zu seinem Vergnügen paddelte er im Schwimmteich hinter den Kindern her und mauzte dabei von Zeit zu Zeit in freudigster Erregung. Auch war er auf Schlangen versessen und lauerte den Klapperschlangen und Nattern auf, als ob sie Mäuse seien, ließ sich von einem Baum oder sonst woher auf sie fallen und kämpfte mit ihnen, bis sie tot waren. Einmal wurde Tabby dabei gebissen, und die Kinder weinten bitterlich, denn sie erwarteten nun das Schauspiel seines Todeskampfes, aber er verschwand einfach im Dschungel und heilte sich, wahrscheinlich durch irgendwelche wirksamen Kräuter, denn nach einigen Tagen tauchte er kreuzfidel wieder auf, eh wie je bereit, weiter Schlangen zu fressen.

Im Zimmer des rothaarigen John, Emilys Bruder, wimmelte es von Ratten. Er fing sie gewöhnlich in großen Fallen, aus denen er sie später freiließ, damit Tabby sie erledigen könne. Einmal war der Kater derart ungeduldig, dass er die Falle samt ihrem Inhalt packte und unter grossem Geschrei mit ihr in die Nacht hinauslief. Die Falle ratterte über die Steine und die Funken stoben. Nach einigen Tagen kam er, glatt und selbstzufrieden, wieder nach Hause, aber seine Falle sah John niemals wieder. Eine andere Heimsuchung waren die Fledermäuse, die John in seinem Zimmer zu Hunderten belästigten. Herr Bas-Thornton konnte mit seiner Reitpeitsche fliegende Fledermäuse mit großer Geschicklichkeit töten. Aber es war ein Höllenlärm, den das nachts in der kleinen Schachtel von Zimmer machte, und zwischen dem ohrenbetäubenden Knallen der Peitsche hörte man die leisen, aber durchdringenden Schreie der Tiere.

Was immer es für die Eltern sein mochte – für Kinder war Jamaica damals ein wahres Paradies, besonders zu jener Zeit, in der sie sich in England niemals hätten austoben dürfen. Hier musste man seinem Alter etwas voraus sein – oder etwas entartet sein, gleich, wie man das nun bezeichnen will. Den Unterschied zwischen Jungens und Mädchen zum Beispiel konnte man auf sich beruhen lassen. Langes Haar hätte jeden Abend ein endloses Durchsuchen nach Grasmilben und anderen Insekten nötig gemacht. Emily und Rachel trugen darum das Haar kurz geschnitten und durften auch sonst alles tun, was die Jungens taten: auf Bäume klettern, schwimmen und den Tieren Fallen stellen. Und in ihren Röckchen hatten sie nicht nur eine, sondern zwei Taschen.

Der Mittelpunkt im Leben der Kinder war nicht eigentlich das Haus, sondern der Schwimmteich und seine Umgebung. Jedes Jahr nach der Regenzeit wurde ein Staudamm durch den Fluss gezogen, und dadurch entstand ein Teich, in dem die Kinder während der ganzen trockenen Jahreszeit schwimmen konnten. Er war von riesigen daunigen Wollbäumen umgeben, zwischen deren Wurzelwerk Kaffeebäume und Blauholz und prächtige rote und grüne Pfeffersträucher wuchsen. Dadurch lag der Teich beinahe vollkommen im Schatten. Emily und John stellten in den Zweigen Vogelfallen auf – der lahme Neger Sam hatte ihnen gezeigt, wie man das machen musste: Schneide dir einen Stock wie zu einem Bogen und binde eine Schnur an das eine Ende. Dann spitze das andere Ende so weit zu, dass man eine Frucht als Köder darauf spießen kann. Genau unter diesem Dorn musst du den Stock etwas abflachen und dann ein Loch durch den abgeflachten Teil bohren. Schnitze einen Holznagel, der genau in die Öffnung dieses Loches passt. Dann mach eine

Schlinge in das Ende der Schnur und biege den Stock zu einem Bogen, bis die Schlinge durch das kleine Loch geführt werden kann, und keile sie mit dem Holznagel fest. Die Schlinge muss schön ausgebreitet sein. Tu den Köder auf den Dorn und hänge das Ganze in die Zweige; dann setzt sich der Vogel auf den hervorstehenden Holznagel und pickt an der Frucht; der Köder fällt ab, der Holznagel springt heraus, und die Schlinge schließt sich um seine Füße. Wenn es so weit war, kamen die Kinder aus dem Wasser wie räuberische rosa Äffchen und entschieden durch Abzählverse »Eene meene minke tinke« oder sonstigen Unsinn, ob sie ihm den Hals umdrehen oder ihn fliegen lassen sollten. Durch diesen Aufschub wurde die Aufregung für beide Parteien – Kind wie Vogel – noch um ein beträchtliches über die Gefangennahme hinaus verlängert.

Es war nur natürlich, dass Emily große Pläne zur Besserung der Neger hegte. Da sie selbstverständlich schon getauft waren, blieb moralisch wenig zu tun übrig; auch brauchten sie weder Suppe noch gestrickte Kleidungsstücke; aber sie waren betrüblich unwissend. Nach langen Überlegungen wurde endlich beschlossen, dass Emily dem kleinen Jim Unterricht im Lesen erteilen dürfe, aber sie hatte wenig Erfolg damit. Eine ihrer anderen Leidenschaften war es, Hauseidechsen zu fangen, ohne dass ihre Schwänze abfielen, was immer geschah, wenn sie sich ängstigten; unendliche Geduld war notwendig, sie nicht zu erschrecken und unversehrt in eine Streichholzschachtel sperren zu können. Grüne Eidechsen zu fangen war ebenfalls ein heikles Geschäft. Sie musste dasitzen und wie Orpheus pfeifen, bis die Tiere aus ihren Schlupfwinkeln kamen und ihre Erregung durch Aufblähen der rosafarbenen Hälse verrieten; dann konnte sie sie sehr behutsam mit einem Lasso aus langem Gras fangen. Ihr Zimmer war voll von diesen und anderen Lieblingen, von denen einige am Leben, andere aber möglicherweise schon tot waren. Sie hatte auch gehorsame Feen zu ihrer Verfügung und einen Hausgeist oder ein Orakel in Gestalt der weißen Maus mit dem Gummischwanz, die stets bereit war, alles Fragliche zu klären, und deren Gebot eisern war – besonders Rachel, Edward und Laura gegenüber, dem »Kleinzeug«, wie sie von der Familie genannt wurden. Dieses Orakel räumte natürlich Emily, die allein sein Wort vermitteln konnte, einige Vorrechte ein; und es war weise genug, mit John, der älter war als Emily, nicht in Konflikte zu geraten.

*Es* war allgegenwärtig; die Feen dagegen waren an einen Ort gebunden und wohnten in einem kleinen Loch am Hügel, der von zwei Palmlilien bewacht wurde.

Das Hauptvergnügen am Teich war ein großer gegabelter Stamm; John pflegte rittlings auf dem Hauptstamm zu sitzen, während ihn die andern an den Gabeln hin und her schaukelten. Die Kleinen planschten natürlich nur am seichten Ende des Teiches, aber John und Emily tauchten; John machte es richtig mit Kopfsprung, während Emily steif wie ein Stock mit den Füßen zuerst hineinsprang, allerdings meist von einem höheren Zweig aus als ihr Bruder. Als Emily acht Jahre alt war, fand Frau Thornton, dass sie nunmehr zu groß sei, um weiter nackt zu baden. Der einzige Badeanzug, den sie auftreiben konnte, war ein altes baumwollenes Nachthemd. Emily sprang wie gewöhnlich in den Teich. Erst verlor sie, weil die Luft ihr Kleid wie einen Ballon aufblähte, das Gleichgewicht, und dann wickelte sich das nasse Zeug um Kopf und Arme, so dass sie beinahe ertrunken wäre. Nach dieser Episode schickte man den Anstand zum Teufel, denn es lohnte sich sozusagen nicht, deshalb zu ertrinken. Aber einmal ertrank wirklich ein Neger in dem Teich. Er hatte sich mit gestohlenen Mangofrüchten vollgestopft und dachte wohl, schuldbewusst, wie er sich fühlte, nun käme es auch nicht mehr darauf an, wenn er sich in dem verbotenen Teich abkühlte, und eine Reue sei ausreichend auch für zwei Verbrechen. Er konnte nicht schwimmen, und nur ein Kind – der kleine Jim – war bei ihm. Das kalte Wasser auf den vollen Bauch bewirkte einen Schlaganfall; Jim stocherte ein paarmal mit einem kleinen Stöckchen an ihm herum und lief dann in plötzlicher Angst weg. Ob der Mann am Schlage gestorben oder ob er ertrunken war, wurde Gegenstand einer gerichtlichen Untersuchung. Der Arzt entschied – nachdem er sich eine Woche lang deswegen in Ferndale aufgehalten hatte –, dass er zwar ertrunken sei, aber bis an den Hals voll von grünen Mangofrüchten gesteckt hätte. Dieses Ereignis brachte den großen Vorteil, dass kein Neger mehr im Teich baden wollte, aus Angst, der Geist oder der »Duppy« des toten Mannes könnte ihn erwischen. Seitdem taten John und Emily jedesmal, wenn ein Schwarzer sich dem Teich näherte, während sie badeten, so als griffe der »Duppy« nach ihnen, und dann rannte der Neger schrecklich aufgeregt davon. Es gab nur einen Neger auf Ferndale, der tatsächlich einen Geist gesehen hatte, und das hatte ihm gelangt. Man kann Geister nicht mit Menschen verwechseln, da sie den Kopf verkehrt auf den Schultern tragen und in Ketten sind, und niemals darf man ihnen »Duppy« zurufen, denn diese Bezeichnung verleiht ihnen Macht. Der arme Neger hatte das vergessen und rief »Duppy«, als er den Geist erblickte. Die Folge für ihn war ein furchtbarer Rheumatismus.

Die meisten Geschichten erzählte der lahme Sam. Er saß fast den ganzen Tag auf der Terrasse, wo der Jamaicapfeffer getrocknet wurde, und zog Würmer aus seinen Zehen. Das kam den Kindern zuerst ziemlich grausig vor, aber was Sam anbelangte, so schien er ganz zufrieden dabei zu sein; und wenn dann den Kindern ein Würmchen unter der eigenen Haut zappelte und seine kleinen Eiersäckchen dort ablegte, so war das durchaus nicht unangenehm. John empfand sogar einen durchbohrenden Schauder der Erregung, wenn er an einer solchen Stelle herumrieb. Sam erzählte den Kindern von Anansi und dem Tiger, und wie Anansi das Kinderzimmer des Krokodils bewachte – und noch vieles andere. Auch hatte er ein kleines Gedicht gemacht, das sie sehr beeindruckte:

Quacko Sam
Er sein sehr schöne Mann.
Er tanzen alle Tanz, die Schwarzer kann.
Er tanzen schottisch, er steppen und jazzen.
Er tanzen alle Tanz, bis sein Sohlen platzen.

Solcherweise übermannte – vielleicht zum erstenmal – der Herzenskummer den alten Sam. Er war eine gesellige Natur, und man behauptete von ihm, er habe eine Unmenge von Kindern.

## II

Der Fluss, der den Schwimmteich speiste, nahm seinen Lauf durch den Dschungel in einem Gießbachbett, das sehr verlockend für Entdeckungsreisen war, aber trotzdem drangen die Kinder darin nie sehr weit vor. Jeder Stein musste einzeln umgedreht werden, in der Hoffnung, einen Flusskrebs darunter zu finden, oder John musste seine Jagdflinte mit einem Löffel Wasser füllen, um fliegende Kolibris zu erlegen, die eine zu zarte winzige Beute für jedes andere Geschoss sind. Denn nur ein paar Meter aufwärts am Flussbett stand ein Frangipanibaum, ein leuchtendes Blütenmeer ohne Blätter, fast immer verborgen hinter einer Wolke von Kolibris, deren lebendiges Strahlen die Blüten verschattete. Mehr als einmal haben die Dichter versagt, wenn sie versuchten, ein so funkelndes Juwel wie den Kolibri zu schildern – und das ist kein Wunder, denn sie sind wirklich unbeschreiblich.

Sie bauen ihre winzigen Wollnester auf den äußersten Spitzen der Zweige, wo keine Schlange sie erreichen kann. Als Eltern sind sie so aufopfernd, dass sie sich nie von ihren Eiern entfernen würden, selbst dann nicht, wenn man sie anrührt. Aber solches Wunder an Zartheit zu berühren, wagten die Kinder nie; atemlos starrten und starrten sie, und unerschrocken starrte der Vogel zurück.

Irgendwie wurden die Kinder stets von den himmlischen Feuern dieser Schranke abgehalten, noch weiter vorzustoßen. Das passierte überhaupt nur einmal, glaube ich, und zwar an dem Tag, an dem Emily in einer so sonderbar gereizten Stimmung war.

Es war an ihrem zehnten Geburtstag. Die Kinder hatten die ganzen Vormittagsstunden in der gläsernen Schwermut des Teiches vertrödelt. Nun saß John nackt am Ufer und bastelte an einer Falle aus Weidengeflecht. Im flachen Wasser rollten und planschten die Kleinen. Emily saß, um sich zu kühlen, bis zum Kinn im Wasser, und Hunderte von jungen winzigen Fischchen kitzelten sie mit ihren neugierigen Mäulchen am ganzen Körper; es fühlte sich an wie ein ausdrucksloses leichtes Küssen.

Schon die ganze letzte Zeit war ihr körperliche Berührung verhasst gewesen, und dieses Kitzeln hier war einfach scheußlich. Als sie es nicht länger aushalten konnte, kletterte sie aus dem Teich und zog sich an. Rachel und Laura waren zu klein für einen längeren Spaziergang, und das Letzte, was sie sich heute gewünscht hätte, wäre, einen der Jungens bei sich zu haben. Also stahl sie sich leise hinter Johns Rücken davon, nicht ohne klägliche und düstere Gefühle gegen ihn, die eigentlich völlig unbegründet waren. Bald war sie zwischen den Sträuchern und im Gebüsch verschwunden.

Ohne besonders auf ihre Umwelt zu achten, stieg sie eilig das Flussbett ungefähr drei Meilen aufwärts. Noch nie hatte sie sich so weit von zu Hause entfernt. Plötzlich wurde ihre Aufmerksamkeit von einer aus dem Dschungel bis zum Wasser hinunterreichenden Lichtung gefesselt, und hier entsprang auch der Fluss. Emily hielt vor lauter Entzücken den Atem an; da gurgelte es, klar und kalt, aus drei verschiedenen Quellen, unter einem Bambusgehölz, genau so, wie es sich für eine Flussquelle gehörte. Da hatte sie ja eine einzigartige Entdeckung gemacht! Eine Entdeckung, von der nur sie wusste! Augenblicklich sandte sie ein lautloses Dankgebet zu Gott, der ihr eine so wundervolle Geburtstagsfreude bereitet hatte, gerade, als alles verkehrt zu gehen schien. Dann steckte sie den ganzen Arm in die Kalksteinquellen, zwischen Kresse und Farnkräutern, und tastete darin herum.

Auf einmal veranlasste sie ein Plätschern in der Nähe, sich umzudrehen. Ungefähr ein halbes Dutzend fremder Negerkinder war über die Lichtung heruntergekommen, um Wasser zu holen, und staunte sie an. Emily, ihrerseits, staunte zurück. In jäher Angst warfen sie ihre Kalebassen weg und rannten wie die Hasen über die Lichtung davon. Schnell, aber mit Würde, ging Emily ihnen nach. Die Lichtung verengte sich zu einem Pfad, der nach kurzer Zeit in ein Dorf mündete. Da war alles sehr zerlumpt und ungekämmt und von einem schrillen Stimmenlärm erfüllt. Das Dorf bestand aus kleinen wahllos verstreuten Lehmhütten, die von gewaltigen Bäumen überschattet wurden. Es war nicht die geringste Bemühung zu irgendeiner Ordnung zu erkennen; es gab keine Hürden, um das wenige verhungerte und räudige Vieh ein- oder auszusperren. Mitten im Dorf befand sich ein unbestimmbares Etwas, eine Art Schlammteich, in dem, zusammen mit Enten und Gänsen, eine Anzahl halbnackter Neger und völlig nackter Kinder herumplanschte.

Emily starrte die Neger an, und die Neger starrten Emily an. Als sie sich ihnen nähern wollte, flohen sie in die verschiedenen Hütten und beobachteten sie von dort aus. Ermutigt durch das erhebende Gefühl, furchterregend zu sein, stieß Emily weiter vor und fand endlich einen Alten, der bereit war, mit ihr zu reden. »Dies Liberty Hill«, sagte er. »Schwarzen Mann Stadt, Neger von früher weglaufen von den bushas (Aufsehern). Picaninnies (Kinder) nie haben gesehen buckras (Weiße)...« Es war dies also eine von fortgelaufenen Sklaven erbaute Zufluchtsstätte, die noch bewohnt war.

Um Emilys Glück die Krone aufzusetzen, krochen dann einige der kühneren Kinder hervor und boten ihr Blumen an – weniger, um ihr zu huldigen, als um ihr weißes Gesicht aus größerer Nähe betrachten zu können. Emilys Herz schwoll vor Freude und Stolz. Mit königlicher Herablassung verabschiedete sie sich und schwebte wie auf Wolken nach Hause zurück, zu ihrer geliebten Familie, zu dem Geburtstagskuchen in dem Kranz von Stephanolisblüten und im Kreis der zehn Kerzen; eine silberne Geldmünze war stets in jenem Kuchenstück versteckt, welches das jeweilige Geburtstagskind auf seinen Teller bekam.

## III

Ungefähr so spielte sich das Leben einer englischen Familie auf Jamaica ab. Meistens blieben die Engländer nur einige Jahre dort. Die kreolischen Familien, die schon länger als eine Generation in Westindien verbracht hatten, erhielten ein anderes Gepräge. Sie verloren etwas von der traditionellen geistigen Einstellung Europas, und andere Lebensgewohnheiten begannen in Erscheinung zu treten.

Eine solche Kreolenfamilie, die im Osten der Insel ein verwahrlostes Grundstück besaß, war den Bas-Thorntons bekannt. John und Emily wurden auf ein paar Tage zu ihnen eingeladen, aber Frau Thornton hatte Bedenken, die Einladung anzunehmen, denn sie fürchtete, ihre Kinder würden nichts Gutes dort lernen. Die Fernandez-Kinder waren eine wilde Bande, und sie liefen, besonders vormittags, barfuß herum wie die Neger, was auf Jamaica nicht angebracht war, denn dort mussten die Weißen sehr auf ihre Haltung bedacht sein.

Sie hatten eine bestimmt auch nicht reinblütige Erzieherin, die die Kinder erbarmungslos mit einer Haarbürste zu schlagen pflegte. Indessen war das Klima auf dem Besitztum der Fernandez gesund, und Frau Thornton hielt es im Grunde für ganz gut, dass ihre Kinder zur Abwechslung einmal mit den Kindern anderer Familien zusammentrafen, selbst wenn diese nicht einwandfrei waren. Sie durften also hin.

Es wurde eine lange Einspännerfahrt am Nachmittag nach jenem Geburtstag. Der dicke John und die dünne Emily waren beide stumm und feierlich vor innerer Aufregung, denn es war der erste Besuch, den sie in ihrem Leben machten. Stundenlang schleppte sich der Einspänner über die holprigen Straßen. Endlich erreichten sie den Heckenweg, der nach Exeter, dem Besitztum der Fernandez, führte. Es war Abend, und die Sonne sank mit der den Tropen eigentümlichen Geschwindigkeit. Sie war so ungewöhnlich rot und groß, als führe sie etwas Bedrohliches im Schilde.

Die Vegetation an diesem Anfahrtsweg war herrlich; ein paar hundert Meter lang wucherten Strandtrauben, deren hängende Früchte teils so groß wie Stachelbeeren, teils wie Äpfel waren, und dazwischen leuchteten die roten Beeren der Kaffeebäume, die neben den abgebrannten Baumstümpfen der Lichtung neu angepflanzt waren, aber jetzt schon wieder vernachlässigt aussahen. Dann erschien ein massives Steintor in einer Art von gotischem Kolonialstil; es musste umfahren werden, denn seit Jahren hatte sich niemand mehr die Mühe gemacht, es zu öffnen. Ein Zaun war nicht vorhanden, es war auch niemals einer angelegt gewesen, also fuhr man einfach um das Tor herum.

Hinter dem Tor begann eine Allee prächtiger Schirmpalmen. Kein Baum, auch nicht die älteste Buche oder Kastanie, wirkt imposanter in einer Allee als eine solche Palme. Die glatten Stämme ragten in ungebrochenem Wuchs über hundert Fuß hoch bis zu ihren gefiederten Kronen, und Palme um Palme, Palme neben Palme zogen sie als eine unendliche Doppelreihe himmlischer Säulen dem Haus entgegen, das trotz seiner Größe am Ende dieser gewaltigen Allee wie eine Mausefalle wirkte.

Als sie zwischen diesen Palmen dahinfuhren, ging die Sonne endgültig unter, und der Dunkelheit, die aus dem Erdboden auszufluten schien, antwortete fast augenblicklich der Mond. Auf einmal tauchte, fahl wie ein Geist, ein alter blinder weißer Esel vor ihnen auf. Da Flüche ihn nicht bewegen konnten zu weichen, musste der Kutscher herunterklettern und ihn aus dem Weg zerren. Die Luft war voll von den Lauten, die den Tropennächten eigentümlich sind, dem Sirren der Moskitos, dem Trillern der Grillen und dem Schwirren der Ochsenfrösche, das wie Gitarren dröhnt. Dieses klirrende Tönen ist fast die ganze Nacht und den ganzen Tag zu hören und haftet in der Erinnerung stärker als selbst die Hitze und die unzähligen stechenden Insekten. Im Tal unten erwachten die Leuchtkäfer, und wie auf ein Signal wurde Lichtwoge nach Lichtwoge die Schlucht emporgeschwemmt. Zahme Kakadus in der Nähe des Hauses stimmten ihr Abendkonzert an, und es klang wie ein Chor betrunkener lachender Männer, der sich gegen eiserne Gitter wirft, an die rostige Metallsägen angesetzt sind: ein wahrer Höllenlärm! Emily und John fühlten sich von allem – soweit sie noch aufnahmefähig waren – auf eine unbestimmte Art erheitert. Durch den Lärm hindurch wurde nun deutlich die Stimme eines betenden Negers vernehmbar, und bald sahen sie ihn selbst. In den Zweigen eines von goldenen Früchten beladenen Orangenbaumes, die teils verschattet waren und teils im Mondlicht glänzten, saß der alte schwarze Heilige in einem funkensprühenden Schleier von Tausenden von Leuchtkäfern und redete laut, betrunken und vertraulich mit Gott.

Fast überraschend waren sie am Hause angelangt, wo sie sofort ins Bett gesteckt wurden. Da es damit solche Eile zu haben schien, vermied es Emily, sich zu waschen, dehnte aber dafür ihr Abendgebet ungewöhnlich lang aus. Andächtig drückte sie ihre Finger so fest an die Augenlider, bis sie Funken sah und die leichte Übelkeit empfand, die dadurch manchmal entsteht. Dann kletterte sie, fast schon im Tiefschlaf, in ihr Bett.

Am andern Tag ging die Sonne so auf, wie sie untergegangen war: groß, rund und rot. Die Hitze war drohend und blendend. Emily, die in dem fremden Bett früh erwacht war, beobachtete durch das Fenster den Neger, der die Hühner aus den Hühnerställen herausließ, in die sie nachts wegen der Raubkrähen gesperrt wurden. Jedes Huhn, das schläfrig heraushüpfte, wurde von dem Schwarzen am Bauch betastet, um festzustellen, ob es wohl heute ein Ei plane; wenn es an dem war, wurde es wieder eingesperrt, damit das Ei nicht irgendwo im Busch verlegt würde. Es war nun beinahe so heiß wie in einem Backrohr. Mit einem Geschrei, das Tote erwecken konnte, unter Seilschwingen und Am-Schwanz-Reißen versuchte ein anderer Schwarzer, eine Kuh an einem Pfahl festzubinden, damit sie sich beim Melken nicht hinlegen könne. Von der Hitze schmerzten dem armen Tier die Hufe, und eine kümmerliche Tasse Milch fieberte in seinem Euter. Emily war, obwohl sie ruhig im Schatten des Fensters stand, so schweißüberströmt, als ob sie gelaufen wäre. Vor Trockenheit war die Erde überall gesprungen.

Margaret Fernandez, mit der Emily das Zimmer teilte, schlüpfte lautlos aus ihrem Bett und stellte sich neben sie; ihr kurzes Näschen in dem bleichen Gesicht krauste sich.

»Guten Morgen«, sagte Emily höflich.

»Es riecht nach Erdbeben«, sagte Margaret und zog sich an. Emily erinnerte sich der furchtbaren Geschichte von der Erzieherin und der Haarbürste; da Margaret, obwohl sie langes Haar hatte, diesen Toilettengegenstand nicht für den Zweck benützte, für den er bestimmt war, so musste es also wahr sein.

Margaret war lange vor Emily fertig und warf die Tür hinter sich zu. Emily folgte ihr später, ordentlich gekleidet, aber nervös, da sie im Hause niemand mehr antraf. Das Haus war leer. Draußen erspähte sie John unter einem Baum in einer Unterhaltung mit einem Negerjungen. An seinem überlegenen Gehaben erkannte sie, dass er über die Bedeutung Ferndales im Vergleich mit Exeter übertriebene Geschichten – nicht etwa Lügen! erzählte. Sie rief ihn nicht herein, weil es im Haus so still war und es ihr als Gast nicht zukam, etwas anzuordnen, sondern lief zu ihm hinaus. Zusammen gingen sie auf Entdekkungsreisen aus und kamen an die Pferdeställe, wo die Neger Ponys sattelten und die Fernandez-Kinder tatsächlich barfuß herumliefen, wie das Gerücht es erzählte. Emily war so schockiert, dass sie den Atem anhielt. In diesem Augenblick schoss ein Huhn über den Hof, trat auf einen Skorpion und fiel sofort, wie von einer Kugel getroffen, tot hin. Aber Emily regte sich weniger über die Gefährlichkeit als über die Unschicklichkeit des Barfußgehens auf.

»Kommt«, sagte Margaret, »wir können hier nicht bleiben, es ist zu heiß. Wir wollen nach den Exeter-Klippen reiten.«

Die kleine Schar bestieg ihre Ponys, Emily im Hochgefühl ihrer ehrbar bis zur Mitte der Wade zugeknöpften Stiefel. Man hatte Essen und irdene Krüge voller Trinkwasser mitgenommen. Die Ponys schienen den Weg zu kennen. Noch immer war die Sonne rot und riesig, und der Himmel in seiner Wolkenlosigkeit war wie gebrannter Ton, den man mit einer blauen Glasur überzogen hat, während über dem Erdboden ein schmutziggrauer Dunst schwankte.

Als sie auf den schmalen Heckenwegen dem Meer entgegenritten, kamen sie an eine Stelle, wo gestern noch eine ziemlich starke Quelle gesprudelt hatte. Heute war sie ausgetrocknet. Gerade als sie vorbeiritten, quollen noch einige Wasserblasen empor, und als diese auch versiegten, hörte man ein glucksendes Selbstgespräch unter der Erde. Den Kindern war es zu heiß, viel zu heiß, um miteinander zu reden. Sie saßen so locker wie möglich auf ihren Ponys und sehnten sich nach dem Meer.

Die Morgenstunden verstrichen. Unmerklich wurde die Luft immer glühender, als könne sie sich aus einer gewaltigen Glutreserve beliebig mit Hitze tränken. Das Vieh trat von einem schmerzenden Huf auf den andern, da es den heißen Erdboden nicht länger ertragen konnte. Selbst die Insekten waren zu matt, um zu summen, und sogar die sonnensüchtigen Eidechsen hatten sich verkrochen und atmeten stoßweise. Es war so lautlos, dass man das leiseste Geräusch hätte meilenweit hören können. Nicht einmal ein Fisch bewegte unnötig seinen Schwanz. Die Ponys gingen nur weiter, weil sie mussten. Die Kinder waren nicht einmal mehr imstande zu denken.

Als dicht vor ihnen plötzlich ein Kranich verzweifelt trompetete, fuhren sie vor Schrecken beinah aus der Haut. Dann schloss sich das zerrissene Schweigen wieder lückenlos um sie. Durch den Schock schwitzten sie noch einmal so heftig wie vorher. Sie ritten immer langsamer. Als die kleine Kavalkade das Meer erreichte, glich sie einer Schneckenprozession.

Die Exeter-Klippen sind berühmt. Sie liegen an einer Seebucht, die ein fast vollkommenes Halbrund im Schutze des Riffes bildet. Ein sanft abfallender weißer

Strand liegt zwischen dem Wasser und dem kurz gehaltenen Rasen. Fast in der Mitte des Runds ragt ein überhängender Felsen weit in das tiefe Wasser hinein. Durch ihn leitet eine schmale Felsspalte das Seewasser in einen kleinen Teich oder in eine Miniaturlagune, die im Herzen der Klippenbastei liegt. Dort wollten die Kinder, vor Haifischen geschützt und vor dem Ertrinken sicher, den ganzen Tag wie Schildkröten im Wasser liegen. Der Spiegel der Bucht war so glatt und unbeweglich wie Basalt und so klar wie der beste Gin. Man hörte das Murmeln der Flut gegen Riffe, die eine Meile entfernt waren. Das Wasser im Teich war völlig unbewegt. Kein Hauch war zu spüren. Kein Vogel wagte sich in die leblose Luft.

Es dauerte eine ganze Zeit, bis die Kinder die Energie fanden, ins Wasser zu gehen; sie lagen auf dem Bauch und starrten tief, tief hinunter ins Wasser, auf die Seefächer und Seefedern, auf die scharlachrot gefransten Entenmuscheln und Korallen, auf schwarzgelbe Schleierfische, auf Papageienfische, in die Wälder dieser einzigartigen Christbäume, die auf tropischem Meeresgrund wachsen. Als sie aufstanden, waren sie so schwindlig, dass es ihnen schwarz vor den Augen wurde; aber ehe man bis drei zählen konnte, trieben sie schon wie Ertrunkene im Wasser, im Schatten eines überhängenden Felsens, und hielten nur die Nasenspitze über der Oberfläche.

Am frühen Nachmittag kletterten sie aus dem Teich, ganz aufgedunsen von dem langen Liegen im warmen Wasser, und zogen sich in den unzureichenden Schatten großer Panama-Farne zurück. Dort aßen sie soviel von den mitgebrachten Speisen auf, wie sie konnten, und tranken ihren ganzen Wasservorrat aus, tief bedauernd, dass er nicht größer war. Auf einmal geschah etwas höchst Seltsames: sie hörten, als sie so dasaßen, ein eigentümliches Geräusch, ein Rauschen wie von einem Sturmwind über ihren Köpfen, aber, und das war das Seltsame, kein Lüftchen regte sich dabei. Dem Rauschen folgte ein scharfes Zischen und Sausen wie von Raketen, die abgebrannt werden, oder wie wenn ungeheure Schwäne – von der Größe eines Vogel Rok – vorbeizögen. Alle schauten zum Himmel auf, aber da war nichts zu sehen. Der Himmel war leer und leuchtend. Lange bevor die Kinder noch einmal ins Wasser gingen, hatte sich Stille wieder auf alles gesenkt. Nur John nahm eine Art von Klopfen wahr, als klopfte jemand vorsichtig an die Außenseite einer Badewanne, in der man sich befindet. Aber die Badewanne, in der sie saßen, hatte keine Außenseite – es war ja die Welt selbst. Es war wirklich komisch!

Als die Sonne unterging, waren sie von dem langen Aufenthalt im Wasser so gesalzen wie geräucherter Speck und so schwach, dass sie sich kaum auf den Beinen halten konnten. Aber wie in einem gemeinsamen Entschluss verließen sie, kurz ehe die Sonne verschwand, die Lagune und die Felsen und gingen zu ihren Kleidern, neben denen die Ponys im Schatten einiger Palmen auf sie warteten. Die Sonne wurde immer größer, je mehr sie sank, aber sie war nicht mehr rot, sondern von einer schmutzigen Purpurfarbe. Sie versank hinter der westlichen Spitze der Bucht, und während der Horizont schwärzlich verschwamm, verschmolzen die Dinge mit ihrer Widerspiegelung zu einem scharfen symmetrischen Muster.

Nicht ein Hauch kräuselte das Wasser; aber plötzlich erzitterte es wie aus sich selbst heraus und zerbrach die Spiegelbilder. Gleich darauf lag es wieder da wie Glas. Die Kinder hielten den Atem an und warteten auf das, was sich ereignen würde.

Ein Rudel von Fischen, augenscheinlich durch irgendein submarines Ereignis erschreckt, erschien mit den Köpfen über dem Wasserspiegel. Wie Pfeile schossen sie über die Bucht und ließen ein funkelndes Gekräusel in der schmalen Spur ihrer Leiber zurück. Doch nach jeder solchen Störung wurde das Wasser wieder wie dickes, hartes, dunkles Glas.

Einmal begann alles leise zu vibrieren wie ein Holzstuhl in einem Konzertsaal, und wieder war dieses unerklärliche Rauschen von Schwingen hörbar, obgleich nichts zu sehen war unter den irisierenden Sternen, die doppelt so groß waren als sonst. Dann aber kam es. Das Wasser begann plötzlich fortzuebben, als habe man einen Ablaufstöpsel aus der Bucht gezogen. Einige Fußbreit Sand und Korallen schimmerten auf einmal in der ihnen ungewohnten Luft. Dann wälzte sich das Wasser in kleinen Sturzseen zurück, die am Fuß der Palmen aufschäumten. Große Rasenstücke wurden fortgerissen, und am entfernteren Ende der Bucht stürzte ein Felsen ins Meer. Sand und Zweige prasselten herab, Tau fiel gleich Brillanten von den Bäumen, Vogelwelt und Getier, dessen Zunge endlich gelöst war, schrien und brüllten; sogar die Ponys hoben, obgleich sie gar nicht erschrocken waren, die Köpfe und wieherten durchdringend.

Das war alles. Es hatte nur wenige Minuten gedauert. In schnellem Gegenangriff eroberte die Stille wieder ihr meuterndes Reich. Die Bäume standen so unbeweglich wie die Säulen einer Ruine. Das Laub hing an seinem Platz wie glatt gekämmtes Haar. Das wütende Schäumen und Gluckern des Wassers erstarb, und auf seinem Spiegel erschienen wieder die Sterne wie durch Wolken, lautlos, dunkel und friedlich, als sei es niemals anders gewesen.

Auch die nackten Kinder blieben unbeweglich neben ihren Ponys stehen, Tau schimmerte auf ihren Haaren, ihren Augenwimpern und auf ihren kindlich gerundeten Bäuchen.

Aber für Emily war es zuviel gewesen. Das Erdbeben stieg ihr vollständig zu Kopf. Sie fing an zu tanzen und hüpfte wie toll von einem Fuß auf den andern. John wurde davon angesteckt. Er schoss eine Serie von Purzelbäumen auf dem nassen Sand, immer wieder im Kreis herum, bis er so schwindlig war, dass er Kopf und Füße nicht mehr unterscheiden konnte und unvermutet im Wasser landete.

Da wusste Emily auf einmal genau, was sie zu tun hatte. Sie schwang sich auf ein Pony, galoppierte den Strand auf und ab und versuchte dabei wie ein Hund zu bellen. Die Fernandez-Kinder sahen ihr ernst, aber nicht missbilligend zu. John, der den Kurs auf Kuba nahm, schwamm, als ob die Haifische schon nach seinen Fußzehen schnappten. Emily ritt ihr Pony ins Meer und schlug es so lange, bis es auch zu schwimmen anfing. So folgte sie John in Richtung der Riffe und schrie sich heiser dabei.

Nachdem sie über hundert Meter so geschwommen waren, ging den Kindern der Atem aus. Sie wandten sich wieder dem Ufer zu, und John hielt sich keuchend und prustend an Emilys Bein fest. Sie hatten sich etwas zuviel zugemutet, und ihre Erregung flaute ab. John stieß atemlos hervor:

»Du solltest nicht nackt reiten, du wirst eine Ringelflechte bekommen.«

»Das ist mir ganz gleich«, sagte Emily.

»Es wird dir nicht gleich sein, wenn du sie erst hast«, sagte John.

»Doch ist es mir gleich«, sang Emily.

Die Strecke bis zum Ufer schien ihnen sehr lang. Als sie es erreicht hatten, waren die andern schon angezogen und zum Aufbruch bereit. Bald war die ganze Gesellschaft in der Dunkelheit auf dem Heimweg. Nach einer Weile sagte Margaret:

»Da hätten wir's also gehabt.«

Niemand antwortete.

»Ich hab' das Erdbeben heute morgen schon gerochen, als ich aufstand. Hab' ich's nicht gesagt, Emily?«

»Du mit deinen Gerüchen!« rief Jimmy Fernandez. »Immer riechst du etwas.«

»Sie hat eine furchtbar feine Nase«, sagte Harry, der Jüngste, stolz zu John. »Sie kann die schmutzige Wäsche nach dem Geruch sortieren und sagen, wem jedes Stück gehört.«

»Das kann sie ja gar nicht«, sagte Jimmy, »sie tut bloß so. Als ob jeder seinen eigenen Geruch hätte!«

»Doch kann ich es.«

»Hunde können es jedenfalls«, meinte John.

Emily sagte nichts. Natürlich rochen alle Leute verschieden. Es war überflüssig, sich darüber zu streiten. Sie konnte daran zum Beispiel ihr eigenes Handtuch von dem Johns unterscheiden, und sie merkte es sogar, wenn ein anderer das ihre gebraucht hatte. Aber diese Unterhaltung bewies wieder einmal, was die Kreolen für Leute waren; mit solcher Offenheit über Gerüche zu *reden!*

»Jedenfalls, ich wusste, dass es ein Erdbeben geben würde, und es ist auch so gekommen«, sagte Margaret.

Darauf hatte Emily nur gewartet. Es war also wirklich ein Erdbeben gewesen. (Sie hatte nicht fragen wollen, das hätte so unwissend ausgesehen, aber nun hatte Margaret mehrmals gesagt, dass es eins gewesen war.)

Wenn sie jemals nach England zurückkommen sollte, konnte sie den Leuten sagen: »Ich habe ein Erdbeben mitgemacht.«

Durch diese Gewissheit belebte sich ihre durch das Wasser gekühlte Aufregung aufs neue. Nichts auf Erden, kein Erlebnis, ob es nun von Gott oder von den Menschen kam, konnte an dieses heranreichen. Wenn sie plötzlich entdeckt hätte, dass sie fliegen könne, so wäre ihr das nicht viel unbegreiflicher vorgekommen. Der Himmel hatte seine letzte und furchtbarste Karte ausgespielt, und die kleine Emily hatte das überlebt, während sogar erwachsene Männer schon daran zugrunde gegangen waren.

Das Leben erschien ihr plötzlich leer; würde es ihr jemals wieder etwas ähnlich Gefährliches, etwas ähnlich Erhabenes bieten?

Unterdessen stritten sich Margaret und Jimmy weiter.

»Na, eines weiß ich – morgen wird es eine Unmenge Eier geben«, sagte Jimmy. »Nichts bringt die Hühner so zum Legen wie ein Erdbeben.«

Wie komisch doch diese Kreolen waren! Sie schienen überhaupt nicht zu ahnen, was es für das ganze spätere Leben eines Menschen bedeutete, ein Erdbeben mitgemacht zu haben.

Als sie wieder zu Hause waren, leistete sich das schwarze Hausmädchen Marta einige harte Bemerkungen über den erhabenen Naturvorgang. Erst gestern habe sie das Porzellan im Wohnzimmer abgestaubt, und nun läge alles schon wieder unter einer beinahe undurchdringlichen Staubschicht.

## IV

Am nächsten Morgen, einem Sonntag, fuhren sie wieder nach Hause. Emily tat den Mund nicht auf, denn sie bestand nur mehr aus Erdbeben. Sie aß Erdbeben, sie schlief Erdbeben, ihre Finger und Zehen waren Erdbeben. Bei John waren es die Ponys. Das Erdbeben war spaßig gewesen, aber die Ponys waren es, auf die es ankam. Doch es störte Emily nicht, dass sie allein dastand mit ihrem Wissen um das wahre Gewicht der Ereignisse. Sie war so restlos besessen, dass sie unfähig war, irgend etwas anderes zu sehen oder zu begreifen.

Ihre Mutter empfing sie an der Tür und überschüttete sie mit Fragen. John schwatzte von Ponys, aber Emilys Zunge war wie gelähmt. Sie kam ihrer Mutter wie ein Kind vor, das so viel gegessen hat, dass es sich nicht einmal mehr übergeben kann.

Frau Thornton machte sich manchmal Sorgen um Emily. Das Leben hier war sehr friedlich und mochte für nervöse Kinder wie John ausgezeichnet sein. Aber ein Kind wie Emily, dachte Frau Thornton, das das Gegenteil von nervös ist, braucht einige Anregung und Aufreizung, sonst läuft es Gefahr, dass seine geistigen Fähigkeiten überhaupt einschlafen. Das Leben in Ferndale war zu vegetativ. Demzufolge sprach Frau Thornton mit Emily immer in einer ganz hochgestimmten Art, als ob alles um sie her von äußerster Wichtigkeit sei. Sie hatte gehofft, dass Emily durch den Besuch in Exeter etwas aufleben würde. Aber sie war schweigsam und ausdruckslos wie stets zurückgekommen. Der Besuch hatte augenscheinlich überhaupt keinen Eindruck auf sie gemacht.

John exerzierte seine kleinen Geschwister im Keller; sie marschierten mit Holzschwertern an der Seite im

Kreis herum und sangen: »Vorwärts, christliche Soldaten!« Emily nahm nicht teil daran. Was bedeutete er heute noch, ihr früherer Kummer, dass sie als Mädchen niemals ein richtiger Soldat mit einem richtigen Säbel werden konnte? Sie hatte ein Erdbeben erlebt!

Aber auch die andern Kinder spielten heute nicht so lange wie sonst. Sonst konnten sie drei bis vier Stunden bei diesem Spiel bleiben. Das Erdbeben hatte wenig dazu beigetragen, die Luft zu klären, was immer es auch in Emilys Seele bewirkt haben mochte. Es war noch genau so heiß wie vorher. Unter den Tieren herrschte ein sonderbarer Aufruhr, als witterten sie irgend etwas. Die Eidechsen und Moskitos hielten sich verborgen, und an ihrer Stelle hatte die Erde ihre widerlichste Brut, Geschöpfe der Dunkelheit, ausgespien. Landkrabben wanderten ruhelos umher und wackelten zornig mit ihren Scheren, und der Erdboden schien lebendig vor lauter roten Ameisen und Schaben. Auf dem Dach hatten sich die Tauben versammelt und unterhielten sich mit aufgeregtem Gurren.

Es bestand keine Verbindung zwischen dem Keller, oder besser dem Erdgeschoss, in dem die Kinder gewöhnlich spielten, und dem oberen Teil des Hauses, der aus Holz war; der Keller hatte seinen eigenen Ausgang zwischen den beiden Treppenflügeln, die an der Außenseite zur Eingangstür hinaufführten, und in deren Schatten sich die Kinder aufhielten. Draußen auf dem Hof lag eins von Herrn Thorntons besten Taschentüchern. Er musste es heute früh verloren haben, aber noch hatte niemand die Kraft aufgebracht, in die Sonne hinauszugehen, um es aufzuheben. Plötzlich sahen sie den lahmen Sam über den Hof hinken. Als er den Schatz sah, machte er eine Bewegung, um ihn aufzuheben. Doch im selben Augenblick erinnerte er sich daran, dass es Sonntag war. Er ließ das Taschentuch wie eine glühende Kohle wieder fallen und begann es sorgfältig, dort wo er es gefunden hatte, mit Sand zu bedecken.

»Will's Gott, stehle ich dich morgen«, dachte er voll Hoffnung, »hoffentlich bist du morgen noch da.«

In der Ferne grollte leise der Donner – es hörte sich wie eine verdrießliche Einwilligung an.

»Ich danke dir, Herr«, sagte Sam und verbeugte sich vor einer tief am Horizont stehenden Wolkenbank. Er humpelte von dannen; unsicher aber, ob der Himmel sein Versprechen halten würde, besann er sich eines andern, kehrte wieder um, hob das Taschentuch hastig auf und trollte sich in seine Hütte. Der Donner grollte lauter und ärgerlicher, aber Sam nahm von der Warnung keine Notiz.

Immer wenn Herr Thornton nach St. Anne geritten war, liefen ihm Emily und John auf dem Heimweg entgegen, und jedes Kind stellte sich auf einen seiner Steigbügel, um das letzte Stück mit zurückzureiten.

Auch diesen Sonntagabend rannten sie ihm entgegen, trotz des Gewitters, das über ihren Köpfen barst – und nicht nur über ihren Köpfen, denn in den Tropen ist ein Gewitter keine auf den Himmel beschränkte Angelegenheit wie in England, sondern es ist rund um einen herum; die Blitze prellen wie Hüpfsteine über das Wasser, springen von Baum zu Baum und tanzen auf der Erde umher, während der Donner aus der eigenen Brust hervorzudröhnen scheint.

»Nach Hause! Nach Hause! Ihr kleinen Narren!« schrie Herr Thornton wütend. »Lauft sofort nach Hause!«

Die Kinder blieben entsetzt stehen. Jetzt erst wurde ihnen klar, dass dies nicht ein gewöhnlicher, sondern ein Sturm von ganz außerordentlicher Heftigkeit war. Sie entdeckten, dass sie bis auf die Haut naß waren; sie mussten das schon in dem Augenblick gewesen sein, als sie das Haus verließen. Die Blitze erzeugten ein fortlaufendes Flammenmeer; sie spielten um die eisernen Steigbügel ihres Vaters, und plötzlich erkannten die Kinder, dass er Angst hatte. Bis ins innerste Herz erschrocken flohen sie nach Hause, und der Vater war beinahe so schnell da wie sie.

Frau Thornton stürzte ihm entgegen:

»Wie froh bin ich, Liebster...«

»Ich hab' noch nie ein solches Unwetter erlebt. Warum in aller Welt hast du den Kindern erlaubt herauszulaufen?«

»Ich konnt' mir nicht träumen lassen, dass sie so dumm sein würden. Die ganze Zeit dachte ich... aber Gott sei Dank, du bist da! – Ich glaube, das Schlimmste ist jetzt vorbei.«

Es schien auch so. Aber während des ganzen Abendbrotes erhellten die Blitze beinahe pausenlos das Zimmer. John und Emily waren appetitlos; der Ausdruck, den sie vorhin auf dem Gesicht ihres Vaters wahrgenommen hatten, verfolgte sie. Alles in allem, es war eine ungemütliche Mahlzeit. Frau Thornton hatte ihrem Mann sein »Lieblingsgericht« gekocht: Es gab kaum eine Aufmerksamkeit, die einen Mann von seiner Art mehr verdrießen konnte. Mitten ins Essen platzte Sam herein, unter Umgehung jeder Höflichkeit; wütend schmiss er das Taschentuch auf den Tisch und stampfte wieder hinaus.

»Was in aller Welt...« begann Herr Thornton.

Aber John und Emily kannten den Zusammenhang und teilten Sams Ansicht über die Ursache des Gewitters vorbehaltlos. Stehlen war auf alle Fälle schlimm, und an einem Sonntag noch dazu!

Unterdessen ging das Spiel der Blitze weiter. Der Donner machte die Unterhaltung mühsam, aber es war sowieso niemand in Plauderstimmung. Man hörte nichts als den Donner und das Hämmern des Regens. Plötzlich brachen, dicht unter ihrem Fenster, entsetzenerregende und unmenschliche Schreckensschreie aus.

»Tabby!« schrie John, und sie stürzten alle ans Fenster.

Aber schon war Tabby wie ein Blitz ins Haus geschossen, und hinter ihm her jagte eine Rotte wilder Katzen. John öffnete eine Sekunde die Esszimmertür, und Tabby schlüpfte herein, zerzaust und keuchend. Nicht einmal jetzt ließen die Bestien ab; unvorstellbar, welch sinnlose Wut diese Geschöpfe des Dschungels hinriss, ihm bis mitten ins Haus nachzusetzen. Aber dann waren sie auf dem Korridor und keiften im Chor, und es schien, als ob durch ihr beschwörendes Geschrei der Donner von neuem erweckt worden sei; die Blitze schluckten das spärliche Licht der Tischlampe. Es war ein Getöse, in dem jedes Wort unterging. Tabby fegte mit gesträubtem Fell im Zimmer hin und her, seine Augen funkelten, er mauzte und kreischte manchmal in einem Ton, den die Kinder niemals zuvor von ihm gehört hatten und der ihr Blut erstarren ließ. Er schien einem Wesen gleich, das besessen die Nähe des Todes atmete, er wurde völlig unbegreiflich, und draußen im Korridor herrschte schrecklich der Höllenlärm.

Die Gnadenfrist konnte nur noch kurz sein. Außerhalb der Esszimmertür stand der große Trinkwasserbehälter, und das Oberlicht war längst zerbrochen. Etwas Schwarzes schoss mit gellendem Schrei durch die Öffnung, landete genau mitten auf dem Tisch, brachte die Gabeln und

Löffel durcheinander und warf die Lampe um. Noch eine Katze und noch eine – aber schon war Tabby durch das Fenster geschossen und raste davon in den Busch. Das ganze Dutzend dieser Wildkatzen sprang, eine nach der anderen, von dem Deckel des Behälters durch das Oberlicht auf den Esstisch und von dort allzu hitzig auf seine Spur. In einem Augenblick war die Teufelsjagd mitsamt ihrem hoffnungslosen Opfer von der Nacht verschlungen.

»Ach Tabby, mein geliebter Tabby«, stammelte John, während Emily wieder ans Fenster stürzte.

Fort waren sie. Die Wand der Blitze hinter den Lianen des Dschungels erhellte sie wie riesige Spinngewebe. Emily stand wie gebannt am Fenster, und ihre Augen glühten vor Entsetzen vor etwas, was sie in Wirklichkeit gar nicht sehen konnte. Auf einmal musste sie sich übergeben.

»Großer Gott! Was für ein Abend!« stöhnte Herr Bas-Thornton und tastete in der Dunkelheit nach dem, was von seinem Abendbrot übriggeblieben sein mochte.

Kurz danach ging Sams Hütte in Flammen auf. Vom Esszimmer aus sahen sie, wie der alte Neger mit dramatischen Gebärden in die Dunkelheit heraustaumelte. Während einer Windstille hörten sie ihn schreien: »Hab' ich es nicht zurückgegeben? Hab' ich das ekelhafte Ding nicht zurückgegeben?«.

Dann schlug wieder ein greller Blitz nieder, und Sam fiel auf der Stelle um. Herr Thornton riss die Kinder heftig vom Fenster fort und sagte gedämpft: »Ich werde nach ihm sehen. Lass sie nicht ans Fenster.«

Dann schloss und verriegelte er die Läden und ging hinaus.

John und die Kleinen schluchzten unaufhörlich. Emily wünschte sich, jemand möge die Lampe anzünden. Sie wollte lesen. Alles war besser als an den armen Tabby denken zu müssen.

Der Wind war schon eine Weile zuvor heftiger geworden, aber nun, als es Herrn Thornton gelungen war, die Leiche des alten Sam ins Haus zu schleppen, steigerte er sich zu einem wahren Orkan. Der alte Neger, dessen Gelenke immer so steif gewesen waren, hing nun knochenlos in den Armen seines Herrn. Emily und John, die heimlich auf den Korridor geschlichen waren, erschraken über alle Maßen vor seinen schaukelnden Gliedern. Sie mussten sich gewaltsam von diesem Anblick losreißen, um wieder im Esszimmer zu sein, ehe man sie draußen entdeckte.

Dort saß Frau Thornton wie eine Heldin in ihrem Stuhl, hatte ihre kleine Brut um sich versammelt und trug ihnen Psalmen und die Gedichte von Sir Walter Scott auswendig vor. Emily versuchte, ihre Gedanken von Tabby abzulenken, indem sie das Erdbeben mit all seinen Einzelheiten im Geist noch einmal an sich vorüberziehen ließ. Zeitweise wurde das Getöse draußen, das Dröhnen des Donners und das orkanartige Heulen des Windes, so heftig, dass es bis in ihre innere Welt einbrach und sie sich von Herzen wünschte, dieses grässliche Gewitter möge endlich vorüberziehen und aufhören. Zuerst veranstaltete sie in Gedanken eine richtige Theatervorstellung des Erdbebens und berichtete in direkter Form darüber, als ob es sich noch einmal abspielte. Dann übertrug sie es in gehobene Sprache und erzählte es als eine Geschichte, die mit dem Zauberwort begann:

»Ich war einmal bei einem Erdbeben…« Nicht lange aber, und das dramatische Element überwog wieder – diesmal begleitet von den ehrfurchtsvollen Bemerkungen einer imaginären englischen Zuhörerschaft.

Als dies getan war, übertrug sie das Erlebnis ins Historische – eine Stimme verkündete, ein Mädchen namens Emily sei einmal bei einem Erdbeben gewesen. Und diese ganze Reihenfolge wiederholte sie dreimal hintereinander.

Da tauchte das grauenhafte Schicksal des armen Tabby unversehens wieder vor ihrem inneren Auge auf, und fast hätte sie sich noch einmal übergeben. Jetzt hatte also sogar das Erdbeben versagt. Unter diesem Alpdruck versuchte sie verzweifelt, sich an die Außenwelt zu klammern, wie ein Ertrinkender, der nach einem Strohhalm greift. Selbst die Latten an den Fensterläden wurden gezählt. Sie richtete ihre Aufmerksamkeit auf die kleinsten Einzelheiten in ihrer Umwelt. Dadurch bemerkte sie, eigentlich erst jetzt, das Wetter.

Die Windstärke hatte sich mehr als verdoppelt. Die Fensterläden bogen sich so nach innen, als ob sich ermüdete Elefanten dagegen lehnten. Herr Thornton versuchte, einen Riegel mit seinem Taschentuch festzubinden. Aber gegen diesen Wind anzugehen, war ebenso zwecklos, als sich gegen einen Felsen stemmen zu wollen. Das Taschentuch riss, die Fensterläden barsten, der Regen ergoss sich ins Zimmer wie das Meer in ein sinkendes Schiff, der Wind tobte herein, riss die Bilder von den Wänden und fegte den Tisch leer. Durch die gähnenden Fensterrahmen wurde die von Blitzen erhellte Außenwelt sichtbar. Die Lianen, die vorher wie Spinnweben ausgesehen hatten, flogen jetzt gen Himmel wie frisch gekämmtes Haar. Büsche bogen sich so flach an den Erdboden wie zurückgelegte Kaninchenohren. Abgerissene Zweige wirbelten zum Himmel empor. Die Hütten der Neger waren glatt weggefegt worden, und die Neger krochen auf ihren Bäuchen über den Hof, um den Schutz des

Hauses zu gewinnen. Durch den hochspritzenden Regen schien die Erde wie von einem weißen Rauch bedeckt, einer Art Meeresschaum, in dem sich die Schwarzen wie Tümmler wälzten. Ein Negerjunge wurde fortgerollt, und seine Mutter war so unvorsichtig aufzustehen; im selben Augenblick wurde die dicke alte Vettel von dannen geweht und kugelte über Felder und Hecken wie in einem spaßhaften Märchen, bis sie an einer Mauer landete, an der sie – unfähig, sich zu rühren – klebenblieb. Doch den anderen gelang es, das Haus zu erreichen, und bald konnte man sie unten im Keller hören.

Zu alledem begann nun auch der Fußboden Wellen zu schlagen wie ein frei hängender Teppich an einem böigen Tag; als die Schwarzen die Kellertür aufgemacht hatten, war der Wind hineingebraust, und sie konnten sie eine ganze Weile nicht mehr schließen. Der Wind war, wenn man sich gegen ihn stemmen wollte, nicht wie ein Luftstrom, sondern wie eine massive Mauer.

Herr Thornton ging durch das Haus, um, wie er sagte, nachzusehen, ob er noch etwas tun könne. Es wurde ihm bald klar, dass in den nächsten Minuten das Dach wegfliegen würde. So kehrte er zu der Niobe-Gruppe im Esszimmer zurück. Frau Thornton hatte inzwischen schon die erste Hälfte der »Lady of the Lake« rezitiert, und die kleineren Kinder lauschten mit gespannter Aufmerksamkeit. Erbittert erzählte er ihnen, dass sie wahrscheinlich alle in einer halben Stunde nicht mehr am Leben sein würden. Aber niemand schien sich dafür besonders zu interessieren. Frau Thornton, deren Gedächtnis nie versagte, rezitierte weiter.

Nach weiteren zwei Strophen flog das gefährdete Dach weg. Glücklicherweise packte es der Wind von innen, so dass es zum größten Teil in die Luft gerissen wurde; nur einer der Dachbalken fiel schräg ins Zimmer und blieb an den Überresten der Esszimmertür hängen. John wurde um ein Haar erschlagen. Zu ihrem größten Unwillen fror Emily plötzlich. Sie hatte nun genug von dem ganzen Sturm; er war unerträglich und alles andere als eine willkommene Zerstreuung.

Herr Thornton suchte nach irgend etwas, mit dem er ein Loch in den Fußboden schlagen könnte. Wenn er das schaffte, konnte er Weib und Kinder in den Keller retten. Glücklicherweise brauchte er nicht lang zu suchen; das Sparrenwerk an dem gestürzten Balken hatte die Arbeit schon für ihn getan. Laura, Rachel, Emily, Edward, John und Frau Thornton wurden in die von Negern und Ziegen wimmelnde Dunkelheit hinuntergelassen. Zuletzt folgte Herr Thornton.

Er hatte den besonders vernünftigen Einfall, einige Flaschen Madeira von oben mit hinunterzunehmen, und jeder bekam einen tüchtigen Schluck, von Laura angefangen bis zum ältesten Neger. Die Kinder nutzten diese gottlose Chance aus, und unerklärlicherweise bekam Emily die Flasche sogar zweimal gereicht und tat jedesmal einen gehörigen Zug. Für ihr Alter war das reichlich. Und während das, was vom Hause noch stand, über ihren Köpfen weggerissen wurde, schliefen John, Emily, Edward, Rachel und Laura sinnlos betrunken auf einem Haufen auf dem Fußboden des Kellers. Tabbys Schicksal, wie er fast vor ihren Augen von jenen Teufeln in Stücke gerissen wurde, lastete mit der Wucht eines Alpdrucks auf diesem Schlaf.

# ZWEITES KAPITEL

## I

Die ganze Nacht strömte Wasser durch die Decke auf die Obdachlosen, aber sie trugen (vielleicht dank des Madeira) keinen Schaden davon. Kurz nach einem zweiten Angriff des Sturmes hörte indessen der Regen auf, und als der Morgen graute, kletterte Herr Thornton heraus, um die Größe des Schadens festzustellen.

Das Land war so unkenntlich, als sei es von einer Sintflut hinweggeschwemmt. Man konnte – rein geographisch gesprochen – kaum mehr feststellen, wo man sich befand. Nicht die Formen des Erdbodens, sondern hauptsächlich die Vegetation gibt einer tropischen Landschaft ihren Charakter, und diese Vegetation war nun über Meilen hin in einen schlammigen Brei verwandelt. Jäh entstandene Flüsse, die sich tief in die rote Erde einwühlten, durchfurchten den Erdboden. Das einzige Lebewesen, das man sah, war eine Kuh, die ihre beiden Hörner eingebüßt hatte.

Von dem aus Holz erbauten Teil des Hauses war fast nichts mehr übriggeblieben. Nachdem es der Familie gelungen war, das rettende Obdach im Keller zu erreichen, war eine Wand nach der andern vom Sturm weggeblasen worden. Das Mobiliar war zersplittert, eine Handvoll Kleinholz. Selbst der schwere Mahagoni-Esstisch, den sie so liebten und dessen Füße wegen der Ameisen immer in kleinen mit Öl gefüllten Glasnäpfen standen, war wie weggeblasen. Es lagen noch Fragmente umher, die vielleicht, vielleicht auch nicht, Teile des Tisches sein konnten; es ließ sich nicht mehr genau feststellen.

Herr Thornton ging in den Keller zurück und half seiner Frau heraus; sie war so steif, dass sie sich kaum rühren konnte. Sie knieten nieder und dankten Gott, dass nichts Schlimmeres passiert war. Dann standen sie auf und starrten alles benommen an. Es schien unglaubwürdig, dass so etwas durch eine Bewegung der Luft angerichtet sein sollte. Herr Thornton streichelte die Luft mit der Hand; jetzt bei Windstille war sie so weich, so zart. Wie war es möglich, dass *Bewegung* (etwas an sich ebenfalls Nichtgreifbares) ihr diese Kraft verleihen konnte; dass dieses weibliche sanfte Element gestern nacht die dicke Betsy wie ein Tiger angefallen hatte und sie, wie von den Fängen des Vogel Rok emporgerissen, vor den Augen der Thorntons über zwei große Felder geschleudert hatte?

Frau Thornton verstand seine Gebärde.

»Bedenke, wer der Herr der Elemente ist«, sagte sie.

Der Stall war beschädigt, wenn auch nicht ganz zerstört, aber Herrn Thorntons Maulesel war so schwer verletzt, dass er einem Neger befehlen musste, ihm die Kehle durchzuschneiden. Der Wagen war vollständig zerschmettert. Das einzige unversehrte Gebäude war eine Steinhütte, die das Hospital der alten Zuckerplantage gewesen war. Man weckte also die Kinder, die sich krank und sehr unglücklich fühlten, und brachte sie dorthin, wo die Neger mit überraschender Tatkraft und Freundlichkeit ihr möglichstes taten, um ihnen den Aufenthalt bequemer zu machen. Der Fußboden war mit Steinen gepflastert, und jede Beleuchtung fehlte, aber die Hütte war stabil.

Die Kinder hatten mehrere Tage Verdauungsstörungen und konnten einander nicht leiden. Sie nahmen aber die Veränderung ihrer Lebensweise als etwas Selbstverständliches hin. Tatsächlich kann einen nur die Erfahrung darüber belehren, welche Ereignisse im Leben eine Katastrophe bedeuten und welche nicht. Kinder sind häufig nicht in der Lage, zwischen einem Unglück und dem gewöhnlichen Verlauf ihres Lebens zu unterscheiden. Wäre Emily sich dessen bewusst gewesen, dass sie einen »Hurrikan« erlebt hatte, hätte sie zweifellos einen tieferen Eindruck davongetragen, denn das Wort war voll von romantischem Schrecken. Aber darauf kam sie nicht; und ein Gewitter, wie schwer es auch gewesen sein mochte, war schließlich nichts als eine alltägliche Angelegenheit. Die bloße Tatsache, dass dieses Gewitter unübersehbaren Schaden angerichtet hatte und das Erdbeben nicht den geringsten, gab dem Gewitter nicht das Recht, in der Rangordnung der Naturkatastrophen mit dem Erdbeben zu konkurrieren: ein Erdbeben war und blieb eine Sache für sich. Wenn Emily schweigsam war und über etwas Entsetzlichem zu brüten schien, so war das nicht der Hurrikan, sondern Tabbys Tod. Dieser erschien ihr zeitweise fast unerträglich grauenvoll. Es war ihre erste nahe Berührung mit dem Tod, und noch dazu mit einem gewaltsamen Tod. Der Tod des alten Sam hatte nicht diesen Eindruck auf sie gemacht; es war ja aber auch ein Riesenunterschied zwischen einem Neger und einer Lieblingskatze.

Das Kampieren in der Steinhütte hatte auch seinen Reiz; es kam den Kindern wie ein nicht enden wollendes Picknick vor, an dem die Eltern auch einmal teilnahmen. Dadurch erschienen die Eltern zum erstenmal als menschliche Wesen, die verständliche Wünsche hatten, wie zum Beispiel, beim Mittagessen auf dem Fußboden zu sitzen.

Frau Thornton wäre sehr erstaunt gewesen, wenn man ihr gesagt hätte, dass sie ihren Kindern bisher so gut wie nichts bedeutet hatte. Sie interessierte sich lebhaft für Psychologie und steckte voller Theorien über Kindererziehung, die sie aus Zeitmangel nie in die Praxis umsetzen konnte; aber sie glaubte, sie habe ein tiefes Verständnis für die Wesensart ihrer Kinder und sei der Mittelpunkt ihrer leidenschaftlichen Zuneigung. In Wirklichkeit war sie aber so veranlagt, dass sie im Grunde keines ihrer Kinder vom andern unterscheiden konnte. Sie war eine untersetzte kleine Frau – aus Cornwall, glaube ich. Sie war als Baby so winzig gewesen, dass man sie immer auf einem Kissen umhertrug, aus Furcht, eine plumpe menschliche Berührung könne ihr Schaden tun. Mit zweieinhalb Jahren konnte sie schon lesen. Sie war sehr temperamentvoll.

Herr Thornton hatte alle erdenklichen Vorzüge, aber er war weder ältester Sohn und Erbe, noch hatte er eine Begabung, Geld zu verdienen. Eine von diesen beiden Qualitäten hätte genügt, um die Versorgung der Familie zu sichern.

Nicht nur die Mutter, auch die Kinder wären erstaunt gewesen, wenn man ihnen gesagt hätte, wie wenig die Eltern für sie bedeuteten. Bei Kindern geht die Fähigkeit zur Selbstbeobachtung nur selten über ein gewisses Maß hinaus. Ob es den Tatsachen entspricht oder nicht, für sie ist es eine Sache des Glaubens, dass sie Vater und Mutter mit gleicher Stärke und an erster Stelle lieben. In Wirklichkeit liebten die Thornton-Kinder die Katze Tabby an erster Stelle auf der ganzen Welt und sich untereinander an zweiter Stelle, während sie kaum öfter als einmal in der Woche an ihre Mutter dachten. Den Vater liebten sie etwas mehr, hauptsächlich wegen des abendlichen Heimreitens auf seinen Steigbügeln.

Jamaica erholte sich und erblühte neu in unerschöpflicher Fruchtbarkeit. Herr und Frau Thornton erholten sich auch und bemühten sich, alles wieder soweit herzustellen, wie es sich herstellen ließ. Aber einer Gefahr, wie sie ihre geliebten Kleinen überstanden hatten, durfte man sie nicht noch einmal aussetzen. Der Himmel hatte sie gewarnt. Die Kinder mussten fort.

Und diese Gefahr war nicht nur körperlicher Beschaffenheit gewesen.

»Diese furchtbare Nacht!« sagte Frau Thornton einmal, als sie über ihren Plan sprach, die Kinder nach England auf die Schule zu schicken. »Ach, mein Lieber, wie die armen kleinen Geschöpfe gelitten haben mögen! Wieviel intensiver wird Angst von Kindern empfunden! Und sie waren so tapfer, so englisch!«

»Ich glaube nicht, dass sie sich der Gefahr bewusst waren.« (Das sagte er natürlich aus Widerspruchsgeist; er konnte kaum erwarten, ernst genommen zu werden.)

»Weißt du, ich bin schrecklich bange, dass sie einen dauernden psychischen Schaden durch diesen Schock davongetragen haben. Ist dir nicht aufgefallen, dass sie nie davon sprechen? In England wären sie wenigstens vor solchen Gefahren sicher.«

Die Kinder nahmen inzwischen die neue Lage der Dinge als eine natürliche Tatsache hin, die sie von Grund auf genossen. Die meisten Kinder lieben es, auf einer Eisenbahnfahrt so oft wie möglich umzusteigen.

Auch der Wiederaufbau von Ferndale interessierte sie brennend. Einen Vorteil haben diese Spielzeugschachteln von Häusern – sie sind so leicht wiederaufgebaut, wie sie zusammenfallen. Einmal begonnen, ging der Bau schnell voran. Herr Thornton leitete ihn persönlich unter Anwendung zahlreicher handwerklicher Kunstgriffe, die seine eigene Erfindung waren. Und schon bald kam der Tag, wo er seinen schönen Kopf durch ein rasch sich verengendes Loch in dem neuen Dach steckte und den schwarzen Zimmerleuten seine Anweisungen zuschrie. Die beiden lagen draußen auf dem Dach in ihren scheckigen Hemden platt auf dem Bauch und befestigten eine Schindel nach der andern, bis Herrn Thorntons Kopf beinahe eingemauert war wie der Kopf eines armen Opfers in einem Gruselmärchen. Endlich musste er ihn zurückziehen, und dort, wo man ihn eben noch gesehen hatte, wurden die letzten Schindeln eingefügt.

Eine Stunde später hatten die Kinder Abschied von Ferndale genommen.

Als man ihnen erzählte, dass sie nach England reisen sollten, nahmen sie das als eine zwar erregende, aber durch kein bestimmtes Ereignis hervorgerufene Tatsache auf – denn mit dem Tod der Katze konnte das nicht zusammenhängen, und etwas anderes von besonderer Bedeutung hatte sich ja in letzter Zeit nicht zugetragen.

Der erste Teil ihrer Reise ging zu Lande nach der Montego-Bucht, und das Bemerkenswerte an ihr war, dass der geborgte Wagen nicht von zwei Pferden oder zwei Mauleseln gezogen wurde, sondern von einem Pferd und einem Maulesel. Jedesmal, wenn das Pferd schnell gehen wollte, war der Maulesel an der Deichsel eingeschlafen, und wenn der Kutscher ihn aufweckte, verfiel er in einen Galopp, der das Pferd ärgerte. Aber sie wären in jedem Fall nur langsam vorwärts gekommen, denn die Straßen waren fortgeschwemmt.

John war der einzige, der sich an England erinnern konnte. Woran er sich erinnerte, war, dass er oben an einer Treppe gesessen hatte, die durch ein Gitterchen abgesperrt war, und dass er mit einem kleinen roten Milchwagen gespielt hatte; er hatte auch, ohne eigens nachzusehen, gewusst, dass im Zimmer links Klein-Emily in ihrem Bettchen lag. Emily meinte zwar, sie könne sich an etwas erinnern, was einer Aussicht auf die Rückseiten einiger Backsteinhäuser in Richmond glich, aber das konnte sie auch erfunden haben. Die andern waren auf der Insel geboren; Edward gleich nach ihrer Ankunft.

Nichtsdestoweniger hatten sie von England sehr genaue Vorstellungen, die aus den Erzählungen ihrer Eltern oder aus Büchern oder aus alten Magazinen stammten, die sie sich manchmal ansahen. Es erübrigt sich zu sagen, dass England darin ein wahres Atlantis war, ein Land irgendwo hinter dem Nordwind, und dass dorthin zu reisen ebenso aufregend war, wie zu sterben und in den Himmel zu kommen.

Als sie nach der Montego-Bucht fuhren, erzählte ihnen John zum hundertstenmal von seiner Treppe, und die anderen lauschten aufmerksam wie Gläubige, denen ein Mann von seinen Wiedergeburten erzählt.

Plötzlich erinnerte sich Emily auch daran, dass sie einmal an einem Fenster gesessen und draußen einen Vogel mit einem herrlichen Schwanz gesehen habe. Gleichzeitig war ein schreckliches schrilles Kreischen gewesen, oder sonst etwas Unangenehmes – sie wusste nicht mehr genau, welcher ihrer Sinne beleidigt worden war. Es ging ihr nicht auf, dass eben dieser Vogel gekreischt haben könne, und alles war zu unbestimmt, als dass man versuchen konnte, es zu beschreiben. Sie schaltete also das Bild wieder ab, um sich zu überlegen, wie es möglich war, im

Gehen zu schlafen, wie das der Kutscher von dem Maultier behauptete.

Die erste Nacht verbrachten sie in St. Anne, und dort geschah wieder etwas sehr Bemerkenswertes. Ihr Wirt, ein Stockkreole, aß beim Abendbrot löffelweise Cayenne-Pfeffer, aber, man stelle sich vor, nicht den gewöhnlichen, den man in den Läden kauft und der stark mit Blauholz verfälscht ist, sondern den weit hitzigeren Originalpfeffer. Das war allerdings ein *Ereignis* erster Güte, und die Kinder vergaßen es niemals wieder.

Die Einöde, durch die sie fuhren, war unbeschreiblich. Tropische Landschaften wirken fast immer ermüdend und schwerfällig; ihr Grün ist mehr oder weniger gleichförmig; die hohen röhrenförmigen Stämme tragen dickblättriges Laub; kein Baum hat einen klaren Umriss, denn einer steht an den andern gedrängt; es ist kein Platz da. Auf Jamaica erstreckt sich diese allgemeine Überfüllung sogar auf die Gebirgsketten, deren Gipfel so zahlreich sind, dass man von dem einen auf ein Gedränge von unzähligen andern schaut und dadurch überhaupt nichts mehr sieht. Es gibt Hunderte von Blumenarten. Man stelle sich nur diese ganze Prachtentfaltung wie in einem Mörser zerstampft vor, zerschmettert und zu Brei gemacht, und immer wieder neu erstehend! Herr Thornton und seine Frau hätten am liebsten vor Erleichterung aufgejubelt, als sie den ersten Schimmer der See erblickten und dann endlich der ganze herrliche Halbkreis der Montego-Bucht vor ihnen lag.

Draußen auf offener See war eine beträchtliche Dünung, aber im Schutz des Korallenriffes – mit seiner Einfahrt, die wie ein Nadelöhr war – herrschte gläserne Ruhe. Drei Schiffe von verschiedenen Größen lagen vor Anker und wurden von dem Wasser unter ihrem Bug genau und schön gespiegelt. Innerhalb der Reede lagen die Bogue-Inseln, und linker Hand, an der tiefer liegenden Küste am Fuß der Berge, befand sich die Mündung eines kleinen Flusses. Sie war schlammig und (wie Herr Thornton John erzählte) gefährlich, weil sich dort Krokodile aufhielten. Die Kinder hatten noch nie ein Krokodil gesehen und hofften, dass sich eins von ihnen in die Stadt hineinwagen würde, in der sie jetzt angekommen waren. Aber ihre Hoffnung erfüllte sich nicht. Die Enttäuschung wuchs, als es hieß, sie sollten sofort an Bord des Segelschiffes gehen; denn sie hofften immer noch, dass ein Krokodil um die nächste Straßenecke biegen würde.

Die »Clorinda« war in sechs Faden tiefem Wasser vor Anker gegangen. Das Wasser war so klar und das Licht so scharf, dass sie im Näherkommen das Spiegelbild des Schiffes nicht mehr wahrnahmen, sondern unter ihm hindurch bis zu seiner andern Seite sehen konnten. Diese Lichtbrechung gab dem Schiff das Aussehen einer plattbäuchigen Schildkröte und erweckte den Eindruck, als schwebe es über der Oberfläche des Wassers. Der Anker an seiner Kette wirkte wie ein flach abwärts strebender Drachen, der sich zwischen den Korallen, die durch das Beben des Wasserspiegels leicht verzerrt aussahen, hin und her rankte und wand.

Das war der einzige Eindruck, den Emily von der Einschiffung im Gedächtnis behielt. Aber das Schiff selbst war etwas so Sonderbares, dass es ihre ganze Aufmerksamkeit beanspruchte. John allein konnte sich noch deutlich an die Herreise von England erinnern. Emily hatte zwar immer gedacht, sie könne es auch, aber in Wirklichkeit setzte sich ihre Erinnerung aus Bildern dessen zusammen, was man ihr davon erzählt hatte; und nun musste sie zugeben, dass ein wirkliches Schiff etwas ganz anderes war als das, woran sie sich zu erinnern glaubte.

Kaum waren die Kinder an Bord, zerstreuten sie sich schon über das ganze Schiff und untersuchten es wie Katzen ein neues Heim, hier schnuppernd und dort schnüffelnd. Herr und Frau Thornton standen am Fallreep, im stillen leicht verzweifelt über das ungetrübte Glück dieser Besitzergreifung und leicht gekränkt über den Mangel an Abschiedsschmerz.

»Ich glaube, sie werden sich hier glücklich fühlen, Frederic«, sagte Frau Thornton, »ich wünschte nur, wir hätten es uns leisten können, sie mit dem Dampfer zu schicken. Aber Kinder haben ja selbst an Entbehrungen Freude.«

Herr Thornton stöhnte.

»Ich wünschte, Schulen wären nie erfunden worden«, platzte er schließlich heraus, »sie würden dann nicht so unentbehrlich scheinen.«

Er machte eine kurze Kunstpause, um die Richtigkeit seiner Bemerkung wirken zu lassen. Dann fuhr er fort:

»Ich weiß, was kommen wird... Spießer! Ganz gewöhnliche kleine Spießer werden sie, genau wie die Gören von all den andern! Verdammt noch einmal, ich weiß nicht, ob nicht hundert Hurrikane besser wären als das!«

Frau Thornton schauderte; aber sie sagte tapfer:

»Weißt du, ich fand schon lange, sie liebten uns zu sehr. Wir waren der Mittelpunkt ihres Lebens und Denkens. Es ist nicht gut für die Entwicklung junger Gemüter, wenn sie nur von einem Menschen abhängig sind.«

Der ergraute Kopf des Kapitäns Marpole tauchte jetzt aus der Luke auf; ein Seebär, aus dessen klaren blauen Augen die Zuverlässigkeit selbst leuchtete; ein vergnügtes, runzliges, lederfarbenes Gesicht und eine polternde Stimme.

»Er scheint ein unwahrscheinlich guter Mensch zu sein«, flüsterte Frau Thornton ihrem Mann zu.

»Unsinn! Nichts ist so falsch, als Menschen zu idealisieren«, knurrte Herr Thornton. Er fühlte sich völlig am Rand seiner Nervenkraft...

Kapitän Marpole sah wirklich wie der ideale Kinder-Kapitän aus. Er würde, so stellte Frau Thornton fest, vorsichtig, aber nicht überängstlich sein. Sie billigte mutstärkende Gymnastik in jeder Form, obgleich sie froh war, wenn sie sie nicht mit anzusehen brauchte. Kapitän Marpole warf wohlwollende Blicke auf ihre herumtobenden Sprösslinge.

»Sie werden ihn vergöttern«, flüsterte Frau Thornton ihrem Mann zu. (Damit meinte sie natürlich, dass er sie vergöttern würde.) Das Verhältnis zu dem Kapitän war ein höchst wichtiger Punkt, fast ebenso wichtig wie das zu einem Schuldirektor.

»Das ist also nun der Kindergarten, ja?« sagte der Kapitän, während er Frau Thorntons Hand zermalmte. Sie kämpfte um eine Antwort, musste aber feststellen, dass ihre Kehle anscheinend gelähmt war. Auch Herrn Thorntons Redegewandtheit versagte. Er sah dem Kapitän fest in die Augen, stieß den Daumen mit einem Ruck in Richtung der Kinder, rang im Geist um eine passende Wendung und verkündete schließlich mit einer kleinen wesenlosen Stimme:

»Ordentlich durchhauen!«

Dann musste der Kapitän seinen Pflichten nachgehen, und Vater und Mutter saßen noch eine Stunde untröstlich und gänzlich verlassen an der Hauptluke. Nicht einmal als das Schiff schon fahrtbereit war, waren die Kinder zusammenzubekommen, um sich gemeinsam von den Eltern zu verabschieden.

Der kleine Schleppdampfer, der die beiden an Land zurückbringen sollte, stieß bereits große Rauchwolken aus, als es gelungen war, Emily und John noch einmal einzufangen. Sie sprachen befangen mit ihren Eltern wie mit Fremden und schienen mit ihren Gedanken ganz woanders zu sein. John, dem ein Tauende verlockend vor der Nase baumelte, wusste gar nicht, wie er diese Unterbrechung ertragen sollte, und verfiel in völliges Stillschweigen.

»Zeit an Land zu gehen, Madame«, sagte der Kapitän. »Wir müssen in See stechen.«

Steif und förmlich küssten sich die beiden Generationen und nahmen Abschied voneinander. Die Eltern waren schon am Fallreep, als es Emily dämmerte, was der Vorgang bedeutete. Sie stürzte ihrer Mutter nach, riss sie mit ihren kräftigen kleinen Fäusten an sich und schluchzte: »Komm auch mit, Mutter, o komm auch mit!«

Sie verstand tatsächlich erst in diesem Augenblick, dass es ein richtiger Abschied war.

»Aber denk doch mal, was das für ein Abenteuer sein wird«, sagte Frau Thornton tapfer. »Es wird viel schöner sein, als wenn ich auch mitkäme. Du wirst dich um die Kleinen kümmern müssen, als ob du schon erwachsen wärst.«

»Aber ich will ja gar keine Abenteuer mehr erleben«, schluchzte Emily. »Ich habe ja mein Erdbeben.«

Die Wogen der Erregung schlugen zu hoch, als dass sie nachher hätten sagen können, wie eigentlich die endgültige Trennung stattgefunden hatte.

Frau Thornton wusste später nur noch, wie müde ihr Arm gewesen war, als sie endlos dem immer kleiner werdenden Punkt nachgewinkt hatte, der von der Landbrise davongetrieben wurde und vorübergehend in einer

Windstille festzuhängen schien, bis er Fahrt gewann und im Blau verschwebte.

Am Schiffsgeländer stand auch Margaret Fernandez, die zusammen mit ihrem kleinen Bruder Harry auf demselben Schiff nach England geschickt wurde. Niemand hatte sie zum Abschiednehmen begleitet, und die braune Kinderfrau, die mit ihnen fuhr, zog sich sofort ins Zwischendeck zurück, um so schnell wie möglich seekrank zu werden. Wie schön hatte Herr Bas-Thornton ausgesehen in seiner englischen Vornehmheit, obwohl jedermann wusste, dass er kein Geld hatte! Mit weißem versteinertem Gesicht sah Margaret nach dem Land zurück, und ab und zu bebte ihr Kinn. Langsam verschwand der Hafen; die unordentlich durcheinander getürmten Bergmassive versanken. Es verschwanden die weißen Häuser und die weißen Dampf- und Rauchsäulen der Zuckermühlen. Schließlich tauchte das Land, das samtig schimmerte wie Reif auf Weintrauben, in einem blauen und smaragdgrünen Spiegel unter.

Margaret dachte darüber nach, ob die Thornton-Kinder sich als gute Reisegefährten oder als eine Plage entpuppen würden. Sie waren alle jünger als sie, und das war schade.

## II

Auf der Rückreise nach Ferndale verhielten sich beide, Vater wie Mutter, schweigsam. Sie waren in der Verfassung, in der man Äußerungen der Teilnahme ablehnt. Bei Menschen, die gemeinsam eine starke Gemütserschütterung erlebt haben, ist das häufig der Fall, besonders, wenn sie weniger durch Leidenschaft als durch Familienbande miteinander verknüpft sind. Sie waren von dem starken instinktiven Gefühl ihrer Elternschaft beherrscht, aber sie standen über gewöhnlichen sentimentalen Verzweiflungsausbrüchen (wie sie zum Beispiel durch das Wiederauffinden von Kinderschuhen im Schrank ausgelöst werden können).

Aber als sie beinahe zu Hause war, lachte Frau Thornton leise vor sich hin.

»Ach, Emily, dieses komische kleine Ding! Hast du gehört, was sie beim Abschied sagte? ›Ich hab' doch mein Erdbeben.‹ Sie scheint da in ihrem dummen kleinen Kopf alles mögliche miteinander zu verwechseln.«

Eine lange Pause entstand; dann fügte sie hinzu:

»John ist doch bei weitem das feinfühligste von den Kindern. Er war zu bewegt, um überhaupt ein Wort zu sprechen.«

## III

Als sie wieder zu Hause waren, dauerte es mehrere Tage, bis Herr und Frau Thornton es über sich brachten, die Kinder auch nur zu erwähnen. Wenn es gar nicht mehr zu umgehen war, dann geschah es mit verlegener Miene, und das Thema wurde möglichst schnell wieder gewechselt, als seien die Kinder gestorben.

Doch nach einigen Wochen hatten sie durch die Post eine große unerwartete Freude. Die »Clorinda« musste die Caymans anlaufen, um von da aus die Lee-Passage zu erreichen, und während sie vor dem Grand Cayman vor Anker lagen, schrieben Emily und John Briefe an ihre Eltern, die ein nach Kingston bestimmtes Schiff mitnahm und die auf diese Weise schließlich Ferndale erreichten.

Eine solche Möglichkeit hatten die Eltern noch gar nicht erwogen.

Emilys Brief lautete:

Meine lieben Eltern!

Das Schiff ist voll von Schildkröten. Wir hielten hier, und man hat sie in Booten gebracht. Es gibt Schildkröten in der Messe unter den Tischen, und da kann man sie als Fußbank benützen, und Schildkröten auf den Gängen und an Deck und überall, wo man hinkommt. Der Kapitän sagt, jetzt dürfen wir nicht über Bord fallen, weil die Rettungsboote auch voll sind mit Schildkröten und mit Wasser. Die Matrosen bringen die andern Schildkröten jeden Tag an Deck, um sie zu waschen, und wenn man sie aufrecht stellt, sehen sie aus, als hätten sie Schürzen an. Nachts stöhnen und seufzen sie so komisch, dass ich zuerst dachte, es sind alle Leute seekrank geworden, aber man gewöhnt sich daran, es klingt genau wie Menschen, die seekrank sind.

Eure Euch liebende Tochter

Emily

Johns Brief:

Meine liebsten Eltern!

Henry, der Sohn des Kapitäns, ist ein wunderbarer Kerl. Er klettert nur mit den Händen die Takelage hinauf, so stark ist er. Er kann sich unter einem Belegnagel umdrehen, ohne das Deck zu berühren, das kann ich nicht, aber ich hänge mich mit den Fersen in die Webeleinen, Kopf nach unten, was sehr tapfer ist, sagen die Matrosen, aber sie wollen nicht, dass Emily das auch tut, komisch, was? Ich hoffe, Ihr seid beide gesund, einer von den Matrosen hat einen Affen, aber er hat eine wunde Stelle am Schwanz.

Euer Euch liebender Sohn

John

Das waren die letzten Nachrichten, die sie in den nächsten Monaten erhalten konnten, denn die »Clorinda« legte sonst nirgends an. Frau Thornton hatte ein eisiges Gefühl in der Magengegend, wenn sie sich ausrechnete, wie lange sie nichts hören würde. Aber sie sagte sich, logisch genug, dass auch diese Zeit vorübergehen würde, jede Zeit ging ja vorüber. Es gab nichts so Unabänderliches wie ein Schiff, das sich, langsam zwar, aber sicher, seinen Weg über den Ozean bahnt, bis es endlich den kleinen Punkt auf der Karte erreicht, den es die ganze Zeit erreichen wollte. Vom philosophischen Standpunkt aus betrachtet war also ein Schiff, das eben seinen Ausgangshafen verlassen hat, schon so gut wie in seinem Bestimmungshafen angekommen, es handelte sich dabei lediglich um zwei Ereignisse, die nur zeitlich und örtlich getrennt waren, aber nicht was ihre Wirklichkeit betraf. Ergo: der erste Brief, den sie aus England bekommen würde, war schon so gut wie geschrieben, nur war er noch nicht ... ganz lesbar. Und das gleiche Argument traf auch für das Wiedersehen zu. (Doch hier musste Frau Thornton innehalten – es ging nicht an, diese Beweisführung auch auf Alter und Tod anzuwenden...)

Aber noch nicht vierzehn Tage nach der Ankunft dieser ersten Nachricht kam eine zweite, diesmal aus Havanna. Die »Clorinda« war dort anscheinend ganz unplanmäßig angelaufen. Der Brief war von Kapitän Marpole.

»Was für ein lieber Mensch er ist«, sagte Frau Thornton, »er ahnt gewiss, wie begierig wir auf jede noch so kleine Nachricht sind.« Kapitän Marpoles Brief war nicht so kurz und bündig und auch nicht so plastisch wie die der Kinder, doch wegen seines Inhaltes gebe ich ihn hier ungekürzt wieder:

Havanna de Cuba

Hochgeehrter Herr Thornton!

Hochgeehrte gnädige Frau!

Ich beeile mich, Ihnen zu schreiben, um Sie von jeder Ungewissheit zu befreien.

Nachdem wir die Caymans verlassen hatten, nahmen wir Kurs auf die Lee-Passage und sichteten am 19. morgens die Pines-Insel und das Falsche Kap Antonio und abends Kap Antonio, aber ein steifer Nord, der erste der Jahreszeit, hinderte uns, es zu umsegeln. Am 22. indessen, als der Wind richtig stand, gelang es uns das Kap glatt zu umrunden, und wir standen in Nord einhalb Ost, gut abgesetzt von den Colorados, den gefährlichen Riffen, die an diesem Teil der kubanischen Küste liegen. Am 23. um sechs Uhr morgens bei ganz schwacher Brise sichtete ich im Nordosten drei Segel, augenscheinlich Handelsschiffe, die denselben Kurs hatten wie wir. Gleichzeitig bemerkten wir einen Schoner von ähnlichem Aussehen wie die andern Schiffe, der nicht weit von Black Key lag und auf uns zuzuhalten schien, und ich zeigte ihn noch meinem Maat, ehe ich hinunterging, und weil er mit achterlichem Wind auf uns zulag, war er um zehn Uhr morgens in Rufweite, stellen Sie sich unser Erstaunen vor, als er unerhörterweise zehn bis zwölf bis dahin verborgene Stückpforten fallen ließ, ein Breitseitfeuer auf uns eröffnete und uns in höchst unverschämter Weise befahl, sofort beizulegen, oder er würde uns in Grund bohren. Es blieb nichts übrig, als sich zu fügen, obgleich sich mein Maat bei den freundschaftlichen Beziehungen, die gegenwärtig zwischen England und den anderen Mächten herrschen, das Benehmen nicht erklären konnte, sondern es auf ein Missverständnis schob, das sich bald aufklären würde. Wir wurden nun augenblicklich von fünfzig bis siebzig Räubern vom übelsten spanischen Typ gestürmt, die mit Entermessern und Säbeln bewaffnet waren und die mein Schiff in Besitz nahmen und mich in meine Kabine einsperrten und die Mannschaft und meinen Maat unter die Back jagten und das ganze Fahrzeug durchwühlten und alle nur möglichen Ausschweifungen begingen, Rumfässer aufbrachen und den Flaschen die Hälse abschlugen, worauf die meisten von ihnen in betrunkenem Zustand herumlagen. Ihr Anführer teilte mir alsdann mit, er wisse, ich hätte eine beträchtliche Summe Bargeld an Bord und er wandte jede erdenkliche Drohung an, die die gemeinste Niedertracht nur ersinnen kann, um mich dahin zu bringen, das Versteck preiszugeben, und es war ganz vergeblich ihm zu versichern, dass ich nichts hätte außer den fünfzig und einigen Pfund, die sie bereits entdeckt hatten. Er wurde immer dringlicher in seiner Forderung und erklärte, seine Informationen seien aus sicherster Quelle und riss bei seinem Suchen die Holzverkleidung von meinen Kabinenwänden ab. Er nahm meine Instrumente an sich, meine Kleider und meine persönlichen Sachen, selbst den bescheidenen Anhänger in welchem ich das Bild meiner Frau zu tragen pflege, und kein Appell an seine Menschlichkeit konnte ihn bewegen, das für ihn wertlose Ding zurückzugeben obwohl ich ihn unter Tränen darum bat, er riss auch sämtliche Klingelschnüre in der Kabine herunter und nahm sie mit, obgleich sie ihm unmöglich zu etwas nutzen konnten, und das war offene *Seeräuberei*, und dann, als er sah, dass ich unbeugsam blieb, drohte er das Schiff in die Luft zu sprengen mit allem was darauf war und verfertigte eine Zündschnur und hätte die teuflische Drohung unweigerlich wahr gemacht wenn ich nicht im letzten Moment notgedrungen nachgegeben hätte.

Ich komme nun zum letzten Teil meiner Erzählung. Die Kinder hatten im Deckhaus Schutz gefunden und waren bis jetzt unbehelligt geblieben, das heißt bis auf ein paar Klapse und den entwürdigenden Anblick dessen Zeuge sie waren, aber kaum hatten die Piraten das Bargeld (etwa fünftausend Pfund, fast alles mein Privateigentum, und unsere ganze Ladung, hauptsächlich Rum, Zucker, Kaffee und Pfeilwurzmehl) auf ihren Schoner gebracht als ihr Anführer in schändlichster Schurkenhaftigkeit die Kinder aus ihrem Versteck holen ließ und sie alle ermordete, Ihre Kleinen und die beiden Fernandez-Geschwister, die auch an Bord waren. Dass es etwas so Unmenschliches geben könne, hätte ich nie geglaubt, obwohl ich schon ein ziemlich langes Leben hinter mir habe und allen Sorten von Menschen begegnet bin, ich denke er muss verrückt gewesen sein, ich bin dessen sogar sicher und ich nehme es auf meinen Eid, dass er vor den Richterstuhl der menschlichen Gerechtigkeit geführt werden wird. Zwei Tage trieben wir hilflos herum weil sie unsere Takelage zerschnitten hatten, schließlich begegneten wir einem amerikanischen Kriegsschiff das uns Hilfe leistete und das selbst die Verfolgung der Schurken aufgenommen hätte wenn es nicht ausdrücklichsten Befehl irgendwo anders hin gehabt hätte. Ich ging im Hafen von Havanna an Land, wo ich der Regierung und dem Korrespondenten von Lloyds und der Times Bericht erstattete und die Gelegenheit wahrnehme, Ihnen diesen traurigen Brief zu schreiben, ehe ich nach England fahre.

Da ist noch ein Punkt, über den Sie rechte Besorgnis fühlen werden, nämlich was die armen kleinen Mädchen betrifft und da bin ich froh, dass ich Sie darüber beruhigen kann, die Kinder wurden abends auf das andere Schiff mitgenommen und gottlob gleich getötet und ihre kleinen Leichen ins Meer geworfen was ich zu meiner großen Erleichterung mit eigenen Augen sah. Es blieb also keine Zeit für das was Sie vielleicht befürchten und ich freue mich Ihnen diesen Trost geben zu können.

Mit vorzüglicher Hochachtung
Ihr ergebener Diener
Jas. Marpole
Schiffer. Barke Clorinda

# DRITTES KAPITEL

## I

Die Überfahrt von der Montego-Bucht nach den Caymans, von wo aus die Kinder ihre Briefe geschrieben hatten, ist nur eine Sache von wenigen Stunden, und man kann auch tatsächlich bei klarem Wetter von Jamaica aus den Tarquinio-Gipfel auf Kuba erkennen. Es gibt dort keinen Hafen, und wegen der Riffe und Felsen ist es schwierig, vor Anker zu gehen. Die »Clorinda« lief den kleinen sandigen Fleck an, der in diesen Gewässern den einzigen sicheren Ankergrund bot; glücklicherweise war das Wetter schön.

Die am westlichen Ufer der Gruppe liegende langgezogene Insel ist flach und von Palmen bedeckt. Eine Reihe von Booten beförderte die gewaltige Menge von Schildkröten, von denen Emily geschrieben hatte, auf das Schiff, und die Eingeborenen brachten auch Papageien mit, um sie den Seeleuten zu verkaufen, aber sie wurden nicht viele davon los. Schließlich ließen sie die schwierigen Gewässer der Caymans hinter sich und hielten Kurs auf die Insel Pines, eine große Insel, die in einem Golf der Küste von Kuba liegt. Einer der Seeleute, Curtis, hatte hier einmal Schiffbruch erlitten und wusste viel davon zu erzählen: es sei ein höchst unfreundliches Stück Land, spärlich besiedelt und von undurchdringlichen Wäldern bedeckt. Die einzige brauchbare Nahrung seien die Früchte irgendeines Baumes, es gäbe auch eine Art von Bohnen dort, die verlockend aussähen, aber ein tödliches Gift enthielten. Die Krokodile, erzählte Curtis, waren so angriffslustig, dass sie ihn und seine Gefährten auf die Bäume jagten, und es gab auch eine ganze Menge Schlangen, darunter eine Art Boa constrictor.

Die Strömung um die Pines-Inseln zieht stark in östlicher Richtung, also hielten sie sich dicht am Ufer, um nicht hinein zu geraten. Sie passierten Kap Corrientes, das auf den ersten Blick wie zwei kleine Hügel aussieht, die sich mitten in der See erheben, und darauf Holandes Point, das auch das Falsche Kap Antonio genannt wird; hier wurden sie, wie Kapitän Marpole in seinem Brief geschrieben hatte, eine Zeitlang daran gehindert, das richtige Kap zu umsegeln, denn es ist verlorene Mühe, das bei Nordwind zu versuchen.

Angesichts der langen, felsigen und baumlosen Vorberge, in denen die große Insel Kuba ausläuft, drehten sie also bei und warteten; sie waren so nahe am Ufer, dass sie die Fischerhütten an der Südseite deutlich erkennen konnten.

Den Kindern war die Zeit in diesen ersten Tagen auf See so rasend schnell vergangen wie in einer lang ausgedehnten Zirkusvorstellung. Es gibt wohl kaum etwas für nützliche Zwecke Geschaffenes, das sich auch so gut zum Spielen eignet wie das Takelwerk eines Schiffes, und der freundliche Kapitän ließ ihnen, wie Frau Thornton es richtig vermutet hatte, viel Freiheit. Zuerst wurde ihnen erlaubt, unter Aufsicht eines Matrosen ein paar Sprossen im Tauwerk hinaufzuklettern; dann durften sie immer höher, bis John endlich vorsichtig eine Rahe berührte, sich dann an ihr hochzog und sich schließlich rittlings hinaufschwang. Aber bald verlor das Auf- und Niederklettern bis zur Rahe sowohl für John wie für Emily seinen Reiz. (Auf der Rahe selbst hinauszuklettern war verboten.)

Eine Quelle andauernder Freuden jedoch war das Netzwerk aus Ketten und Halteseilen, das sich unter dem Bugspriet und zu seinen beiden Seiten ausspannte. Hier konnte man bei schönem Wetter herumklettern oder still sitzen, stehen, hängen, schaukeln oder liegen, mal mit dem Kopf nach unten, mal nach oben – den sahnigen Schaum der blauen See, der sicher nur zum Privatvergnügen der Kinder aufgepeitscht wurde, zum Greifen nahe. Und dazu die große weiße hölzerne Dame (Clorinda selbst), die das ganze Fahrzeug mühelos auf ihrem Rükken trug, die Knie in der Gischt und ungeheurer als jede menschliche Dame zur ständigen und niemals störenden Gefährtin.

Mitten an der Unterseite des Bugsprietes war eine Art Speer befestigt, dessen Spitze senkrecht auf das Wasser zeigte – der Stampfstock. Hier hing der alte Affe mit Vorliebe an dem Schwanzstummel, den ihm ein Krebsleiden von seinem Schwanz übriggelassen hatte, und schwatzte mit dem Wasser. Er nahm keine Notiz von den Kindern und sie auch nicht von ihm, aber mit der Zeit stellte sich eine gewisse gegenseitige Zuneigung ein. Wie klein die Kinder alle wirkten, wenn man sie auf dem Schiff neben den Seeleuten sah! Als ob sie einer anderen Gattung angehörten! Und doch waren sie ganz dieselben Lebewesen voller Zukunftsversprechen.

*John* mit seinem sommersprossigen Gesicht und seiner allgemeinen Rundlichkeit und Energie.

*Emily*, mit ihrem großen Hut aus Palmblättern, in ihrem farblosen Kattunkleidchen, das sich eng um ihren kleinen koboldhaften, kerzengeraden Körper schmiegte, mit ihrem schmalen, beinahe ausdruckslosen Gesicht, mit den dunkelgrauen Augen, die wegen der blendenden Sonnenglut meist zugekniffen waren, aber trotzdem leuchteten, und dem wirklich schönen Mund, der wie gemeißelt aussah.

*Margaret Fernandez*, größer als Emily (sie war gerade dreizehn geworden), mit ihrem etwas viereckigen weißen Gesicht, dem stets verwirrten Haar und ihrem modisch sein wollenden Kleidchen.

Ihr kleiner Bruder *Harry*, der durch eine Laune der Natur wie ein Miniatur-Spanier aussah.

Und die kleineren Thorntons: *Edward* mit seinem mausfarbenen Haar und dem etwas mausartigen (aber angenehmen) Gesichtsausdruck; *Rachel* mit ihrem kurzen lockigen Goldhaar und ihrem dicken rosigen Gesicht, und zuletzt *Laura*, ein drolliges kleines Persönchen von drei Jahren: blaue Augen unter den dichten dunklen Brauen, eine breite Stirn und ein leicht zurückfliehendes Kinn. Man hatte bei ihrem Anblick den Eindruck, als sei die Natur bei ihrer Erschaffung ein ganz klein wenig hysterisch gewesen.

Nachdem sich der Nordwind ausgetobt hatte, setzte fast völlige Windstille ein. Der Morgen, an dem sie endlich Kap Antonio umsegelten, war heiß, glühend heiß. Aber auf See ist es ja niemals so schwül wie an Land; nur kann man sich an Land mit einem großen Hut vor der Sonne schützen, während einen auf See nichts vor jener zweiten Sonne schützen kann, die aus dem Wasser reflektiert und die Haut von unten her unbarmherzig verbrennt. Armer John! Hals und Kinn waren bald feuerrot und von Brandblasen bedeckt.

Von der Spitze des Kaps zieht sich eine lange weiße Sandbank von Nord nach Nordost; sie wird durch Black Key beschlossen, einem Felsen, der aus dem Wasser aufragt wie ein Schiffsrumpf. Dahinter beginnt ein Kanal, in dem das Segeln schwierig und verzwickt ist, und hinter diesem wiederum beginnen die Colorado-Riffe, die der Küste in nordöstlicher Richtung bis Honde Bay folgen. Das sind dann zwei Drittel der Route nach Havanna. Innerhalb der Riffe liegt der tückische Guaniguanico-Kanal mit seinen ebenfalls sehr verzwickten kleinen Durchgängen. Nachdem das alles endlich glücklich passiert war, hielt die mit sicherer Hand geführte »Clorinda« mit einem tänzerischen Bogen Kurs auf den offenen Atlantik.

John saß vor der Schiffsküche neben dem Matrosen Curtis, der ihn in das Geheimnis eines kunstgerechten Schifferknotens einweihte. Der junge Henry Marpole steuerte. Emily spielte in seiner Nähe.

Die anderen Seeleute standen in einem Kreis vorn an der Spitze des Schiffes, und man konnte nur ihre Rücken sehen. Aber ein gelegentliches brüllendes Gelächter und ein Hin- und Herschieben der Gruppe deuteten darauf, dass sie irgendwelchen Unfug trieben.

John schlich sich auf den Zehenspitzen an sie heran, um zu sehen, was sie machten. Er zwängte seinen runden Kopf zwischen ihren Beinen hindurch und arbeitete sich so weit vor, dass er schließlich ebenso gut sehen konnte wie die Männer in der ersten Reihe. Er stellte fest, dass die Seeleute den alten Affen erwischt hatten und ihn mit Rum vollpumpten. Zuerst gaben sie ihm einen in Rum aufgeweichten Zwieback, und dann tauchten sie Lappen in Rum und drückten sie im Maul des Tieres aus. Nachher versuchten sie, das Tier zu zwingen, den Rum selbst zu saufen, aber der Affe wehrte sich, und sie verschütteten nur eine Menge Alkohol.

John empfand ein unbestimmtes Grauen vor diesem Treiben und verstand natürlich die dahinterliegende Absicht nicht.

Der arme Affe zitterte und schwatzte, rollte die Augen und prustete. Es muss wohl ein ungeheuer komischer Anblick gewesen sein! Hin und wieder schien er ganz benommen von dem starken Getränk. Einer der Seeleute legte ihn oben auf ein altes Fass, aber wie der Blitz war er wieder unten und versuchte über die Köpfe seiner Quälgeister hinweg zu entfliehen. Aber er war kein Vogel, und sie erwischten ihn jedesmal wieder und erneuerten ihre Versuche, ihn betrunken zu machen.

John war bald ebensowenig mehr imstande, den Schauplatz zu verlassen, wie Jacko, der Affe.

Es war erstaunlich, wieviel Alkohol das kleine Tier in sich aufnehmen konnte. Natürlich war er jetzt sinnlos betrunken, aber er war weder gelähmt noch schläfrig. Als die Matrosen sahen, dass sie so nicht mit ihm fertig wurden, gaben sie es auf. Sie setzten ihn wieder oben auf das Fass, stülpten ihm eine Kiste, in die sie seitlich ein Loch eingekerbt hatten, über den Kopf und zogen seinen zerfressenen Schwanz mit vieler Mühe durch die Öffnung. Betäubt oder nicht, die Operation musste vollzogen werden! John starrte wie gebannt auf den sich windenden Schwanzstummel, das einzige, was man von dem Tier sehen konnte, und auf das teerbefleckte Messer und die johlenden Operateure.

Aber im selben Augenblick, als die Klinge seinen Schwanz berührte, warf der Affe mit einem ohrenbetäubenden Kreischen seinen Käfig ab, sprang auf den Kopf des Chirurgen, von dort aus hoch in die Luft, bekam ein Halteseil zu fassen und schwang sich wie der Blitz in die Takelage.

Nun setzte eine wilde Jagd ein. Sechzehn Männer vollführten die gewagtesten akrobatischen Kunststücke, nur um einen armen alten betrunkenen Affen zu fangen.

Denn er war jetzt sternhagelvoll und erbrach sich andauernd. Er wechselte zwischen halsbrecherischen Sprüngen (eine hohe Schule der Gymnastik) und einem kläglichen Taumeln auf straff gespannten Tauen, von denen er jeden Moment ins Meer zu stürzen drohte. Aber trotzdem gelang es den Matrosen nicht, ihn zu fangen.

Kein Wunder, dass die Kinder mit offenen Mündern und aufgerissenen Augen hinaufstierten, bis sie fast Genickstarre bekamen. Es war der herrlichste Zirkus der Welt und kostete dazu keinen Eintritt!

Kein Wunder auch, dass die Damen auf jenem Schoner, den Marpole gesichtet hatte, ehe er hinunter in seine Kajüte ging, den Schutz des Verdecks verließen und sich mit Lorgnons und Operngläsern, zwitschernd wie ein Käfig mit Hänflingen, an der Reling drängten. Sie waren noch zu weit entfernt, um das kleine Jagdobjekt deutlich zu erkennen, und mochten sich wohl fragen, welchem schwimmenden, von Seeakrobaten bevölkerten Irrenhaus sie die leichte Ostbrise entgegenführte.

Ihr Interesse wurde so lebhaft, dass ein Boot ausgesetzt wurde, in das sich die Damen – und auch einige Herren – drängten.

Zu guter Letzt verlor der arme kleine Jacko doch seinen Halt, stürzte auf das Deck und brach sich die Wirbelsäule. Damit war seinem Leben und natürlich auch der Jagd ein Ende gesetzt. Das Luftballett war mittendrin abgebrochen, ohne jedes Schlusstableau. Die Matrosen schlidderten zu zweien und zu dreien auf das Deck hinunter.

Aber unterdessen waren die Besucher schon an Bord.

So also wurde die »Clorinda« in Wirklichkeit gekapert. Es hatte kein Geschützfeuer gegeben, aber das konnte Kapitän Marpole nicht wissen, weil er gerade in seiner Koje lag, während Henry mit Hilfe jenes sechsten Sinnes steuerte, der dann in Funktion tritt, wenn die andern fünf schlafen. Der Maat und die Mannschaft waren so vertieft in ihre Affenjagd, dass sie selbst den Fliegenden Holländer nicht bemerkt hätten, wenn er sich plötzlich längsseits gelegt hätte.

## II

Das ganze Manöver wurde in der Tat so lautlos durchgeführt, dass Kapitän Marpole nicht einmal aufwachte – wie unglaublich dies auch bei einem Seemann erscheinen mag. Aber man muss bedenken, dass Marpole vorher ein erfolgreicher Kohlenhändler gewesen war.

Der Maat und die Mannschaft wurden ohne viel Federlesens unter das Vorderdeck getrieben, und der Lukendeckel wurde mit ein paar Nägeln verschlossen.

Die kleine Kinderherde trieb man, wie Marpole es in seinem Brief berichtete, ins Deckhaus, wo Stühle, unbrauchbare Tauenden, zerbrochene Werkzeuge, Töpfe mit eingetrockneten Farbresten und derartiges aufbewahrt wurde. Sie mussten dort Stunden um Stunden – fast den ganzen Tag – warten, ehe sich irgend etwas ereignete, und natürlich langweilten sie sich und wurden schlechter Laune.

Es waren höchstens acht bis neun Männer, die das Schiff gekapert hatten, und meist »Frauen« ohne Waffen – wenigstens ohne sichtbare. Aber eine zweite Bootsladung folgte ihnen bald, die der Form halber mit Gewehren ausgerüstet war. Doch auch sie begegneten keinem Widerstand. Ein zugenagelter Lukendeckel kann eine beliebige Anzahl von Männern ziemlich sicher in Schach halten.

Im zweiten Boot befanden sich der Kapitän des Schoners und sein Obermaat. Der erste war ein plumper grosser Kerl mit einem dummen melancholischen Gesicht. Er war breit gebaut, aber so schlecht proportioniert, dass man nicht den Eindruck von Kraft hatte. Er steckte in einem bescheidenen braunen Zivilanzug, war frisch rasiert und hatte sein spärliches Haar so heftig mit Pomade eingerieben, dass es in einzelnen dunklen Strähnen auf seinem kahlen Kopf lag. Diese ganze »landfeine« Aufmachung hob das Plumpe seiner großen, verarbeiteten dicken Hände noch stärker hervor. Außerdem trug er an Stelle von Stiefeln nach maurischer Sitte riesige absatzlose Pantoffeln, die so aussahen, als habe er sie sich selbst mit einem Messer aus einem Paar alter Seestiefel zurechtgeschnitten. Sie waren sogar für seine großen und breiten Füße viel zu weit, und er konnte sich daher nur ganz langsam und schlurfend über Deck bewegen. Er ging gebückt, als ob er Angst habe, irgendwo mit dem Kopf anzurennen, und seine Handrücken an den pendelnden Armen waren wie bei einem Orang Utang nach vorne gedreht.

Inzwischen machten sich seine Leute geräuschlos, aber methodisch ans Werk und entfernten, ehe sie die Ladung heraufholten, die Keile, mit denen die Luken verschlossen waren.

Ihr Anführer schlurfte ein paarmal auf Deck auf und ab. Anscheinend konnte er sich noch nicht so recht zu einer Unterhaltung mit dem Kapitän der »Clorinda« entschließen. Nach einer Weile jedoch begab er sich, von seinem Maat gefolgt, in Marpoles Kajüte hinunter.

Der Maat war ein kleiner sehr hellhaariger Mann, der im Vergleich zu seinem Chef intelligent aussah. Er war adrett, sogar hübsch gekleidet.

Selbst jetzt war Kapitän Marpole erst halb aufgewacht. Der Fremde stand schweigend vor ihm und drehte seine Mütze nervös in den Händen. Schließlich begann er mit einem weichen Akzent zu sprechen:

»Entschuldigen Sie«, sagte er, »aber würden Sie die Freundlichkeit haben, mir mit einigen Lebensmitteln auszuhelfen?«

Kapitän Marpole starrte erstaunt erst ihn und dann die stark geschminkten Gesichter der »Damen« an, die sich an dem Oberlicht seines Kajütenfensters drängten.

»Wer zum Teufel sind Sie?« stieß er endlich hervor.

»Ich bin Kommandant eines Schiffes der kolumbischen Marine«, erklärte der Fremde, »und ich brauche einige Vorräte.«

(Mittlerweile hatten seine Leute die Lukendeckel abgenommen und waren dabei, sich alles, was sie auf dem Schiff fanden, anzueignen.)

Marpole sah den Mann, der vor ihm stand, von oben bis unten an. Sogar die kolumbische Marine konnte schwerlich einen Offizier von so unmöglichem Aussehen haben. Dann schweifte sein Blick wieder zum Fenster zurück:

»Wenn Sie sich schon einen Offizier nennen, Herr, wer zum Teufel sind denn *die* dort?«

Als er auf sie deutete, zogen sich die geziert lächelnden Gesichter hastig zurück.

Der Fremde errötete.

»Das kann man wirklich schwer erklären«, gab er freimütig zu.

»Wenn Sie türkische Marine gesagt hätten, wäre es mir glaubwürdiger erschienen«, sagte Marpole.

Aber der Fremde schien den Witz nicht zu verstehen. In der für ihn charakteristischen Art wiegte er sich schweigend in den Hüften und rieb die Backe an der Schulter.

Plötzlich wurde Marpole auf das gedämpfte Gepolter aufmerksam, das die fremde Mannschaft vollführte, und fast gleichzeitig merkte er an einem heftigen Stoß, der das ganze Schiff erzittern ließ, dass ein Schoner längsseits angelegt hatte.

»Was heißt das?« rief er. »Ist da jemand in meinem Schiffsraum?«

»Vorräte…«, murmelte der Fremde.

Bis jetzt hatte Marpole knurrend wie ein Kettenhund auf seinem Bett gelegen. Als es ihm nun zum erstenmal aufging, dass etwas Ernstes im Gang sei, sprang er mit einem Satz heraus und lief auf die Tür zu. Sofort stellte ihm der kleine schweigsame Blonde ein Bein, und Marpole fiel gegen den Tisch.

»Ich rate Ihnen hierzubleiben«, sagte der große Mann. »Meine Leute machen eine Liste, und Sie werden für alles, was wir nehmen, voll bezahlt werden.«

Die Augen des seemännischen Kohlenhändlers blitzten einen kurzen Moment auf.

»Diese unerhörte Gewalttätigkeit wird Sie teuer zu stehen kommen«, brummte er.

»Ich werde alles bezahlen«, sagte der Fremde mit plötzlicher Großartigkeit, »wenigstens fünftausend Pfund werde ich zahlen.«

Marpole starrte ihn verblüfft an.

»Ich werde Ihnen eine Anweisung auf die kolumbische Regierung über diesen Betrag ausstellen«, fuhr der andere fort.

Fast sprachlos vor Empörung hämmerte Marpole mit den Fäusten auf den Tisch. »Bilden Sie sich etwa ein, dass ich Ihnen dieses Ammenmärchen glaube?« donnerte er.

Kapitän Jonsen widersprach ihm nicht.

»Ist es Ihnen klar, dass Sie sich der Freibeuterei schuldig machen, wenn Sie sich dieser Art eine Requirierung auf einem britischen Schiff erzwingen, selbst *wenn* Sie jeden Pfennig bezahlen?«

Auch darauf antwortete Jonsen nicht. Nur der gelangweilte Ausdruck auf dem Gesicht seines Maats wurde einen Augenblick durch ein Lächeln erhellt.

»Sie werden mir alles in bar bezahlen!« schloss Marpole. Dann sprang er auf einen neuen Gedankengang über. »Aber zum Teufel noch einmal, wie Sie an Bord meines Schiffes gekommen sind, das begreife ich nicht! – Wo ist mein Maat?«

Jonsen begann mit monotoner Stimme, als ob er etwas Auswendiggelerntes hersagte: »Ich werde Ihnen eine Anweisung auf fünftausend Pfund ausstellen, dreitausend für die Vorräte, die übrigen zweitausend werden Sie mir in bar geben.«

»Wir wissen, dass Sie Bargeld an Bord haben«, warf der kleine blonde Maat jetzt ein, der bis dahin geschwiegen hatte.

»Unsere Informationen haben wir aus ganz zuverlässiger Quelle«, erklärte Jonsen.

Jetzt erbleichte Marpole, und der Schweiß brach ihm aus allen Poren. Selbst die Angst konnte sich nur sehr langsam seines Gehirns bemächtigen. Aber er leugnete, dass er Geld an Bord habe.

»Ist das Ihr letztes Wort?« sagte Jonsen und zog eine schwere Pistole aus der Hosentasche. »Wenn Sie uns nicht die Wahrheit sagen, werden Sie mit dem Leben dafür büßen.« Seine Stimme war ungewöhnlich sanft und eintönig, als ob er seinen Worten keine besondere Bedeutung beimesse. »Erwarten Sie kein Mitleid, denn mein Beruf hat mich gegen Blutvergießen völlig gleichgültig gemacht.«

Ein furchtbares Kreischen und Piepsen oben an Bord sagte Marpole, dass seine Hühner in neue Quartiere gebracht wurden.

In tiefem Seelenschmerz rief er, dass er Frau und Kinder habe, die mittellos dastehen würden, wenn er ums Leben käme.

Mit einem sonderbaren, halb verwunderten, halb verwirrten Gesichtsausdruck steckte Jonsen daraufhin den Revolver in die Tasche, und die beiden Eindringlinge begannen, die Kajüte selbst zu durchsuchen. Dabei plünderten sie Messe und Kabinen vollständig aus: Waffen, Kleidungsstücke, selbst die Betten nahmen sie und rissen sogar (wie Marpole mit seltener Genauigkeit in seinem Brief erwähnt hatte) die Klingelschnur herunter.

Über ihren Köpfen war jetzt ein pausenloses Gepolter: das Rollen der Fässer und Kisten.

»Bedenken Sie«, fuhr Jonsen, über die Schulter sprechend, fort, während er weitersuchte, »dass Geld nicht das Leben ersetzt und einem auch gar nichts nützen kann, wenn man tot ist. Wenn Ihr Leben auch nur den geringsten Wert für Sie hat, werden Sie mir sofort sagen, wo Sie Ihr Geld versteckt haben, und dann wird nichts geschehen.«

Marpoles einzige Antwort war wieder, an seine Frau und seine Kinder zu erinnern. (In Wirklichkeit war er Witwer und seine einzige Verwandte eine Nichte, die im Falle seines Todes um ungefähr zehntausend Pfund reicher sein würde.) Aber diese Wiederholung schien dem Maat eine neue Idee zu geben, und er begann sehr schnell in einer Sprache, die Marpole noch nie in seinem Leben gehört hatte, mit seinem Chef zu sprechen. Ein sonderbarer Ausdruck blitzte in Jonsens Augen auf, und er rieb sich kichernd die Hände.

Marpole verstand nichts mehr. Der Maat ging an Deck, um dort Vorbereitungen für seinen neuen Plan zu treffen, während Jonsen schweigend eine letzte vergebliche Durchsuchung der Räume vornahm.

Nach einer Weile rief der Maat etwas hinunter, und Jonsen befahl Marpole, ihn zu begleiten.

Der arme Marpole stöhnte, als er das Deck sah. Das Löschen einer Schiffsladung verursacht immer eine gewisse Unordnung, aber diese ungeladenen Gäste hatten wüst gehaust. Marpole brach vor Kummer fast das Herz, als er die Verheerung sah, die man mit seiner Ladung angerichtet hatte: zerbrochene Kisten, Fässer, Flaschen, mutwillig zerschnittene Segel, zerbrochene Luken, alles lag wüst durcheinander.

Aus dem Deckhaus drang plötzlich Lauras schrille Stimme: »Ich will raus!«

Die spanischen »Damen« waren anscheinend auf den Schoner zurückgekehrt. Marpoles eigene Mannschaft war noch unten eingeschlossen. Wo sich die Kinder befanden, war leicht zu erraten, denn Laura war nicht die einzige, die sich bemerkbar machte. An Bord waren nur sechs Mann der fremden Schiffsbesatzung zu sehen, die in einer Reihe standen, dem Deckhaus gegenüber, jeder mit einem Gewehr bewaffnet.

Der kleine Maat übernahm jetzt den Befehl.

»Wo ist also Ihr Bargeld versteckt, Kap'tän?«

Da die Seeräuber mit den Gewehren ihm den Rücken zugewandt hatten, erwiderte Marpole: »Scheren Sie sich zum Teufel.«

Eine Salve zerriss jäh die Luft, und sechs saubere kleine Löcher im oberen Teil des Deckhauses wurden sichtbar.

»He! Was macht ihr denn da?« erklang Johns entrüstete Stimme.

»Wenn Sie sich weigern, uns das Versteck anzugeben, werden meine Leute das nächste Mal einen Fuß tiefer zielen.«

»Ihr Bestien!« schrie Marpole.

»Wollen Sie es mir sagen oder nicht?«

»Nein!«

»Feuer!«

Die zweite Salve konnte die größeren Kinder nur um ein paar Zoll verfehlt haben.

Eine Sekunde herrschte völlige Stille, dann drang ein ohrenbetäubender Schrei aus dem Deckhaus. Es lag so viel Angst darin, dass nicht einmal die eigene Mutter hätte sagen können, aus welcher Kehle er gekommen sei. Aber nur dieser einzige Schrei erklang.

Der fremde Kapitän war während des ganzen Vorgangs erregt umhergeschlurft, aber bei diesem Schrei hatte er sich mit vor Wut dunkelrotem Gesicht Marpole zugewandt.

»Wollen Sie jetzt antworten?«

Aber Marpole hatte sich nun wieder vollständig in der Hand. Ohne Zögern erwiderte er: »Nein!«

»Das nächste Mal werden die Leute den Befehl bekommen, mitten durch die kleinen Körper zu schießen!«

Das war es also, was Marpole in seinem Brief gemeint hatte, als er schrieb: »er wandte jede erdenkliche Drohung an, die die gemeinste Niedertracht ersinnen konnte!« Aber auch dadurch ließ er sich nicht einschüchtern.

»Nein, sage ich Ihnen!«

Heroischer Eigensinn! Aber anstatt den verhängnisvollen Befehl zu erteilen, hob Jonsen seine Bärentatze und versetzte Marpole einen solchen Schlag ins Gesicht, dass er bewusstlos zu Boden stürzte.

Nun wurden die Kinder aus dem Deckhaus geholt.

Sie waren in Wirklichkeit gar nicht so sehr erschrokken, außer vielleicht Margaret, der das Ganze sehr auf die Nerven gegangen zu sein schien. Wenn nach einem geschossen wird, so ist das, wenigstens das erste Mal, nur halb so aufregend, als wenn jemand in der Dunkelheit auf einen zuspringt und »Huh« schreit. Die Jungens weinten etwas, und die Mädchen waren schlechter Laune, weil sie Hunger hatten und es in dem kleinen Deckhaus so heiß gewesen war.

»Was habt ihr eigentlich gemacht?« fragte Rachel treuherzig einen der Seeräuber, als sie herauskam.

Aber nur der Kapitän und der Maat verstanden Englisch. Letzterer überhörte Rachels Frage und sagte ihr, dass sie jetzt alle an Bord des Schoners gehen würden, um dort Abendbrot zu essen. Er hatte das heitere, beruhigende Wesen, das fast alle Seeleute haben. So wurden die Kinder unter der Obhut von zwei spanischen Matrosen in das kleinere Fahrzeug gebracht, das eben seinen Anker lichtete.

Dort öffneten die fremden Matrosen eine ganze Kiste voll kandierter Früchte, an denen die Kinder ihren Heißhunger stillen konnten.

Als der arme Kapitän Marpole wieder zur Besinnung kam, fand er sich am Großmast festgebunden. Holzwolle und Holzstückchen wurden um seine Füße gehäuft, und Jonsen bestreute sie gerade reichlich mit Schießpulver – »um das ganze Schiff und alles, was darauf ist, in die Luft zu sprengen«.

Der kleine blonde Maat stand in der zunehmenden Dämmerung neben ihm, eine brennende Fackel in der Hand, mit der er den Scheiterhaufen in Brand stecken wollte.

Was konnte ein so in die Enge getriebener Mensch tun? In diesem furchtbaren Augenblick musste der mutige alte Bursche sich schließlich für geschlagen erklären. Er sagte ihnen, wo sein Frachtgeld – etwa neunhundert Pfund – sich befände. Daraufhin ließen sie ihn frei.

Gerade als die Dunkelheit einbrach, verließ der letzte Pirat das Schiff. Von den Kindern war kein Laut zu hören, und Marpole erriet, dass die Seeräuber sie nach dem Schoner mitgenommen hatten.

Ehe er die Mannschaft befreite, zündete er eine Laterne an und begann eine Art Inventur aufzunehmen von allem, was man ihm gestohlen hatte. Das Ergebnis war wirklich zum Verzweifeln: außer der ganzen Ladung hatte man sämtliche Reservesegel, die ganze Takelage, alle Lebensmittelvorräte und Gewehre, das ganze Schießpulver, seine und seines Maats sämtliche Kleider und Wäsche und alle nautischen Instrumente und Kajütenvorräte fortgenommen. Die Messe war vollkommen ausgeplündert, nicht einmal ein Messer oder einen Löffel, weder Tee noch Zucker, noch ein zweites Hemd hatten die Piraten zurückgelassen. Nur die Koffer der Kinder und die Schildkröten waren verschont geblieben. Ihr melodisches Seufzen war der einzige Laut, der auf dem Schiff zu hören war.

Aber der Anblick der von den Seeräubern zurückgelassenen Sachen war fast ebenso niederdrückend: alle jene beschädigten oder abgenutzten und verbrauchten Zubehörteile, die gut und gern vom nächsten Sturm hätten über Bord gespült werden können und ihm schon lange ein Dorn im Auge waren, lagen noch da.

Wozu um Himmelswillen hatte man sich versichern lassen? Marpole begann eigenhändig das Gerümpel zusammenzusuchen und über Bord zu werfen.

Aber Kapitän Jonsen sah es von weitem:

»He! Sie gemeiner Schwindler! Ich werde Sie bei Lloyds anzeigen! Ich werde selbst hinschreiben!« Er war über die Unehrenhaftigkeit des anderen ganz empört!

Marpole musste also sein Vorhaben zunächst wenigstens aufgeben. Er nahm eine Stange, brach die Lukendeckel auf und befreite seine Mannschaft. Margarets braune Kinderfrau fand er bei den Matrosen. Sie hatte sich, wahrscheinlich aus Angst, den ganzen Tag dort versteckt gehalten.

## III

Eigentlich hätte das Abendbrot auf dem Schoner sehr fröhlich verlaufen müssen. Das Gegenteil war aber der Fall. Niemand wusste, warum.

Die wertvolle Beute hatte die Mannschaft natürlich in beste Laune versetzt. Und eine Mahlzeit, die hauptsächlich aus kandierten Früchten bestand, mit einer Nachspeise aus Brot und gehackten Zwiebeln, in einer großen gemeinsamen Schüssel, an Deck unter dem Sternhimmel serviert, und noch dazu lange nach der gewohnten Schlafenszeit, hätte eigentlich auch bei den Kindern eine glänzende Stimmung hervorrufen müssen. Aber stattdessen wurden beide Parteien von einer plötzlichen, übermächtigen und gänzlich unerwarteten Schüchternheit befallen. Kein Staatsbankett hätte förmlicher und langweiliger verlaufen können.

Es ist anzunehmen, dass diese Stimmung dadurch entstanden war, dass Wirte und Gäste nicht dieselbe Sprache sprachen. Die spanischen Matrosen, denen diese Schwierigkeit nichts Neues war, grinsten und versuchten sich durch Gesten zu verständigen, aber die Kinder setzten aus reiner Verlegenheit ihre förmlichste Gesellschaftsmiene auf und benahmen sich mit einer Höflichkeit, die ihre Eltern in Erstaunen versetzt hätte. Das hatte zur Folge, dass die Matrosen schließlich ebenso steif und förmlich wurden und dass ein armer, kleiner Kerl, der so hässlich wie ein Affe war, wegen seiner Gewohnheit, beim Essen ständig zu rülpsen, von seinen Kameraden so gepufft und gestoßen wurde, dass er sich, von Schamröte übergossen, bald entfernte, um allein zu Ende zu essen. Aber selbst dann konnte man, so schweigsam verlief dieses Festmahl, noch von ferne sein Aufstoßen hören.

Vielleicht wäre es lustiger zugegangen, wenn der Kapitän und der Maat, die ja Englisch sprachen, dabei gewesen wären. Aber die waren viel zu sehr mit der Prüfung des beweglichen Gutes, das sie von der »Clorinda« mitgenommen hatten, beschäftigt, um an die Kinder zu denken.

Beim Schein einer Laterne sortierten sie alles heraus, was allzu leicht zu identifizieren sein würde, und warfen es blutenden Herzens ins Meer.

Als zwei leere Koffer, auf denen in großen Buchstaben der Name JAS. MARPOLE stand, klatschend ins Meer fielen, drang ein Schrei aufrichtiger Entrüstung von der »Clorinda« herüber. Sie hielten erstaunt in ihrer Arbeit inne, denn sie konnten es sich nicht erklären, warum eine Schiffsbesatzung, der man alles, was sie besaß, geraubt hatte, es sich so zu Herzen nahm, dass ein paar alte, wertlose Koffer ins Wasser geworfen wurden.

Es war ihnen einfach unverständlich.

Sie fuhren kopfschüttelnd in ihrer Arbeit fort und beachteten die »Clorinda« nicht weiter.

Nach dem Abendbrot wurde die Lage noch peinlicher. Die Kinder standen verlegen herum und wussten nicht, was sie mit sich selbst anfangen sollten. Sie konnten sich mit ihren Gastgebern nicht unterhalten, und da sie es für unhöflich hielten, in einer fremden Sprache miteinander zu sprechen, wünschten sie sehnlichst, sich verabschieden zu können. Wenn es hell gewesen wäre, hätten sie das ganze Schiff durchstöbert und sich glücklich gefühlt, aber was sollten sie in der Dunkelheit machen?

Die Matrosen gingen wieder an ihre Arbeit, und Kapitän und Maat waren, wie schon erwähnt, gleichfalls beschäftigt.

Als das Sortieren der Sachen geschehen war, sagte sich Jonsen, dass er jetzt nur noch die Kinder auf die »Clorinda« zurückzubringen habe, ehe er sich selbst von ihr absetzte, solange Dunkelheit und Brise anhielten.

Aber Marpole hatte in seiner lebhaften Phantasie jenes Aufspritzen des Wassers auf seine Weise ausgelegt. Er nahm an, dass er keinen Grund mehr habe zu warten, hingegen alle Ursache, sich mit dem Davonkommen zu beeilen.

Ich glaube, dass er fest von der Richtigkeit seiner Vermutung überzeugt war.

Es war schließlich doch nur eine kleine Ungenauigkeit, wenn er sagte, dass er »mit eigenen Augen gesehen« habe, was er im Grunde genommen nur mit eigenen Ohren gehört hatte. Aber jedenfalls hatte er in bester Absicht gehandelt.

Kapitän Jonsen trieb jetzt seine Leute zur Eile an, aber als er bald darauf nach der »Clorinda« Ausschau hielt, war sie schon im Licht der Sterne eine halbe Meile voran gesegelt.

Da es nicht in Frage kam, sie bis zu den Hauptschiffahrtswegen zu verfolgen, musste sich Jonsen damit begnügen, ihr durch sein Nachtfernglas nachzustarren.

## IV

Kapitän Jonsen beauftragte den kleinen Matrosen mit dem Affengesicht, der beim Abendbrot so schlecht behandelt worden war, einen Raum im Vorschiff für die Kinder zurechtzumachen. Die Seile, Besen und Bürsten, die dort herumlagen, wurden auf einen Haufen in eine Ecke geworfen, und dann suchte man einige von den gestohlenen Schlafdecken für die Gäste heraus.

Die Kinder brachte jetzt nichts mehr zum Auftauen. Sie kletterten die Leiter hinunter, und jedes nahm schweigend mit verlegener Miene seine Schlafdecke. Jonsen stand unschlüssig herum, er hätte ihnen gern beim Zubettgehen geholfen, obgleich keine Betten vorhanden waren, wusste aber nicht recht, wie er das anfangen sollte. Er gab es also schließlich auf und schwang sich, unverständliche Worte vor sich hinmurmelnd, durch die Vorderluke hinauf.

Das letzte, was die Kinder von ihm sahen, waren seine phantastisch großen Pantoffel, die von den großen Zehen herabhingen und sich grotesk gegen den Sternenhimmel abzeichneten; aber es kam ihnen nicht in den Sinn zu lachen.

Erst als das vertraute Gefühl, bis zum Hals zugedeckt zu sein, zu wirken begann und sie sich klarwurden, dass sie wieder ganz unter sich waren, kehrte allmählich Leben in sie zurück.

Die Dunkelheit war fast undurchdringlich und wurde durch das kleine, von Sternenschein beleuchtete Viereck des offenen Lukendeckels eher noch vertieft als aufgehellt. Zunächst wurde die Stille nur dadurch unterbrochen, dass eins von ihnen sich fast unbefangen umdrehte, aber nach einer Weile brach eine Stimme das lange Schweigen:

LAURA (*langsam mit Grabesstimme*): Mir gefällt mein Bett gar nicht.

RACHEL (*mit ähnlicher Stimme*): Mir doch.

LAURA: Mir nicht, es ist ein scheußliches Bett. Es ist überhaupt keins.

JOHN, EMILY: Pst! Ihr sollt schlafen!

EDWARD: Ich rieche Küchenschaben.

EMILY: Pst!

EDWARD (*laut und hoffnungsfreudig*): Sie werden uns die Nägel abnagen, weil wir uns nicht gewaschen haben, und dann die Haut, dann die Haare, und...

LAURA: Ach, ich habe eine Küchenschabe in meinem Bett. Raus mit dir!

(*Man konnte das leise Summen der Flügel des Tieres hören, als es fortflog, doch Laura war schon aufgestanden.*)

EMILY: Aber Laura, wirst du sofort ins Bett zurückgehen!

LAURA: Ich kann doch nicht, wenn eine Küchenschabe darin liegt!

JOHN: Wirst du gleich ins Bett gehen, du dummes Ding du! Sie ist ja schon längst fort.

LAURA: Aber sie hat vielleicht ihre Frau zurückgelassen.

HARRY: Die haben keine Frauen; es sind ja selber Frauen.

RACHEL: Au-ah! – Laura, lass das! – Emily, Laura spaziert auf mir herum!

EMILY: Lau-ra!!

LAURA: Aber auf irgend etwas muss ich doch gehen!

EMILY: Leg dich sofort schlafen!

(*Eine Weile herrscht völlige Stille.*)

LAURA: Ich habe ja gar nicht gebetet.

EMILY: Dann musst du im Liegen beten.

RACHEL: Nein, das darf sie nicht. Das ist ja faul.

JOHN: Halt den Mund, Rachel. Natürlich kann sie es ausnahmsweise mal tun.

RACHEL: Aber nein, das ist gottlos! Man kann mittendrin einschlafen, und Leute, die mitten in ihrem Abendgebet einschlafen, müssten in die Hölle kommen, nicht wahr? – Nicht wahr? (*Schweigen.*) Nichtwahr??! (*Noch immer Schweigen.*) Sag doch, Emily, sie müssten in die Hölle kommen, nicht wahr?

JOHN: Nein!

RACHEL (*verträumt*): Ich finde, es müssten viel mehr Leute in die Hölle kommen, als wirklich drin sind.

(*Wieder Schweigen.*)

HARRY: Marghie!

(*Schweigen.*)

Marghie!

(*Schweigen.*)

JOHN: Was ist mit Marghie los? Warum will sie nicht reden?

(*Ein leises Schluchzen wird jetzt hörbar.*)

HARRY: Ich weiss nicht.

(*Wieder Schluchzen.*)

JOHN: Ist sie oft so?

HARRY: Manchmal ist sie furchtbar dumm.

JOHN: Was ist los, Marghie?

MARGARET (*mit todunglücklicher Stimme*): Lass mich in Frieden!

RACHEL: Ich glaube, sie hat Angst! (*Singt höhnisch aufreizend.*) Marghie hat Angst, Marghie hat Angst, Marghie hat Angst vor dem schwarzen Mann!

MARGARET (*schluchzt laut auf*): Ach, ihr dummen kleinen Schafsköpfe!

John: Nun sag doch also, was los ist!

Margaret (*nach einer Pause*): Ich bin doch älter als ihr alle!

Harry: Das ist aber ein komischer Grund, Angst zu haben!

Margaret: Nein, gar nicht!

Harry: Doch!

Margaret (*verteidigt immer eifriger ihren Standpunkt*): Aber nein, wenn ich es dir doch sage!

Harry: Aber doch!

Margaret (*überlegen*): Ach, ihr seid ja alle zu klein, um es zu verstehen...

John: Hau ihr eine runter, Emily!

Emily (*schläfrig*): Hau du ihr eine runter.

Harry: Aber sag mal, Marghie, warum sind wir eigentlich hier?

(*Keine Antwort.*)

Weißt du, Emily, warum wir hier sind?

Emily (*gleichgültig*): Ich weiß nicht. Vielleicht weil man uns tauschen wollte.

Harry: Ja, das wird es wohl sein. Aber sie hätten es uns eigentlich vorher *sagen* können, dass sie uns tauschen wollen.

Emily: Die Erwachsenen sagen uns ja *nie*, was sie vorhaben.

# VIERTES KAPITEL

## I

Am nächsten Morgen erwachten die Kinder sehr spät, und wie auf Verabredung, alle wie auf den Glockenschlag. Sie setzten sich auf, gähnten und streckten Beine und Rücken, die ganz steif waren. (Man muss bedenken, dass sie auf den bloßen Brettern geschlafen hatten.)

Die See war ruhig, und über ihnen war schon das Hin- und Herlaufen von Menschen zu hören. Das Schiffsinnere bildete von der Spitze bis zu der großen Luke, die zum Einladen der Güter gebraucht wurde, einen einzigen durchgehenden Raum. Von ihrem Platz aus konnten die Kinder sehen, dass die große Luke geöffnet worden war. Der Kapitän erschien in der Öffnung und ließ sich, die Beine voran, auf die wie Kraut und Rüben durcheinanderliegende Ladung der »Clorinda« fallen.

Ein paar Minuten starrten die Kinder ihn nur an. Er sah etwas beunruhigt und missmutig aus und redete vor sich hin, während er mal diese, mal jene Kiste mit seinem Bleistift beklopfte. Nach einer Weile rief er in ärgerlichem Ton den Leuten an Deck etwas zu.

»Schon gut, schon gut«, erklang von oben die etwas gekränkte Stimme des Maats. »Es hat doch nicht solche Eile.«

Darauf schwoll das Murmeln und Brummen des Kapitäns noch stärker an, so dass es bald klang, als ob sich zehn Leute auf einmal in seiner Brust unterhielten.

»Dürfen wir jetzt aufstehen?« fragte Rachel.

Kapitän Jonsen drehte sich um. Er hatte die Existenz der Kinder vollkommen vergessen.

»Wie?«

»Dürfen wir aufstehen, bitte?«

»Ihr könnt zum Teufel gehen!« Er sagte diese Worte so leise, dass die Kinder sie nicht verstanden. Aber dem Maat entgingen sie nicht.

»Na, na! Ich muss doch sehr bitten!« rief er missbilligend hinunter.

»Ja, ja! Natürlich könnt ihr aufstehen. Geht an Deck!« Der Kapitän stellte ihnen eine kurze Leiter hin, auf der sie durch die Luke klettern sollten.

Sie waren sehr erstaunt, als sie sahen, dass der Schoner nicht mehr auf hoher See war. Er lag gemütlich vor einer kleinen Werft in einer geschützten Bucht, hinter welcher aus dem Grünen ein hübsches, aber sehr verwahrlost aussehendes Städtchen hervorlugte, mit weißen Holzhäusern, Dächern aus Palmenblättern und dem Turm einer kleinen Sandsteinkirche. Am Kai standen einige gut angezogene Nichtstuer, die das Löschen der Ladung beobachteten.

Der Maat, der die Arbeit der Mannschaft leitete, nickte den Kindern freundschaftlich zu, beachtete sie aber dann zu ihrer größten Enttäuschung nicht mehr. Er war viel zu beschäftigt.

Jetzt tauchte auf dem Schiff eine Gruppe ganz sonderbar aussehender junger Männer auf. Margaret hatte noch nie so schöne junge Leute gesehen. Sie waren schlank, ohne mager zu sein, und mit großer (wenn auch ziemlich fadenscheiniger) Eleganz gekleidet. Aber ihre Gesichter erst! Diese wunderschönen olivfarbenen ovalen Gesichter! Diese großen sanften braunen Augen mit den dunklen Ringen – diese unnatürlich roten Lippen! Sie trippelten über das Deck und plauderten in hohen Fisteltönen – schilpend wie eine Schar Sperlinge –, als sie an Land gingen.

»Was sind das für Herren?« fragte Emily den Kapitän, der eben wieder einmal von unten heraufgekommen war.

»Wer die sind?« murmelte er zerstreut, ohne sich umzusehen. »Ach, die da? Das sind Pupen.«

»Na, na!« erklang die Stimme des Maats noch missbilligender als vorhin.

»Puppen?« rief Emily verwundert.

Kapitän Jonsen wurde vom Nacken bis zu seiner Glatze plötzlich rot, wie von einer Blutwelle übergossen. Dann verschwand er eiligst wieder nach unten.

»Ist der aber dumm!« sagte Emily.

»Ob wir jetzt auch bald an Land gehen können?« fragte Edward.

»Wir müssen wohl warten, bis man uns die Erlaubnis dazu gibt, nicht wahr, Emily?« sagte Harry.

»Ich hätte nicht gedacht, dass England so aussieht«, bemerkte jetzt Rachel, »es sieht doch genau so aus wie Jamaica.«

»Das ist auch noch nicht England, du Schafsnase«, rief John.

»Aber es muss doch England sein«, widersprach Rachel, »wir wollen doch dahin.«

»Wir sind aber noch nicht da«, erklärte John, »das hier muss wohl irgendeine Anlegestelle sein, wo wir vor Anker gegangen sind, wie damals, als wir die vielen Schildkröten bekamen.«

»Ich habe es gern, wenn wir oft anlegen«, meinte Laura.

»Ich nicht«, sagte Rachel.

»Ich ja«, beharrte Laura.

»Wo sind die jungen Leute alle hingegangen?« fragte Margaret den Maat. »Kommen sie noch einmal zurück?«

»Nur um ihren Lohn zu holen, wenn wir die Ladung verkauft haben«, antwortete er.

»Dann wohnen sie also gar nicht auf dem Schiff?« fragte sie weiter.

»Nein, wir haben sie in Havanna angeheuert.«

»Wozu?«

Er sah sie erstaunt an. »Aber das sind doch die 'Damen', die wir an Bord hatten, und die aussehen sollten wie Passagiere. Hast du sie denn für richtige Passagiere gehalten?«

»Ach, die waren verkleidet?« rief Emily aufgeregt. »Ist das aber spaßig!«

»Ich verkleide mich so gern«, piepste Laura. »Ich nicht«, meinte Rachel, »ich finde, das ist nur ein Spiel für die Kleinen.«

»Ich dachte, es wären richtige Damen«, gestand Emily.

»Aber wir sind doch eine anständige Mannschaft«, antwortete der Maat etwas steif – und auch nicht ganz logisch, wenn man es sich recht überlegte. »Aber geht jetzt mal alle ein bisschen an Land und seht euch die Gegend an.«

Hand in Hand marschierten die Kinder in einer langen Reihe an Land und spazierten feierlich durch das Städtchen. Zuerst wollte Laura auf eigene Faust Entdeckungsreisen machen, aber die anderen erlaubten es ihr nicht, und als sie nach dem Schiff zurückkamen, hielten sie sich noch immer an den Händen. Sie hatten sich alles angesehen, was zu sehen war, und niemand hatte sie auch nur im geringsten beachtet (wenigstens ihres Wissens nicht), und nun wollten sie wieder weiter Fragen stellen.

Das Städtchen Santa Lucia war damals ein reizender, schläfriger kleiner Ort, der ganz verlassen auf der völlig in Vergessenheit geratenen westlichen Spitze Kubas lag. Von Havanna war es durch hundert Meilen Wald getrennt und von der offenen See durch die verzwickten kleinen Wasserstraßen, die sich zwischen den Riffen und den Sandbänken hindurchschlängeln und nur von den langsamen kleinen Küstenfahrzeugen befahren wurden, während die größeren Schiffe sie wie die Pest mieden.

In jenen frühen Zeiten erfreuten sich diese kleinen Hafenstädte am Canal de Guaniguanico eines blühenden Handels, weil sie den Seeräubern als Stützpunkt und Unterschlupf dienten. Dieser Wohlstand war aber nur von kurzer Dauer. Im Jahre 1823 machte ein amerikanisches Geschwader einen Angriff auf ihr Hauptquartier, die Bucht von Sejuapo. Von diesem Schlag erholte sich die »Industrie« nie wieder, sie wurde immer kümmerlicher und hörte allmählich ganz auf, ebenso wie die Handweberei. In einer Stadt wie Havanna konnte man viel schneller und mit weniger Risiko (wenn auch auf weniger ehrenhafte Weise) zu Geld kommen. Die Seeräuberei war schon seit Jahren kein einträgliches Geschäft mehr und hätte deshalb eigentlich schon viel früher aufhören müssen. Aber solche Erwerbszweige pflegen länger zu halten, als sie sich rentieren (wenn auch auf absteigender Linie). Santa Lucia und die Seeräuberei existierten also weiter, weil man sich an sie gewöhnt hatte. Und eine solche Beute wie die »Clorinda« gab es alle Jubeljahre nur einmal. Die Absatzgebiete verringerten sich immer mehr, und die Schiffe der Piraten verfaulten auf den Werften oder erlitten das schimpfliche Los, an handeltreibende Seeleute verkauft zu werden. Die jungen Männer aus Santa Lucia fuhren nach Havanna oder nach den Vereinigten Staaten. Die jungen Mädchen langweilten sich. Die Granden des Ortes nahmen in gleichem Maße an Würde zu, wie sie an Zahl und Besitztümern abnahmen. Es war eine idyllische, ländliche Gemeinde, die von der Außenwelt und von ihrem eigenen nahen Untergang keine Ahnung hatte.

»Ich glaube nicht, dass ich hier gern leben würde«, meinte John, als sie aufs Schiff zurückkehrten.

Unterdessen war die Ladung gelöscht und lag auf dem Kai. Nach der Siesta versammelten sich dort ungefähr hundert Menschen, die alles neugierig beschnüffelten und miteinander diskutierten. Die Auktion sollte bald beginnen. Kapitän Jonsen stapfte überall herum und war allen Leuten im Wege, besonders der Maat ärgerte sich über ihn, weil er fortwährend sich widersprechende Anordnungen gab. Der Maat hatte ein großes Kontobuch in der Hand und eine Menge numerierter Zettel, die er auf die verschiedenen Ballen und Pakete klebte. Die Matrosen errichteten eine provisorische Estrade – die Auktion sollte in aller Form vonstatten gehen.

Die Zahl der Schaulustigen wuchs von Minute zu Minute. Weil alle Spanisch sprachen, das sie nicht verstanden, machte das Ganze auf die Kinder den Eindruck einer Pantomime. Sie kamen ihnen wie Marionetten vor. Sie entdeckten, was für ein herrliches Spiel es ist, Ausländer, deren einfachste Worte einem unverständlich sind, zu beobachten und den Sinn ihrer Reden und Gesten zu erraten.

Dazu kam noch, dass die Leute so merkwürdig aussahen und sich bewegten, als wären sie alle Könige. Dabei spuckten sie ständig um sich und rauchten dünne schwarze Zigarren, deren blauer Rauch unter ihren riesigen Hüten wie aus Weihrauchgefäßen emporzusteigen schien.

Plötzlich teilte sich die Menge, und man sah die ganze Mannschaft des Schoners, wie sie, eine gewaltige Waage auf den Schultern, die sie jeden Moment in eine andere Richtung zu drängen drohte, zur Estrade taumelte.

Es waren auch ziemlich viele Damen unter den Schaulustigen – allerdings alte –, wenigstens kam es den Kindern so vor. Einige waren mager und runzlig wie Affen, doch die meisten waren sehr dick, und die allerdickste unter ihnen wurde (vielleicht wegen ihres Schnurrbartes) mit der größten Ehrerbietung behandelt. Sie war die Frau des Bürgermeisters von Santa Lucia und hieß um ihr den ganzen Titel zu lassen – Señora del Illustrious Juzgado del Municipal de Santa Lucia. Ein kleiner schielender Neger schleppte einen Schaukelstuhl von angemessener Stabilität hinter ihr her, den er mitten auf den Platz, unmittelbar vor die Estrade stellte. Als die alte Dame sich dort niedergelassen hatte, sah es aus, als säße sie auf einem Thron. Der Neger stand hinter ihr und hielt einen aufgespannten violetten Sonnenschirm über ihren Kopf.

Kein Wunder, dass sie sofort zum Mittelpunkt des ganzen Bildes wurde.

Sie hatte eine tiefe, kräftige Stimme, und wenn sie einen Witz machte (was sehr häufig geschah), hörten ihn alle, auch wenn sie sich noch so eifrig miteinander unterhielten. Die Kinder bahnten sich wie immer, ohne sich viel um die Gesetze der Höflichkeit zu kümmern, einen Weg durch die Menge und gruppierten sich um den Thron der dicken Dame.

Da der Kapitän entweder wirklich kein Wort Spanisch konnte oder plötzlich nur so tat, fiel die ganze Leitung der Auktion dem Maat zu. In anmaßender Haltung bestieg er die Estrade, als sei er völlig zuständig für dieses Unternehmen.

Aber eine Auktion zu leiten, ist eine ebenso große Kunst, wie ein Sonett in einer fremden Sprache zu dichten. Man muss einen ununterbrochenen Strom von Beredsamkeit zu seiner Verfügung haben und die Fähigkeit besitzen, die Zuhörer zu amüsieren, zu begeistern, sie so zu überreden, bis sie den Wert und oft auch die Art des Gegenstandes vergessen, um den es geht, und nur noch von ihrem Stolz auf die lange Reihe der Angebote mitgerissen werden – eine ähnliche Lust, wie sie der Billard-Meister bei einer langen Reihe von gelungenen Stößen empfindet.

Der kleine Österreicher hatte zwar einmal in Wales eine gute Schule durchgemacht, denn Wales ist ein Platz, wo man Auktionen von höchster Vollendung erleben kann. Auf Walisisch, Englisch oder selbst in seiner Muttersprache hätte er sich sehr gut durchhelfen können, aber auf Spanisch fehlte ihm eben die Sicherheit, die ihm Macht über seine Zuhörer hätte verleihen können. Sie blieben kühl, sogar kalt und kritisch und brachten ihre Angebote nur zögernd vor.

Als ob es mit diesen Sprachschwierigkeiten nicht schon genug sei, thronte da auch noch die übergewaltige alte Dame, die durch ihre Witze jedes Interesse zerstörte, das er sonst vielleicht doch hätte erwecken können.

Als der dritte Posten Kaffee angeboten wurde, brach ein sehr hässlicher Streit unter dem Publikum aus. Die

Kinder waren entsetzt, sie hatten es noch nie erlebt, dass Erwachsene unhöflich zueinander waren. Der Kapitän hatte das Wiegen der Ware übernommen, und der Streit entstand dadurch, dass er sich gegen die Waagschale lehnte, während er das Gewicht ablas. Da er kurzsichtig war, konnte er auf diese Weise die Zahlen besser erkennen, aber den Käufern passte das nicht, und sie äußerten allerhand Unfreundliches darüber.

Der verärgerte Kapitän rang die Hände und begann, ihnen auf Dänisch zu antworten. Sie erwiderten ihm noch heftiger in der Landessprache. Da stapfte er beleidigt fort und schrie, dass sie ohne ihn fertig werden müssten, wenn sie ihn nicht mit mehr Rücksicht behandeln wollten.

Es erhob sich die Frage, ob ein Uninteressierter anwesend sei, dem das Wiegen anvertraut werden könnte. Der Maat wehrte sich zornig gegen den Vorschlag, es einem der Käufer zu gestatten.

Da begann sich ein kleines Erdbeben im Körper der dicken alten Dame bemerkbar zu machen, das allmählich so stark wurde, dass es sie auf die Füße brachte. Sie packte John bei den Schultern und schob ihn vor sich her bis zur Waage. Dann löste sie in einigen witzigen und treffenden Worten das Problem durch den Vorschlag, dass er das Abwiegen übernehmen solle.

Das Publikum war sofort einverstanden, aber als John begriff, um was es sich handelte, wurde er sehr rot und wollte auskneifen. Die anderen Kinder beneideten ihn furchtbar.

»Darf ich nicht auch helfen?« piepste Rachel.

Der verzweifelte Maat sah in dem Vorschlag mit John eine schwache Hoffnung, seine Auktion zu retten. Während John seine Anweisungen erhielt, sammelte er die anderen Kinder um sich und putzte sie mit den verschiedenartigsten Kleidungsstücken aus. Dann gab er ihnen Warenproben, die sie umhertragen und anbieten sollten, und der Verkauf begann von neuem.

Inzwischen hatte die Auktion etwas von dem Charakter eines Wohltätigkeitsbasars angenommen. Selbst der Pastor war zugegen – allerdings weniger gut rasiert als ein englischer, dafür sah er aber durchtriebener aus. Er gehörte zu den wenigen Käufern.

Die Kinder amüsierten sich königlich, tanzten und sprangen umher und zupften sich gegenseitig an ihren Turbanen. Aber da die Zuschauer Romanen und keine Nordländer waren, fanden diese Dummheiten keinen besonderen Anklang. Die Auktion drohte zu einem völligen Fiasko zu werden.

Die einzige in der Menge, die sich um die Kinder kümmerte, war die dicke alte Dame. Sie hatte vor allem Edward in ihr Herz geschlossen. Sie zog ihn an sich, drückte ihn wie auf der Bühne an ihre Brust und gab ihm mit ihren behaarten Lippen drei schallende Küsse.

Der arme Edward konnte sich so wenig freimachen, als wenn ihn eine Boa constrictor umschlungen hielte. Außerdem faszinierte ihn die dicke Frau derartig, als wäre sie wirklich eine Schlange. Er lag ganz schlaff, verlegen und niedergeschlagen in ihren Armen und machte keinen Versuch, sich zu befreien.

Unterdessen ging der Verkauf immer weiter. Auf der einen Seite ertönte die dröhnende, von niemand beachtete Stimme des Maats, auf der anderen das beständige Schnellfeuer der Witze der gewaltigen Frau, die noch immer alles beherrschte. Zwischendurch erinnerte sie sich plötzlich Edwards und versetzte ihm ein paar Küsse, die wie Pistolenschüsse knallten; dann vergaß sie ihn wieder völlig, um nach einer Weile von neuem an ihn zu denken und ihn zu umarmen. Einmal ließ sie ihr Riechfläschchen fallen, da glitt Edward so weit von ihrem Schoß herunter, dass er beinahe heruntergepurzelt wäre – dann drehte sie sich plötzlich um und schleuderte einen ihrer Witze in die Menge. Kurz, sie brachte den unglücklichen Auktionator, der mit ansehen musste, wie ein Gegenstand nach dem anderen für den zehnten Teil seines wirklichen Wertes verschleudert wurde oder gar keinen Interessenten fand, völlig zur Verzweiflung.

Kapitän Jonsen hatte seine eigenen Ansichten darüber, wie man eine Auktion rettet, die ein Misserfolg zu werden droht. Er ging an Bord und bereitete mehrere Dutzend Liter jenes Getränks, das in alkoholliebenden Kreisen »Henkerblut« genannt wird und aus einer Mischung von Rum, Branntwein, Kognak und Porter besteht. Obwohl es höchst unschuldig aussieht (wie Bier) und sehr erfrischend schmeckt, hat es die Eigenschaft, den Durst eher zu steigern, als ihn zu löschen, und darum kann es in sehr kurzer Zeit, wenn es einmal eine Bresche geschlagen hat, die ganze Festung dem Erdboden gleichmachen.

Dieses Getränk goss Jonsen in Becher, die er mit der Bemerkung, dass es nur ein bekanntes englisches Stärkungsmittel sei, den Kindern zum Verteilen gab.

Als sie dieses Getränk statt Proben von Pfeilwurzmehl anboten, begannen die Kubaner für die Kinder mehr Interesse an den Tag zu legen. Diese wurden um so vergnügter, je populärer sie wurden, und bald liefen sie wie kleine Rokoko-Ganymeds und -Heben zwischen den Leuten herum und verteilten an alle, die es haben wollten, das süße, verlockende Gift.

Als der Maat sah, was sich abspielte, wischte er sich die Stirn in ohnmächtiger Wut.

»Du elender Narr!« stöhnte er.

Aber der Kapitän war sehr stolz auf seinen Einfall und rieb sich lachend und augenzwinkernd fortwährend die Hände.

»Das wird Leben in sie bringen, was?«

»Abwarten! Du wirst schon sehen!« war alles, was der Maat antworten konnte.

»Seht mal Edward an!« sagte Emily zu Margaret während einer kleinen Ruhepause. »Ist das nicht ekelhaft?«

Das war es in der Tat. Nach dem ersten Becher wurde die dicke Senora noch mütterlicher. Edward war nun vollkommen in ihrem Bann. Wie verzaubert saß er auf ihrem Schoß und blickte so gebannt in ihre kleinen schwarzen Augen, dass seine eigenen großen braunen ganz verschwommen aussahen. Er vermied es zwar, mit ihrem Schnurrbart in Berührung zu kommen, drückte aber mit feierlicher Miene heiße Küsse auf ihre Wange. Das alles geschah, ohne dass sie ein einziges Wort miteinander sprachen – es waren reine Instinkthandlungen.

Indessen übte der Alkohol genau jene Wirkung aus, die der Maat vorausgesehen hatte. Anstatt sie anzuregen, erstickte er die letzten Reste von Aufmerksamkeit. Der Maat sprang von der Estrade herunter und gab die Auktion verzweifelt auf. Die Menge hatte sich jetzt in kleine Gruppen geteilt, die über ihre eigenen Angelegenheiten diskutierten, als ob sie sich in einem Café befänden. Der Maat ging an Bord und schloss sich in seiner Kabine ein – Kapitän Jonsen konnte jetzt die Suppe, die er sich eingebrockt hatte, allein auslöffeln!

Aber leider gab es keinen schlechteren Auktionator als Jonsen, er war vollkommen unfähig, eine Menschenansammlung zu verstehen oder zu leiten. Er kannte kein anderes Mittel, als sie immer weiter mit Alkohol zu traktieren.

Die Kinder waren völlig von dem Schauspiel gefesselt, das sich ihnen bot. Das ganze Wesen dieser Leute schien sich durch das Trinken zu wandeln und Risse zu bekommen wie tauendes Eis. Für sie war es ja eine Pantomime ohne ein erhellendes Wort, und darum sahen sie auch alles schärfer als gewöhnlich.

Es war, als ob die ganze Menge unter Wasser getaucht wäre und die schärferen Umrisse sich auflösten, obwohl noch ein allgemeines Gesicht blieb. Der Ton ihrer Stimmen veränderte sich, sie sprachen viel langsamer, und ihre Bewegungen wurden auch viel langsamer und mühseliger. Der Ausdruck auf ihren Gesichtern wurde offener und zugleich maskenhafter – er verbarg weniger, aber es war auch weniger zu verbergen da. Zwei Männer begannen miteinander zu raufen; aber sie taten das auf eine so unbestimmte Art, als wäre es eine Raufszene in einem lyrischen Theaterstück. Die Unterhaltungen, die bis dahin einen Anfang und ein Ende gehabt hatten, wurden formlos und endlos, und die Frauen lachten unaufhörlich.

Ein alter sorgfältig gekleideter Herr legte sich in voller Länge auf den schmutzigen Boden, den Kopf im Schatten der thronenden Dame; er breitete ein Taschentuch über sein Gesicht aus und schlief ein. Drei andere Herren mittleren Alters, die sich mit einer Hand aneinander festhielten, um den Kontakt nicht zu verlieren, und mit der andern Hand gestikulierten, hielten ein endloses Gespräch aufrecht, das unerträglich dahinstolperte, aber niemals ganz aussetzte – wie das Klappern einer ausgedienten Maschine.

Ein schwanzwedelnder Hund rannte zwischen allen hin und her, aber niemand gab ihm einen Fußtritt. Auf einmal fand er den schlafenden Herrn auf dem Boden und leckte sein Ohr aufgeregt – er hatte zu so etwas noch nie Gelegenheit gehabt.

Auch die alte Dame war nach vorn geneigt eingeschlafen und wäre sicher schon von ihrem Stuhl gefallen, wenn der Neger sie nicht gestützt hätte. Edward ließ sich von ihrem Schoß gleiten und gesellte sich mit etwas verlegener Miene zu den anderen Kindern, aber diese wollten nichts von ihm wissen.

Jonsen sah sich verständnislos um. Warum hatte Otto den Verkauf aufgegeben und noch dazu gerade, als er, Jonsen, die Menge so schön in Stimmung gebracht hatte? Wahrscheinlich hatte Otto seine guten Gründe dafür. Er war immer ein sonderbarer Mann, dieser Maat, aber schlau!

Da Kapitän Jonsen Alkohol sehr schlecht vertragen konnte, rührte er starke Getränke fast niemals an, und darum waren ihm die verborgenen Wirkungen des Alkohols unbekannt.

Er schlurfte langsam die staubige Werft auf und ab und rang vor Verzweiflung hin und wieder seine Hände, ja er wimmerte sogar vor sich hin. Als der Vikar auf ihn zukam und ihm leise einen Preis für sämtliche noch unverkauften Sachen bot, schüttelte er bloß den Kopf und schlurfte weiter.

Es lag etwas so Unheimliches in diesem ganzen Schauspiel, dass es fast wie ein Alpdrücken wirkte und die Kinder wie gebannt festhielt, obgleich sie anfingen, sich zu ängstigen. Es kostete Margaret einen ziemlichen Entschluss, endlich zu sagen: »Wir wollen aufs Schiff zurückgehen.« Sie begaben sich alle wieder an Bord, und da sie sich auch dort noch etwas schutzlos vorkamen, gingen sie in den Schiffsraum hinunter, der ihnen der sicherste

Ort zu sein schien, weil sie dort schon einmal geschlafen hatten. Sie saßen nebeneinander, ohne viel zu reden oder sonst etwas zu tun, aber noch immer mit einem unklaren Gefühl der Angst, das schließlich der Langeweile wich.

»Ach, hätte ich bloß meinen Malkasten hier!« sagte Emily plötzlich mit einem Seufzer, der beinah aus ihren Schuhen aufzusteigen schien.

## II

Als sie alle schon zu Bett waren und im Halbschlaf lagen, sahen die Kinder, wie eine Laterne in der offenen Luke auf und ab tanzte. José der kleine affenähnliche Matrose, den sie schon immer am nettesten fanden, hielt die Laterne in der Hand. Er grinste die Kinder freundlich an und winkte ihnen mitzukommen.

Emily, Laura und Rachel waren zu schläfrig, um sich zu rühren, darum kletterten nur Margaret, Edward und John an Deck.

Es herrschte eine geheimnisvolle Stille. Außer José war von der ganzen Mannschaft niemand zu sehen. Im hellen Sternenlicht sah die Stadt märchenhaft schön aus. Aus einem großen Haus in der Nähe der Kirche drangen Musikklänge. José geleitete die Kinder an Land und führte sie zu diesem Haus. Er ging auf Zehenspitzen bis an die Jalousien und winkte den Kindern, ihm zu folgen.

Als das Licht auf sein Gesicht fiel, sah es förmlich verklärt aus, so bewegt war er von dem Bild des Überflusses und des Reichtums, das sich ihm bot.

Die Kinder schauten auch mit gereckten Hälsen hinein, ohne sich um die Verheerungen zu kümmern, die die Moskitos unterdessen auf ihren Nacken anrichteten.

Es war wirklich ein überwältigender Anblick. Offensichtlich war es das Haus des Bürgermeisters, der für Kapitän Jonsen und seinen Maat ein Festessen gab. Der Grande saß am Kopfende der Tafel, sehr förmlich, in Galauniform, sein kleiner Bart sah noch steifer aus als er selbst. Seine Haltung war so zurückhaltend und würdevoll wie die eines Hirsches, dem der Wind Witterung vom Jäger zuträgt. Die Haltung seiner Frau (derselben, die so zärtlich zu Edward gewesen war) war sehr viel eindrucksvoller, aber nicht durch betonte Würde, sondern durch jene berechnende Ungezwungenheit, die eine Überlegenheit vortäuschen will. Als die Kinder durchs Fenster lugten, schien sie gerade über den Umfang ihres Bauches zu diskutieren; denn sie ergriff plötzlich die widerstrebende Hand des Maats und zwang ihn gegen seinen Willen, ihn zu befühlen, als ob sie damit endgültig einen strittigen Punkt zur Entscheidung bringen wollte. Weder ihr Gatte noch irgend jemand von der Dienerschaft schien diesen Vorfall zu bemerken; sie war eben eine *ganz* große Dame.

Aber José interessierte sich weniger für sie als für das Festessen, das seine ganze Aufmerksamkeit in Anspruch zu nehmen schien. Es war in der Tat ein sehr imposanter Anblick. Auf dem Tisch standen gleichzeitig Tomatensuppe, Gebirgsforellen, Flusskrebse, eine Riesenlanguste, Landkrabben, Reis mit gebratenen Hühnern, eine junge Pute, eine kleine Ziegenkeule, eine gebratene Wildente, Beefsteaks, Schweinebraten, gebratene Tauben, süße Kartoffeln, Yukka und eine Schüssel Guajavafrüchte mit Sahne.

Es war ein Mahl, das lange Zeit in Anspruch zu nehmen versprach.

Kapitän Jonsen und die Dame schienen sich ausgezeichnet zu verstehen; anscheinend legte er ihr irgendeinen Plan nahe, in den sie einwilligen sollte, aber sie verstand es ausgezeichnet, ihn immer wieder mit der größten Liebenswürdigkeit abzulehnen. Worüber sie sprachen, konnten die Kinder natürlich nicht hören. Zufällig waren sie selbst das Thema der Unterhaltung. Kapitän Jonsen versuchte, die Dame dazu zu überreden, mit ihm über die Unterbringung seines improvisierten Kindergartens zu verhandeln. Offenbar war seiner Meinung nach die einzig mögliche und vernünftige Lösung dieses Problems, sie in Santa Lucia mehr oder weniger unter ihrer Obhut zu lassen. Aber die Dame wich seinen Wünschen äußerst geschickt aus. Erst als das Festmahl zu Ende war, wurde ihm bewusst, dass er nichts erreicht hatte.

Die Kinder wurden des Schauens erst müde, als das Festessen längst vorbei war und der Tanz begonnen hatte. José schlich mit ihnen auf Zehenspitzen fort und führte sie in die kleinen, abgelegenen Straßen hinter den Docks. Nach einer Weile kamen sie zu einer geheimnisvollen Tür am Fuß einer Treppe, vor der ein Neger wie eine Schildwache stand. Er machte keinen Versuch, sie anzuhalten, und sie stiegen, von José geführt, die lange Treppe hinauf in einen großen, unter dem Dach gelegenen Raum.

Die Luft war zum Schneiden dick, das Zimmer gedrängt voll von Negern und einigen Mischlingen, unter denen die Kinder fast die ganze übrige Mannschaft des Schoners erkannten. Am äußersten Ende des Raumes hatte man eine sehr primitive Bühne errichtet, auf der eine Wiege stand. Darüber hing an einem Bindfaden ein großer Stern. Ungeachtet der Jahreszeit sollte ein Krippenspiel vorgeführt werden. Während der Bürgermeister für die Unterhaltung des Piratenkapitäns und des Maats sorgte, hatte der Vikar diese Vorstellung zu Ehren der Mannschaft inszeniert.

Ein Krippenspiel mit lebenden Tieren!

Das Publikum war eine Stunde früher gekommen, um den Einzug der Kuh zu erleben. Die Kinder kamen gerade zur rechten Zeit, um dieses Schauspiel auch noch zu sehen.

Der Raum befand sich in der obersten Etage eines Lagerhauses, das nach englischer Art mehrere Stockwerke hatte. Es waren auch keine Fenster vorhanden, aber die übliche breite Tür, die ins Leere ging, und der übliche darüber befestigte Flaschenzug. So manche Ladung Goldstaub und Pfeilwurzmehl hatte man hier wohl hinaufgewunden! Jetzt aber war es, wie bei den meisten Flaschenzügen in Santa Lucia, schon lange her, dass er benutzt wurde.

Doch heute hatte man ein neues Seil durch den Block gezogen und einen breiten Bauchgurt um die alte Kuh des Priesters geschnallt, die sich heftig wehrte.

Margaret und Edward blieben zögernd und schüchtern in der Nähe der Treppe, aber John hatte keine Ruhe, ehe er sich mit vorgestrecktem Kopf wie ein Ziegenbock einen Weg durch die Menge bis zur offenen Luke gebahnt hatte, durch welche die Kuh heraufgezogen werden sollte. Jetzt stand er davor und sah in die Dunkelheit hinaus. Als seine Augen sich an das Dunkel gewöhnt hatten, bemerkte er eine langsam sich drehende, zappelnde Kuh, die in der Luft schwebte, und einen Neger, der sich so weit hinauslehnte, wie es (ohne hinunterzufallen), irgend möglich war. Der Neger versuchte, die Kuh bei jeder Drehung am Schwanz zu packen, um sie ins Zimmer zu ziehen.

In seiner Erregung beugte sich John zu weit vor, verlor das Gleichgewicht, fiel wie ein Stein zwölf Meter tief hinunter und schlug mit dem Kopf auf.

José stieß einen Schreckensschrei aus, sprang kurz entschlossen auf den Rücken der Kuh und wurde sofort - als hätte es das Kino schon gegeben – langsam zur Erde hinabgelassen. Es muss sehr komisch ausgesehen haben. Doch welche Gedanken mögen ihn wohl bei diesem Ritt erfüllt haben? Eine Verantwortung, wie er sie hatte, fällt einem alten Matrosen nicht oft zu, und sie wird deshalb wahrscheinlich um so schwerer auf ihm gelastet haben. Die vor dem Haus versammelte Menge machte keinen Versuch, den Jungen anzufassen, bevor José seinen Abstieg vollendet hatte. Als er unten angelangt war, traten die Zuschauer zurück und sahen schweigend zu, wie er den kleinen Körper aufhob, umdrehte und schüttelte. Aber das Kind hatte offensichtlich das Genick gebrochen.

Margaret und Edward wussten nichts von dem, was sich abspielte, da sie nicht gesehen hatten, wie John hinunterstürzte. Sie waren etwas ärgerlich, als zwei Matrosen des Schoners kamen und darauf bestanden, dass sie sofort aufs Schiff zurückkehrten, um zu Bett zu gehen. Sie wollten wissen, wo John, aber vor allem, wo José war, und warum sie nicht noch eine Weile bleiben durften. Da sie sich aber mit den Matrosen nicht verständigen konnten, blieb ihnen nichts anderes übrig, als zu gehorchen, und sie gingen nach dem Schoner zurück.

Als sie gerade an Bord gehen wollten, hörten sie zu ihrer Linken einen ungeheuren Knall wie einen Kanonenschuss. Sie sahen auf die stille silberne Stadt mit ihren Palmenhainen zurück und erblickten, nicht sehr weit weg, einen Feuerball, der sich mit großer Geschwindigkeit bewegte. Er versprühte die herrlichsten blauen, grünen und purpurnen Lichttropfen. Nach einer kurzen Weile barst er und erfüllte die Luft mit starkem Schwefelgeruch.

Sie erschraken alle sehr, die Seeleute fast noch mehr als die Kinder, und beeilten sich, an Bord zu kommen.

Gegen Morgen, zu früher Stunde, rief Edward im Schlaf nach Emily. Sie wachte auf und fragte: »Was gibt's?«

»Das Kuhfangen ist doch spaßig, nicht wahr, Emily?«

»*Was* ist los?«

Er antwortete nicht, darum weckte sie ihn, das heißt, sie dachte, dass sie es getan hätte.

»Ich wollte nur wissen, ob du eine *wirkliche* Tierbändigerin bist«, sagte er freundlich und schlief sofort wieder ein.

Anderntags hätten sie das Ganze leicht für einen Traum halten können, wenn Johns Bett nicht so sonderbar leer gewesen wäre.

Doch als sei es eine stillschweigende Abrede zwischen ihnen, machte keins von den Kindern eine Bemerkung über seine Abwesenheit. Niemand fragte Margaret, und sie gab auch keine Auskunft. Weder jetzt noch später wurde Johns Name jemals wieder erwähnt. Selbst wenn man noch so befreundet mit den Kindern gewesen wäre, hätte man nie von ihnen erfahren, dass es John überhaupt gegeben hatte.

## III

Der einzige Feind der Kinder an Bord des Schoners (der bald wieder in See stach und die Kinder mitnahm) war das große weiße Schwein. (Es gab auch ein kleines schwarzes.)

Dieses weiße Schwein hatte einen großen Fehler: es besaß keine eigene Meinung. Nie konnte es sich selbst einen Platz zum Hinlegen aussuchen, sondern es wollte immer genau den, den ein beliebiger Mensch sich vorgenommen hatte. Es hielt also stets den Platz, den sich ein anderer gewählt hatte, für den besten, ja für den einzigen, der überhaupt in Betracht kam, und gab keine Ruhe, bis es den Betreffenden verjagt hatte. Da die schattigen Plätze an windstillen, sonnigen und die trockenen an windigen Tagen sehr selten waren, entwickelte sich diese Eigenschaft des Schweines allmählich zu einer furchtbaren Plage. Man ist ja einem großen dicken Schwein gegenüber vollkommen hilflos, wenn man ausgestreckt auf dem Rücken liegt.

Das kleine schwarze Ferkel war allerdings manchmal auch lästig, aber das kam nur von seinem Hang zur Geselligkeit. Es konnte nicht ertragen, von einer Gesellschaft ausgeschlossen zu werden, außerdem wollte es nicht auf leblosen Gegenständen liegen, wenn ein lebendes Lager in der Nähe war.

Als der Schoner auf der Höhe von Mangrove Keys von einer Flaute festgehalten wurde, schickte Jonsen ein Boot an Land, um Süßwasser holen zu lassen.

Die Hitze war überwältigend. Die Taue hingen wie tote Schlangen herab, und die Segel glichen in ihrer Schwere und Unbeweglichkeit schlecht gegossenen Gipsdraperien. Die eiserne Stütze des Verdecks ließ Brandblasen an jeder Hand zurück, die sie berührte. Überall, wo das Deck ungeschützt war, kochte der Teer aus den Ritzen. Die Kinder lagen keuchend in dem einzigen kleinen Stückchen Schatten, und das schwarze Schweinchen quiekte so lange, bis es einen weichen Bauch gefunden hatte, auf dem es sich hinlegen konnte.

Das große weiße Schwein hatte sie glücklicherweise noch nicht entdeckt.

Vom stillen Ufer klang manchmal ein Schuss. Die wasserholende Gesellschaft schoss Waldtauben. Die See war eine glatte Fläche aus Quecksilber und lag so regungslos, dass man das wirkliche Ufer von seinem Spiegelbild nur unterscheiden konnte, wenn ein Pelikan ab und zu die Oberfläche berührte und das Trugbild zerstörte.

Die Mannschaft saß unter dem Sonnenzelt und flickte mit unglaublicher Trägheit die Segel. Nur ein Neger beteiligte sich nicht an dieser Arbeit, er saß rittlings in Hosen auf dem Klüverbaum und bewunderte sein eigenes, breites Lächeln im Wasserspiegel.

Die Sonne rief auf seinem Rücken Lichtreflexe hervor, die in allen Regenbogenfarben schillerten. Bei solchem Sonnenschein sah selbst ein Neger nicht schwarz aus.

Emily vermisste heute John sehr, aber das kleine schwarze Schwein grunzte höchst beglückt, als es seine Schnauze freundschaftlich in ihre Achselhöhle kuscheln durfte.

Als das Boot mit den Matrosen zurückkam, brachten sie außer Wasser, Waldtauben und grauen Landkrabben auch eine Ziege mit, die sie einem einsamen Fischer weggenommen hatten.

Gerade als sie aufs Schiff kletterten, entdeckte das große weiße Schwein die unter dem Sonnenzelt lagernde Gesellschaft und rückte zum Angriff vor. Aber in diesem Augenblick sprang die Ziege flink von der Bordwand und stürmte, ohne um sich zu blicken, mit gebeugtem Kopf auf das Schwein los. Sie versetzte dem alten Tier einen solchen Stoß gegen die Rippen, dass ihm die Luft ausging.

Damit war der Kampf eröffnet. Die Ziege stürzte sich auf das Schwein, das entsetzlich quietschend hin und her lief. Jedesmal, wenn die Ziege anstürmte, schrie das

Schwein, als steckte es am Spieß, aber sobald die Ziege den Rückzug antrat, ergriff es die Offensive. Mit wehendem Prophetenbart, roten Augen und aufgeregt wedelndem Schwanz sprang die Ziege vor und wieder zurück, um einen frischen Anlauf zu nehmen. Doch der Anlauf wurde jedesmal kürzer. Das Schwein schien die Ziege allmählich in die Enge zu treiben.

Plötzlich quietschte das Schwein erregt auf, es war wohl über seinen eigenen Mut erstaunt und stürzte sich auf die Ziege. Es gelang ihm, die Ziege gegen die Ankerwinde zurück zu drängen, und während einiger kurzer Sekunden biss und knuffte es seinen Gegner. Es war eine sehr abgeklärte Ziege, die bald darauf in ihren Stall geführt wurde, aber die Kinder hatten sie der heldenhaften Püffe wegen, die sie dem alten Tyrannen versetzt hatte, für immer ins Herz geschlossen.

Das Schwein war aber doch nicht ganz ohne menschliche Eigenschaften. Am Nachmittag lag es auf dem Lukendeckel und fraß eine Banane. In seiner Nähe schaukelte sich der Schiffsaffe an einem herabhängenden Tau, und als er den Raub wahrnahm, schwang er sich immer näher heran, bis es ihm möglich war, dem Schwein die Frucht aus den Pfoten zu reißen. Niemand hätte es für möglich gehalten, dass die sonst so unbewegliche Maske eines Schweines einen derart erstaunten, bestürzten und zugleich gekränkten Ausdruck annehmen könnte.

# FÜNFTES KAPITEL

## I

Hat das Schicksal einmal den ersten Nagel in den Sarg eines Tyrannen geschlagen, so dauert es nicht lange, bis der letzte an die Reihe kommt.

Am nächsten Morgen geschah es, dass der Schoner in einer Brise, die kaum mehr als ein Hauch war, ganz sachte nach der Seite abtrieb. Der Maat stand am Steuer und wiegte sich mit jener rhythmischen Bewegung hin und her, die viele Steuerleute annehmen, um in empfindlichstem Kontakt mit der Ruderpinne zu bleiben; Edward saß auf dem Kajütendach und brachte dem Foxterrier des Kapitäns »Schönmachen« bei. Plötzlich schrie der Maat ihm zu, er solle sich festhalten.

»Warum?« fragte Edward.

»Festhalten!« rief der Maat noch einmal und warf das Steuer so schnell wie möglich herum, um das Schiff in den Wind zu bringen.

Dank der Geistesgegenwart des Maats traf die Sturmbö den Schoner genau von vorn, sonst hätte sie alles weggefegt. Edward hatte sich an das Geländer geklammert. Der Terrier schlidderte in beängstigender Weise auf dem Kajütendach umher, fiel dann auf das Deck hinunter und wurde von dem Fusstritt eines heransausenden Matrosen durch die Küchentür gefeuert. Aber das arme Schwein, das gerade an Deck Luft schnappte, hatte kein solches

Glück. Es wurde über Bord gefegt und verschwand in den Wellen, aus denen seine Schnauze noch ein paarmal hervorsah. Gott, der ihm die Ziege und den Affen als Warnung gesandt hatte, forderte jetzt seine Seele. Auch die Hühnerkäfige mitsamt den Hühnern, drei frischgewaschene Hemden und ein Schleifstein wurden über Bord gespült.

Auf einmal tauchte der unförmige braune Kopf des Kapitäns aus der Kajüte auf. Er fuhr den Maat wütend an, als ob der das ganze Unheil angerichtet hätte. Ohne Stiefel, in seinen grauwollenen Socken, die Hosenträger über dem Rücken baumelnd, kam er die Treppe herauf.

»Scher dich runter!« zischte der Maat wütend. »Ich kann schon allein damit fertig werden!«

Der Kapitän tat aber nichts Derartiges, sondern kam in Strümpfen auf Deck und nahm dem Maat das Steuer aus der Hand. Der wurde dunkelrot, ging erst nach vorn, dann nach hinten und schließlich hinunter, wo er sich in seine Kammer einschloss.

Im Nu hatte der Wind einige ganz anständige Wellen aufgepeitscht, aber bald danach fegte er ihnen die Kämme wieder fort und glättete das Meer, das bis auf einige schillernde Schaumspritzer wieder ganz schwarz war.

»Hol mir meine Stiefel!« rief Jonsen Edward zu.

Edward stürzte diensteifrig die Treppe hinunter. Es ist ein großer und erhebender Augenblick, wenn man seinen ersten Befehl auf See erhält, besonders wenn er in einem kritischen Moment erteilt wird. Edward war gleich wieder da mit einem Stiefel in jeder Hand, aber ein jähes Schlingern des Schiffes schleuderte ihn mitsamt den Stiefeln vor die Füße des Kapitäns. »Du darfst niemals in beiden Händen etwas tragen, merk dir das«, sagte der Kapitän mit liebenswürdigem Lächeln.

»Warum nicht?« fragte Edward.

»Weil du immer eine Hand frei haben musst, um dich damit festhalten zu können.«

Eine Pause.

»Eines Tages werde ich dir die drei Hauptregeln des Lebens beibringen«, sagte er und bewegte nachdenklich den Kopf. »Das sind sehr wichtige Regeln. Aber jetzt noch nicht. Dazu bist du noch zu jung.«

»Ach, warum nicht?« fragte Edward. »Wann werde ich denn alt genug sein?«

Der Kapitän überlegte und schien über die Regeln nachzudenken.

»Sobald du den Unterschied zwischen Lee und Luv weißt, werde ich dir die erste Regel sagen.«

Edward ging nach vorn, fest entschlossen, das Examen so schnell wie möglich zu bestehen.

Als das Schlimmste der Bö vorbei war, machte man sich den Sturm zunutze; der Schoner lag ziemlich im Winde und sauste wie ein Rennpferd davon. Die Mannschaft war in bester Laune und verulkte gerade den Zimmermann, indem sie ihm vorhielt, er habe seinen Schleifstein als Rettungsboje für das Schwein über Bord geworfen.

Die Kinder waren auch in guter Laune. Ihre Schüchternheit hatten sie nun ganz überwunden. Da der Schoner sehr auf der Seite lag, bildete das triefend nasse Deck eine herrliche Rutschbahn, und eine halbe Stunde lang schlidderten sie auf ihren kleinen Sitzflächen von oben nach unten und brüllten vor Vergnügen, wenn sie dabei mit dem Wasser in Berührung kamen. Dann kletterten sie, indem sie sich an allen erreichbaren Gegenständen festhielten, das steile Deck wieder hinauf und fingen das Spiel von neuem an.

Während dieser halben Stunde stand Jonsen am Steuer und sagte kein Wort. Schließlich brach aber sein unterdrückter Ärger aus ihm heraus:

»Wollt ihr nun endlich damit aufhören!«

Sie sahen ihn erstaunt und enttäuscht an. In den Beziehungen zwischen Kindern und Erwachsenen, in deren jeweiliger Obhut sie sich befinden, gibt es eine Zeit, die man nur mit der Zeit im Paradies vor dem Sündenfall vergleichen kann, nämlich diejenige zwischen dem Sichkennenlernen und dem ersten Verweis. Ist dieser Verweis erst einmal erteilt, dann kehrt die frühere Unbefangenheit nie zurück.

Jonsen hatte nun das unheilvolle Wort gesprochen.

Aber damit gab er sich noch nicht zufrieden, denn er platzte vor Wut:

»Schluss jetzt! Hört sofort auf!«

(Sie hatten natürlich schon lange aufgehört.)

Die ganze Unvernunft, der Unsinn, diese Gören auf seinem Schiff haben zu müssen, überwältigte ihn plötzlich derartig, dass er dem Ausdruck geben musste.

»Wenn ihr jetzt Löcher in eure Hosen scheuert, glaubt ihr, dass ich sie euch stopfen werde? Wofür haltet ihr mich eigentlich? Wofür haltet ihr dieses Schiff, he? Was glaubt ihr, sind wir? Eure Kindermädchen, die euch die Hosen stopfen werden, was? Wir sind wohl nur dazu da, um euch... die... Hosen... zu... stopfen, ja?«

Eine Totenstille entstand, während der die Kinder den Kapitän sprachlos, wie vom Donner gerührt, anstarrten.

Der hatte aber seinem Ärger noch immer nicht genügend Luft gemacht:

»Wo wollt ihr neue Hosen hernehmen, möchte ich nur wissen, wie?« rief er mit einer Stimme, die sich vor Zorn fast überschlug. Dann fügte er in beleidigend grobem

Ton hinzu: »Und ich dulde es nicht, dass ihr ohne Hosen auf meinem Schiff herumlauft! Verstanden?«

Bis über die Ohren rot vor Scham und gekränktem Stolz zogen sich die Kinder in den Vorderteil des Schiffes zurück. Sie konnten es kaum fassen, dass ein Mensch es fertiggebracht hatte, eine so unglaubliche Bemerkung über die Lippen zu bringen. Sie nahmen möglichst gleichgültige Mienen an und redeten absichtlich laut miteinander, aber ihre Freude war, für diesen Tag wenigstens, dahin.

So kam es, dass plötzlich etwas ganz Neues an ihrem Horizont auftauchte, nämlich der Verdacht, dass da irgend etwas nicht stimme, dass sie vielleicht sogar nicht ganz erwünscht seien. Eine Zeitlang bewegten sie sich mit der bedrückten Vorsicht, die uneingeladene Gäste zur Schau tragen.

Später, am selben Nachmittag, war Jonsen, der seit seinem Zornausbruch kein Wort mehr gesprochen und höchst vergrämt ausgesehen hatte, noch immer am Steuer. Der Maat hatte sich rasiert und seine »Landkluft« angezogen. Er erschien jetzt an Deck und tat so, als sähe er den Kapitän nicht. Mit der gleichgültigen Miene eines zufälligen Passagiers schlenderte er auf die Kinder zu und begann, sich mit ihnen zu unterhalten.

»Wenn ich nicht dazu tauge, bei schlechtem Wetter zu steuern, kann ich es auch bei schönem Wetter nicht!« sagte er, ohne den Kapitän anzusehen. »Von mir aus kann er jetzt Tag und Nacht am Steuer stehen!«

Der Kapitän schien den Maat ebensowenig zu sehen wie der Maat ihn. Er machte auch den Eindruck, als sei er bereit, das Schiff bis zum jüngsten Gericht zu steuern.

»Wenn er am Steuer gewesen wäre, als die Bö uns erwischte«, sagte der Maat leise, aber mit verhaltener Wut, »wäre das Schiff verloren gewesen! Er hat so wenig Gefühl für eine aufkommende Bö wie eine Auster! Und das weiß er auch, darum benimmt er sich so!«

Die Kinder antworteten nicht. Sie waren entsetzt, dass ein Erwachsener, ein Olympier, seine Gefühle so offen zeigte. Der Maat ahnte aber nichts von ihrem Unbehagen, er war viel zu sehr mit sich selber beschäftigt, um zu merken, wie sie es vermieden, ihn anzusehen.

»Sehen Sie! Da fährt ein Dampfer!« rief Margaret plötzlich mit übertriebener Lebhaftigkeit.

Der Maat sah mit finsterer Miene in die Richtung des Dampfers.

»Ja, ja, die werden noch unser Tod sein, diese Dampfer«, bemerkte er. »Jedes Jahr gibt es mehr davon. Nächstens wird man sie als Kriegsschiffe benutzen, und was wird dann aus uns? Die Zeiten sind schon ohne Dampfer schlecht genug.«

Während er sprach, machte er einen sehr zerstreuten Eindruck, als seien seine Gedanken viel mehr mit dem, was hinter seinem Rücken vorging, beschäftigt als mit dem, was sich vor ihm abspielte.

»Habt ihr nicht gehört, was geschah, als der erste Dampfer vom Stapel lief, im Golf von Paria?« fragte er.

»Nein. Was gab's denn da?« fragte Margaret mit einem Interesse, das selbst bei äußersten Ansprüchen in bezug auf Höflichkeit übertrieben klang.

»Der Dampfer wurde auf dem Clyde gebaut und segelte hierher. (Damals dachte noch kein Mensch daran, für eine lange Ozeanstrecke Dampf zu gebrauchen.) Die Dampfschiffsgesellschaft glaubte wahrscheinlich, sie müsste Reklame für das Schiff machen – sozusagen für seine Popularität sorgen. Als es seine erste Dampffahrt unternehmen sollte, wurden all die großen Bonzen an Bord eingeladen, alle Gemeindemitglieder von Trinidad, der Gouverneur und sein Stab und sogar ein Bischof. Es war auch der Bischof, der nachher den Streich spielte.«

Seine Erzählung stockte plötzlich, denn er war vollkommen damit beschäftigt zu beobachten, welchen Eindruck seine Prahlereien auf den Kapitän machten.

»Was hat er getan?« fragte Margaret.

»Das Schiff auflaufen lassen.«

»Aber warum ließen sie ihn denn steuern!« fragte Edward. »Sie müssen doch gewusst haben, dass er so was nicht verstand!«

»Aber Edward! Wie kannst du so respektlos von einem Bischof sprechen!« rief Rachel entsetzt.

»Es war ja nicht der Dampfer, den er auf den Strand gesetzt hat, mein Junge«, sagte der Maat, »sondern ein armes, unschuldiges Piratenschiff, das sich eben gegen einen steifen Nord auf Boca Grande zu hinaufarbeitete.«

»Komm mal her und nimm das Steuer eine Weile, während ich mich ausruhe!« brummte plötzlich der Kapitän.

Aber der Maat war noch lange nicht fertig mit seiner Erzählung. Er berichtete von dem Missgeschick eines Pfarrers, der sich ein kleines Kaperschiff angeschafft hatte, um sein geringes Einkommen als Geistlicher etwas aufzubessern. Wie das Schiff gekapert wurde, gerade als es Neger nach Guadeloupe schmuggelte, und wie der Pfarrer nach Nevis fuhr, den Namen seines Rivalen an die Tür des Gerichts schrieb und drei Tage lang mit geladenen Pistolen davor stand, in der Hoffnung, sein Gegner würde kommen und ihn fordern.

»Wie? Zum *Zweikampf*?« fragte Harry interessiert.

»Aber sagten Sie nicht, dass er Geistlicher war?« warf Emily ein.

Doch dieser Geistliche schien keine Gewissensskrupel in bezug auf den Zweikampf zu haben. Er hatte sich dreizehnmal in seinem Leben duelliert, und einmal, als er darauf wartete, dass die Sekundanten ihre Pistolen frisch luden, ging er auf seinen Gegner zu und versetzte ihm, »um sich etwas die Zeit zu vertreiben«, einen solchen Faustschlag, dass er zu Boden stürzte.

Diesmal hatte er seinen Feind zur Strecke gebracht. Da rüstete er einen zweiten Schoner aus und kommandierte ihn wochenlang selbst. Seine erste Beute war ein anscheinend ganz harmloses spanisches Handelsschiff; aber plötzlich hatte es vierzehn verborgene Stückpforten geöffnet, und er musste sich ergeben. Seine ganze Mannschaft wurde ermordet, nur er und sein Zimmermann kamen mit dem Leben davon, weil sie sich die Nacht über hinter einem Wasserfass versteckt hatten.

»Ich verstehe das alles nicht«, rief Margaret, »war er denn ein Freibeuter?«

»Aber natürlich war er das!« erwiderte Otto, der Maat.

»Warum sagten Sie denn, dass er ein *Geistlicher* gewesen sei?« beharrte Emily.

»Otto!« rief der Kapitän mit schmelzender Stimme. »Komm doch mal her. Ich muss dir etwas sagen.«

Aber der triumphierende Maat stellte sich taub, er hatte ja noch sehr viel zu erzählen. Zum Beispiel, wie der Pfarrer dann Handelsfahrten unternahm, eine Ladung Korn nach San Domingo brachte und sich dort niederließ.

»Aber ich verstehe das gar nicht«, unterbrach Emily jetzt verzweifelt, »war es nun ein richtiger Geistlicher oder nicht?«

»Aber natürlich nicht«, rief Margaret.

Otto seufzte tief auf.

»Die englische Kirche ist leider nicht mehr wie früher«, sagte er. »Jetzt ist sie gegen uns.«

»Kein Wunder!« erklärte Rachel feierlich und mit tiefer Entrüstung. »Er war doch ein ganz gottloser Mensch!«

»Er war ein sehr anständiger Mensch, hochangesehen«, erwiderte der Maat streng, »und ein wunderbarer, rührender Prediger! Ihr könnt euch nicht denken, wie ärgerlich und neidisch die Leute in Roseau waren, als sie hörten, dass die St. Eustaser ihn bekommen hatten!«

Kapitän Jonsen hatte das Steuer festgemacht und kam mit tief unglücklichem Gesicht auf den Maat zu.

»Otto, mein Schatz...«, begann er und legte seine dicke Bärenpfote um Ottos Hals. Ohne ein Wort verschwanden die beiden in der Kajüte, und ein Matrose kam unaufgefordert und übernahm das Steuer.

Zehn Minuten später erschien der Maat wieder an Deck und suchte die Kinder auf.

»Was hat der Kapitän vorhin zu euch gesagt?« fragte er. »Er hat euch wohl angeschrien, was?«

Er fasste ihr verlegenes Schweigen als Zustimmung auf.

»Ihr müsst seine Worte nicht so ernst nehmen«, fuhr er fort. »Manchmal platzt er mit einer Bemerkung heraus, und in der nächsten Minute könnte er sich deswegen die Zunge abbeißen, jawohl, die Zunge abbeißen!«

Die Kinder starrten ihn erstaunt an: Was in aller Welt meinte er?

Aber er schien zu glauben, dass er sich vollkommen verständlich ausgedrückt hatte, denn er drehte sich um und ging wieder hinunter.

Viele Stunden lang drang ein lustiges, aber ziemlich eintöniges Gemurmel durch das Kajütenfenster nach oben. Gegen Abend, als aus der Brise fast eine Flaute geworden war, erzählte der Steuermann, dass Jonsen und Otto quer über dem Tisch lägen und beide fest eingeschlafen seien, die Köpfe aneinandergelehnt. Da er sich schon lange über den Kurs nicht mehr im klaren war und nur nach dem Wind gesteuert hatte, nahm er an, dass das Steuer jetzt, da es ja augenblicklich keinen Wind mehr gab, sehr gut ohne ihn fertig werden könnte.

Die Versöhnung zwischen dem Kapitän und dem Maat musste richtig gefeiert werden.

Ein Fass Rum wurde geöffnet, und die Mannschaft war in kurzer Zeit ebenso unzurechnungsfähig wie ihre Vorgesetzten.

Alles in allem war dieser Tag der unangenehmste, den die Kinder jemals erlebt hatten.

Als der Morgen dämmerte, war die ganze Besatzung noch immer unfähig, etwas zu tun, und das führerlose Schiff trieb unsicher umher. Jonsen, der sehr wacklig auf den Beinen war und einen gehörigen Kater hatte, kam an Deck und sah sich um. Die Sonne schleuderte ihre ersten Strahlen über den Horizont, sonst aber war weit und breit nichts anderes zu sehen. Kein Land war in Sicht, und See und Himmel schienen sich nicht ganz einig, wo die Grenzen ihrer Bereiche waren. Erst als Jonsen sich mehrere Male umgesehen hatte, sah er ein Fahrzeug, das scheinbar irgendwo am Himmel schwebte, aber doch nicht allzu weit entfernt war.

Eine Zeitlang konnte er sich nicht besinnen, was ein Piratenkapitän tut, wenn er ein Segel sichtet, aber er war nicht in der Stimmung, sich den Kopf darüber zu zerbrechen. Doch nach einer Weile kam ihm eine Erleuchtung – man jagt das Schiff.

»Jagen!« befahl er feierlich der Morgenluft, dann ging er hinunter und weckte den Maat, der wiederum die Mannschaft weckte.

Niemand hatte eine Ahnung, wo sie sich befanden, oder was für ein Fahrzeug sie gesichtet hatten, doch im Augenblick waren alle solche Überlegungen viel zu kompliziert, um berücksichtigt zu werden. Als die Sonne sich weiter von ihrem Spiegelbild entfernt hatte, kam ein Wind auf; die Segel wurden aufgezogen, soweit die Mannschaft dazu imstande war, und die Jagd begann.

Nach ein paar Stunden, als die Sicht sich klärte, wurde offenbar, dass man eine nicht allzu schwer geladene Handelsbrigg vor sich hatte, die normale Fahrt machte. Für die Mannschaft war es, infolge ihres reduzierten Zustandes, keine Kleinigkeit, sich diesem Tempo anzugleichen. Jonsen fuhr erregt schlurfend auf und ab, wie ein Weberschiffchen im Gewebe, und webte im Kopf an einem raffinierten Plan, wie das Schiff zu kapern sei. Die Jagd ging weiter, aber Mittag war schon vorbei und die Entfernung zwischen den beiden Schiffen kaum oder gar nicht geringer geworden. Jonsen war aber viel zu optimistisch, um sich diese Tatsache einzugestehen.

Es war früher ein alter Piratenkniff, bei der Verfolgung eines Schiffes irgendeinen schweren Gegenstand ins Schlepptau zu nehmen, der wie eine Bremse wirkte und bei der verfolgten Besatzung den Eindruck erweckte, das Piratenschiff mache nur wenig Fahrt. Die Folge war, dass die Geschwindigkeit des Verfolgers unterschätzt wurde. Bei Einbruch der Nacht pflegte der Pirat den Hemmschuh einzuziehen und das andere Schiff einzuholen und auf diese Weise zu überrumpeln.

Aus verschiedenen Gründen war dieser Kniff heute ungeeignet. Einmal weil es zweifelhaft war, ob sie in ihrem augenblicklichen Zustand überhaupt fähig waren, die Brigg einzuholen, selbst wenn sie diese List anwandten. Und dann zeigte die Brigg nicht das geringste Zeichen von Beunruhigung. Sie segelte ohne Eile und schien keine Ahnung von der Ehre zu haben, welche die Piraten ihr erwiesen.

Trotzdem hielt sich Jonsen für einen ganz gerissenen Burschen, als er im Lauf des Nachmittags Befehl gab, dass ein schweres Stück Holz ins Schlepptau genommen werde. Dadurch blieb der Schoner natürlich sehr bald zurück, und bei Einbruch der Nacht waren sie mindestens zwei Meilen weiter von der Brigg entfernt als am Morgen. Als es ganz dunkel war, holten sie natürlich das Holz wieder ein und rüsteten sich für die letzte Etappe. Während der dunkeln Nachtstunden verfolgten sie die Brigg nur mit Hilfe des Kompasses, ohne sie sehen zu können. Bei Tagesanbruch stand die ganze Besatzung erwartungsvoll am Schiffsgeländer versammelt.

Aber die Brigg war fort. Die See war so kahl wie ein Ei.

Hatten sie schon vorher wenig Ahnung davon gehabt, wo sie sich befanden, so wussten sie jetzt überhaupt nichts mehr. Jonsen hätte innerhalb eines Umkreises von zweihundert Meilen kaum sagen können, wo sie eigentlich schwammen, und da ihm die notwendigen Instrumente fehlten, hatte er auch keine Möglichkeit, es festzustellen. Er ließ sich deswegen aber keine grauen Haare wachsen, denn früher oder später musste eins von zwei Dingen geschehen: entweder würde er bekanntes Land sichten oder ein Schiff kapern, das besser informiert war als er. Da er kein bestimmtes Ziel hatte, war es ihm auch ziemlich gleichgültig, auf welchem Teil des Meeres er segelte.

Es schien in der Folge, als sei man ziemlich weit von einer befahrenen Schiffahrtslinie entfernt, denn Tage, sogar Wochen vergingen, ohne dass ein Schiff zu sehen war, das man auch nur annähernd so leicht hätte kapern können wie damals die Brigg.

Aber Kapitän Jonsen war es gar nicht so unangenehm, eine Weile für die Welt verschwunden zu bleiben. Ehe er Santa Lucia verließ, hatte er von dem Einlaufen der »Clorinda« in Havanna gehört und auch von den phantastischen Erzählungen Marpoles. Über die »zwölf verborgenen Stückpforten« amüsierte er sich königlich, denn er hatte ja überhaupt keine Geschütze. Doch als er erfuhr, dass Marpole – dieses Stinktier von einem Ehrenmann – die Nachricht verbreitete, er hätte die Kinder ermordet, bekam er einen seiner Wutanfälle. Denn er hätte es in den ersten paar Tagen nicht einmal fertig bekommen, den Kindern ein Haar zu krümmen oder ihnen ein zorniges Wort zu sagen. Sie waren damals noch so neu für ihn, dass er sie fast wie etwas Heiliges, Unantastbares betrachtete. Erst nachdem ihre Schüchternheit sich etwas gelegt hatte, begann er zu bedauern, dass sein Plan, sie bei der dicken Frau in Santa Lucia zu lassen, misslungen war.

# SECHSTES KAPITEL

## I

Wochen vergingen, und der Schoner trieb ziellos auf den Wassern umher. Den Kindern erschien alles wieder wie ein Traum, in dem nichts Unbekanntes geschah. Jeder Zoll des Schoners war ihnen jetzt so vertraut wie die »Clorinda« oder Ferndale. Sie gaben sich nun wieder ausschließlich der Aufgabe hin zu wachsen. So war es schon in Ferndale gewesen, und auf der »Clorinda« wäre es so weiter gegangen, wenn dort der Aufenthalt nicht so kurz gewesen wäre.

Da passierte etwas, was für Emily von großer Wichtigkeit war. Sie wurde sich nämlich plötzlich ihrer Person bewusst.

Eigentlich lag kein ersichtlicher Grund vor, weshalb das nicht fünf Jahre früher oder fünf Jahre später, sondern gerade an jenem Nachmittag geschah.

Sie hatte in einem Winkel hinter der Ankerwinde »Besuche machen« gespielt. Dann war ihr das Spiel langweilig geworden, und sie war planlos nach hinten gegangen, in unklare Gedanken über Bienen und eine Feenkönigin vertieft, als ihr auf einmal wie ein Blitzstrahl die Erleuchtung kam, dass sie »Emily« sei.

Sie blieb wie angewurzelt stehen und besah sich von oben bis unten. Es war natürlich nicht viel zu sehen, höchstens die verkürzte Vorderansicht ihres Kleides und ihre Hände, aber das war immerhin genug, um ihr einen ungefähren Begriff von der kleinen Person zu geben, die sie plötzlich als die ihre erkannt hatte.

Sie lachte etwas spöttisch, aber was in ihrem Innern vorging, war etwa dies: »Stell dir vor, du, ausgerechnet du von all den Leuten, wirst plötzlich so eingefangen in diesem Körper! Du kannst jetzt auf lange Zeit nicht mehr heraus; du musst darin durchhalten, Kind sein, erwachsen sein, alt sein.«

Da sie über dieses entscheidende Ereignis allein und ungestört nachdenken wollte, begann sie bis zu ihrem Lieblingsplatz an der Mastspitze hinaufzuklettern. Jedesmal, wenn sie bei dieser einfachen Betätigung ein Bein oder einen Arm bewegte, erschauerte sie vor Vergnügen darüber, dass sie ihr so bereitwillig gehorchten. Natürlich wusste sie aus der Erinnerung, dass das schon immer so gewesen war; aber früher war ihr das Erstaunliche daran nie aufgegangen.

Sobald sie ihren Horst erreicht hatte, betrachtete sie mit der größten Aufmerksamkeit die Haut an ihren Händen, denn es war ja *ihre*. Dann ließ sie das Kleid von der einen Schulter heruntergleiten und sah flüchtig hinein, um sich zu überzeugen, dass ihr Körper unter der Kleidung weiterging. Die Berührung ihrer Wange mit der Wölbung ihrer warmen, nackten Schulter durchrieselte sie angenehm wie die Zärtlichkeit eines lieben Freundes. Sie konnte nicht feststellen, ob dieses Gefühl durch die Wange oder durch die Schulter entstand, und welche von beiden die Liebkosende oder die Liebkoste war.

Sie musste sich erst von der erstaunlichen Tatsache erholen, dass sie nun Emily Bas-Thornton sei (warum sie das kleine Wort »nun« hinzufügte, wusste sie nicht, denn jene unwahrscheinliche Theorie der Seelenwanderung war ihr unbekannt); dann begann sie ernsthaft über die Folgen ihrer Entdeckung nachzudenken.

Erstens, wie kam es, dass sie unter den vielen Menschen auf der Welt ausgerechnet diese Emily geworden war, die im Laufe von Jahrtausenden ausgerechnet im soundsovielten Jahr geboren war, und in diese kleine, angenehme, fleischliche Hülle hinein? Hatte sie sich das selbst gewählt, oder hatte es Gott gewollt?

Und eine Zwischenüberlegung: wer war Gott? Sie hatte zwar immer schon furchtbar viel über ihn gehört, sich aber nie Gedanken darüber gemacht, weil seine Existenz so selbstverständlich schien wie ihre eigene. War sie vielleicht selber Gott? War es etwa das, woran sie sich fortwährend zu erinnern versuchte? Doch je mehr sie sich bemühte, desto hartnäckiger entglitten ihr alle Erinnerungen. (Wie dumm eigentlich, dass man einen so wichtigen Punkt, ob man selbst Gott ist oder nicht, vergessen konnte!) Schließlich ließ sie den Gedanken fallen, vielleicht würde sie sich später noch daran erinnern können.

Zweitens, warum ging ihr das alles heute erst auf? Sie war doch schon zehn Jahre am Leben, und das alles war ihr noch nie durch den Kopf gegangen! Sie kam sich vor wie ein Mann, dem es um elf Uhr nachts in seinem Lehnstuhl plötzlich einfällt, dass er ja eine Einladung zum Abendessen angenommen hatte. Es gibt nicht den mindesten Grund dafür, dass ihm das jetzt und nicht schon einige Stunden eher einfallen konnte, als es noch Zeit war, die Verabredung einzuhalten. Wie war es möglich, dass er hier den ganzen Abend gesessen hatte, ohne auch nur die leiseste böse Ahnung? Wie hatte Emily zehn Jahre lang Emily sein können, ohne diese unverkennbare Tatsache auch nur ein einziges Mal zu bemerken?

Da waren zum Beispiel ihre Geschwister. Bisher hatte sie sich immer als von ihnen untrennbar betrachtet, aber jetzt kam sie sich plötzlich so abgesondert, so wenig zu ihnen gehörig vor wie zu dem Schiff.

Andererseits war sie aber, ob sie wollte oder nicht, ebenso fest mit ihnen verbunden wie mit ihrem eigenen Körper. Da war nun also diese Reise, das Schiff, dieser Mast, um den sie die Beine geschlungen hatte. Sie begann ihn mit derselben Aufmerksamkeit zu betrachten wie vorhin die Haut an ihren Händen. Wenn sie von dem Mast herunterkäme, was würde sie dort unten finden? Jonsen, Otto, die Mannschaft und das tägliche Einerlei, das ihr Leben ausmachte und ihr bisher als ganz selbstverständlich erschienen war, ihr jetzt aber so sonderbar beunruhigend vorkam. Was würde nun geschehen? Lauerten vielleicht überall Katastrophen, denen sie durch die unüberlegte Vereinigung mit dem Körper von Emily Bas-Thornton ausgesetzt war?

Eine plötzliche Angst packte sie: wusste vielleicht jemand davon? (Das heißt, wusste jemand, dass sie ein ganz bestimmtes Wesen war – Emily – vielleicht sogar Gott – und nicht nur ein beliebiges kleines Mädchen?) Dieser Gedanke erfüllte sie, sie wusste nicht warum, mit namenloser Angst. Es wäre schon schlimm genug, wenn man entdecken würde, dass sie eine einzelne bestimmte Person sei – aber wenn man erst dahinterkäme, dass sie Gott sei! Unter allen Umständen musste sie das vor jedem geheimhalten. Aber angenommen, sie wussten es schon und hatten es nur vor ihr verheimlicht (wie zum Beispiel die Wärter es immer bei einem Königskind tun), was dann? In beiden Fällen bliebe ihr keine andere Wahl, als sich weiter so zu benehmen, als ob sie von nichts wüsste, und die anderen auf diese Weise zu überlisten.

Aber wenn sie tatsächlich Gott war, warum konnte sie dann die Matrosen nicht in weiße Mäuse verwandeln oder Margaret mit Blindheit schlagen oder Krankheiten heilen oder irgendein anderes Wunder vollbringen? Warum musste sie ihre Entdeckung geheimhalten? Sie stellte sich diese Frage nicht bewusst, nur der Instinkt sagte ihr, wie notwendig es sei, die eben erworbene Erkenntnis für sich zu behalten. Zweifel, die sie sich nicht eingestand, spielten dabei auch eine Rolle. (Vielleicht hatte sie sich überhaupt getäuscht, und das Wunder war ein Irrtum?) Hauptsächlich aber war es das Gefühl, dass sie leichter mit der neuen Lage fertig werden würde, wenn sie erst ein wenig älter sei. Hatte sie sich einmal verraten, dann gab es kein Zurück mehr. Sie wollte also ihr Gottsein, fürs erste wenigstens, geheimhalten.

Erwachsene scheitern meistens daran, wenn sie ihr Leben auf einer Täuschung aufbauen, aber Kinder sind darin anders. Ein Kind bringt es oft mit erstaunlicher Leichtigkeit fertig, das entsetzlichste Geheimnis für sich zu behalten, und es ist auch fast immer vor Entdeckung sicher. Weil Eltern ihr Kind so oft durchschauen können, ohne dass das Kind es ahnt, sind sie sich selten darüber klar, wie vollkommen machtlos sie sind, wenn ein Kind sich ernstlich vornimmt, etwas vor ihnen zu verbergen.

Darum war Emily auch vollkommen unbesorgt, als sie sich entschloss, ihr Geheimnis bei sich zu behalten.

Unten auf Deck spielten die Geschwister. Sie versteckten sich in einem zusammengerollten Tau und taten so, als ob sie schliefen, um plötzlich mit ohrenbetäubendem Gebrüll aufzuspringen und mit gut gespielter Angst herumzulaufen. Emily beobachtete sie mit unpersönlicher Aufmerksamkeit. Jetzt hatte Harry sie entdeckt und rief ihr zu:

»Emili-ii! Komm herunter und spiel ›Brennendes Haus‹ mit uns!«

Diese Worte brachten vorübergehend ihre normalen Interessen zum Erwachen. Ihr Herz machte bei dem Gedanken an das schöne Spiel einen kleinen Freudensprung. Aber nur für eine Sekunde, dann erstarb ihr Interesse ebenso schnell wieder, sogar so vollkommen, dass sie nicht einmal Lust hatte, ihre göttliche Stimme an die Kinder zu verschwenden. Sie fuhr nur fort, sie anzustarren, ohne überhaupt eine Antwort zu geben.

»Komm doch!« schrie Edward.

»Komm spielen!« rief Laura. »Sei nicht so langweilig!«

In der darauffolgenden Stille schwebte Rachels Stimme zu ihr hinauf

»Lass sie doch, Laura, wir spielen ebenso schön ohne sie.«

## II

Aber Emily ließ diese Bemerkung ganz kalt, sie war nur froh, dass ihre Geschwister für eine Weile versorgt waren. Sie begann bereits die Verantwortung für die kleine Gesellschaft als eine Bürde zu empfinden.

Diese Verantwortung war ihr nach dem Versagen von Margaret automatisch zugefallen.

Die Geschichte mit Margaret war überhaupt sehr merkwürdig. Emily konnte nicht mehr aus ihr klug werden, und diese Erkenntnis beunruhigte sie etwas. Die Sache hatte eigentlich schon an jenem Abend vor ungefähr acht Tagen angefangen, als sie, Emily, die ihr jetzt unverständliche Tollheit begangen hatte, den Kapitän in den Daumen zu beißen. Bei dem Gedanken an ihr eigenes merkwürdiges Benehmen damals lief ihr ein Angstschauer über den Rücken.

Es war an dem Abend, als sich die ganze Besatzung furchtbar betrunken hatte und einen solchen Höllenlärm machte, dass die Kinder nicht einschlafen konnten. Da bat Edward Emily, ihnen eine Geschichte zu erzählen. Aber da sie nicht in »Erzählstimmung« war, hatten sie sich an Margaret gewandt. Margaret hatte sich durch diese Aufforderung geschmeichelt gefühlt und fing an, eine ganz dumme Geschichte zu erzählen von einer Prinzessin, die unzählig viele Kleider hatte und ihren Diener immerzu schlug und ihn in einen dunklen Schrank sperrte, weil er alles falsch machte. Die ganze Geschichte handelte wirklich von nichts anderem als von Kleidern und Schlägen, und Rachel hatte sie schließlich *angefleht*, damit aufzuhören.

Mitten in der Erzählung war ein Teil der Besatzung die Leiter heruntergekommen, sehr langsam und in eifrigem Gespräch. Die Männer standen eine Weile schwankend am Fuß der Leiter um einen der Seeleute herum. Es war so dunkel, dass man nicht erkennen konnte, wer sich in der Mitte befand. Sie drängten ihn, etwas zu tun, zu dem er sich anscheinend nicht entschließen konnte.

»Donnerwetter noch mal!« rief er plötzlich mit halberstickter Stimme. »Bringt mir Licht her, ich kann ja gar nicht sehen, wo sie sind!«

Es war die Stimme des Kapitäns – aber wie verändert war sie! Eine unterdrückte Erregung schwang in ihr. Jemand zündete eine Laterne an und hielt sie hoch. Kapitän Jonsen stand mit gespreizten Beinen da, er ähnelte einem großen Mehlsack, aber auch einem lauernden Tiger.

»Was möchten Sie?« hatte Emily zuvorkommend gefragt.

Aber Kapitän Jonsen war unschlüssig stehengeblieben und trat fortwährend von einem Fuß auf den anderen.

»Sie sind wohl betrunken?« hatte Rachel in lautem und missbilligendem Ton gefragt.

Doch am sonderbarsten hatte sich Margaret benommen. Sie war ganz grün geworden, und ihre Augen hatten sich vor Angst geweitet. Sie zitterte am ganzen Körper, als ob sie Schüttelfrost hätte. Es machte einen komischen Eindruck und erinnerte Emily daran, welch alberne Angst Margaret schon in der ersten Nacht auf dem Schoner gehabt hatte.

In diesem Augenblick war Jonsen auf Emily zugetaumelt, hatte die eine Hand unter ihr Kinn gelegt und mit der anderen ihr Haar gestreichelt. Diese Berührung hatte sie in eine blinde Wut versetzt, sie hatte seinen Daumen gepackt und so fest hineingebissen, wie sie nur konnte. Aber gleich darauf war sie voll Angst und Entsetzen über ihre Tat zu den anderen Kindern geflüchtet, die stumm vor Staunen zugesehen hatten.

»Was hast du nur *getan*, du unartiges Mädchen!« rief Laura und stieß Emily böse fort. »Du hast ihm weh getan!«

Jonsen stampfte fluchend umher und lutschte an seinem Daumen. Edward hatte sein Taschentuch herausgezogen, und alle halfen, den verletzten Daumen zu verbinden. Der Kapitän blieb einen Augenblick regungslos stehen und starrte den verbundenen Finger an, dann schüttelte er den Kopf wie ein begossener Pudel und ging, leise vor sich hin fluchend, wieder an Deck. Margaret hatte sich gleich nachher so furchtbar übergeben, dass die Kinder dachten, sie hätte sicher Sumpffieber, aber man konnte nichts Zusammenhängendes aus ihr herausbekommen.

Während Emily mit ihrem neuerwachten Bewusstsein diese ganze Szene in der Erinnerung noch einmal erlebte, fühlte sie sich für das Wesen, das den Kapitän in den Daumen gebissen hatte, so wenig verantwortlich, als handle es sich um eine Geschichte, die sie in einem Buch zum zweitenmal las. Auch jetzt interessierte sie sich nicht allzu sehr dafür. Es war sonderbar, aber es gab ja schließlich sehr viel Sonderbares im Leben.

Jonsen und Emily machten seit diesem Abend wie auf Verabredung einen großen Bogen umeinander. Die Geschwister hatten Emily am nächsten Tag mit Nichtachtung gestraft. Keins der Kinder wollte mit ihr spielen, und sie sah vollkommen ein, dass sie diese Behandlung verdient hatte – sie musste ja ganz verrückt gewesen sein, als sie das tat. Trotz allem, was geschehen war, sah Jonsen seitdem eher verlegen als böse aus, wenn er sie traf – das war doch auch höchst eigenartig.

Aber was sie noch mehr beschäftigte, war Margarets seltsames Benehmen in den letzten Tagen.

Seit einiger Zeit war sie wirklich sehr merkwürdig. Zuerst schien sie eine übertriebene Angst vor den Männern zu haben, aber dann hatte sie plötzlich angefangen, ihnen wie ein Hund überall nachzulaufen – allerdings nicht Jonsen, sondern Otto. Eines Tages war sie aus dem Kreise der Kinder verschwunden und hatte ihr Quartier in der Kajüte aufgeschlagen. Das Seltsamste aber war, dass sie jetzt die anderen Kinder mied und sich immer bei den Matrosen aufhielt; diese schienen auch verhindern zu wollen, dass das Mädchen überhaupt mit den anderen Kindern sprach oder von ihnen gesehen wurde.

Sie bekamen Margaret fast nie mehr zu Gesicht, und wenn es doch einmal vorkam, erkannten sie sie kaum wieder, so verändert schien sie, obwohl sie nicht hätten sagen können, worin diese Veränderung bestand.

Von ihrem Platz an der Mastspitze konnte Emily Margarets Kopf durch das Oberlicht der Kajüte sehen. Weiter vorn spielten die anderen Kinder mit José, der auf allen vieren umherkroch, die Kinder auf seinem Rücken – er stellte einen Feuerwehrwagen dar, wie sie ihn in den englischen illustrierten Zeitschriften gesehen hatten.

»Emily!« rief Harry, »komm doch spielen!«

Da fiel mit einem Ruck der Vorhang über Emilys Sinnieren. Von einer Sekunde zur anderen war sie wieder ein glückliches kleines Tierchen, einfach ein ganz beliebiges kleines Tierchen! Wie ein richtiger Seemann glitt sie die Taue hinunter, und ein paar Minuten später leitete sie schon ebenso energisch wie die anderen Feuerwehrleute die Bekämpfung des Brandes.

## III

Als sie an diesem Abend im Bett lagen, wurde im Parlament der Kinder endlich eine Frage aufgeworfen, die eigentlich schon lange erörterungsreif war. Emily war es mit Aufwand ihrer ganzen Energie gelungen, ihre Familie zum Schweigen zu bringen, als Harrys etwas nervöse, lispelnde und helle Stimme die Stille durchbrach:

»Hör mal, Emily, darf ich dich etwas fragen?«

»Du sollst schlafen!«

Es wurde kurz im Flüsterton beraten.

»Aber es ist etwas sehr Wichtiges, Emily, und wir möchten es alle gern wissen.«

»Was denn also?«

»Sind diese Leute hier Piraten?«

Emily setzte sich vor Erstaunen auf.

»Aber keine Spur!«

Harrys Stimme klang ein wenig kleinlaut:

»Ich dachte nämlich... ich glaubte... sie könnten es vielleicht...«

»Sie sind es auch bestimmt!« erklärte jetzt Rachel entschieden. »Margaret hat es mir gesagt!«

»Unsinn!« rief Emily. »Es gibt heutzutage keine Piraten!«

»Margaret sagte«, fuhr Rachel unbeirrt fort, »sie hätte damals, als man uns auf dem anderen Schiff eingeschlossen hatte, einen der Matrosen rufen hören, dass Piraten an Bord gekommen seien.«

Emily hatte eine Erleuchtung. »Aber du Schafskopf, er wird Piloten gesagt haben.«

»Was sind denn Piloten?« fragte Laura.

»Sie kommen an Bord«, erklärte Emily unsicher. »Erinnert ihr euch nicht an das Bild im Esszimmer zu Hause: ›Der Pilot kommt an Bord‹?«

Laura hörte andächtig zu. Diese Erklärung schien ihr zwar nicht sehr einleuchtend, aber sie wusste ja auch nicht, was Piraten waren. Man hätte denken können, dass die ganze Beratung sie nicht interessiere, aber da die Frage den älteren Geschwistern wichtig schien, hörte sie aufmerksam zu.

»Es können doch keine Piraten sein«, meinte Rachel, »denn Piraten sind ja schlechte Menschen.«

»Können wir sie nicht vielleicht fragen?« sagte Edward.

Emily überlegte.

»Ich glaube nicht, dass das sehr höflich wäre.«

»Ach, ich bin sicher, dass sie es uns nicht übelnehmen würden«, warf Edward ein, »sie sind ja so anständig.«

»Ich weiß nicht, ob sie es nicht doch übelnehmen würden«, meinte Emily. Im stillen fürchtete sie sich vor der Antwort. Wenn sie Piraten waren, würde es vielleicht auch besser sein, so zu tun, als ob man von nichts wüsste.

»Ich habe eine Idee!« rief sie. »Soll ich die Maus mit dem Gummischwanz fragen?«

»Ach ja!« meinte Laura. Es war schon Monate her, dass sie dieses Orakel befragt hatten, aber ihr Glaube daran war noch unerschüttert.

Emily beriet sich ein paar Minuten mit dem Orakel und stieß dabei einige kurze quietschende Laute aus.

»Das Orakel sagt, dass es Piloten sind«, verkündete sie.

»Ach!« meinte Edward tiefsinnig, und einige Minuten später waren alle eingeschlafen.

# SIEBENTES KAPITEL

## I

Edward dachte oft, wenn er stirnrunzelnd an Deck auf und ab ging, dass dies das schönste Leben für ihn sei. Was für ein Glück es doch für ihn gewesen war, auf dieses Schiff zu geraten. Auf diese Weise brauchte er nicht von Hause fortzulaufen, um zur See zu kommen, wie die meisten anderen, die sich das wünschten! Trotz des Urteils der »Weißen Maus« (an die er schon lange nicht mehr glaubte) zweifelte er nicht daran, dass der Schoner ein Piratenschiff sei, und er war auch fest davon überzeugt, dass, wenn Jonsen nächstens in irgendeiner wilden Schlacht getötet würde, die Matrosen ihn, Edward, einstimmig zu ihrem Kapitän wählen würden.

Die Mädchen waren zwar eine große Plage. Ein Schiff war eigentlich kein Ort für sie. Wenn er erst Kapitän wäre, würde er sie alle aussetzen lassen.

Und doch hatte es eine Zeit gegeben, in der er heiß und innig gewünscht hatte, auch ein Mädchen zu sein. »Als ich klein war«, vertraute er einmal seinem Freund Harry an, der ihn bewunderte, »dachte ich immer, dass Mädchen größer und kräftiger wären als Jungens. War das nicht dumm von mir?«

»Ja, sehr dumm«, stimmte Harry zu.

Harry vertraute Edward aber nicht an, dass er sich immer noch glühend wünschte, ein Mädchen zu sein.

Allerdings nicht aus demselben Grund wie Edward. Da er jünger war als dieser, war er noch liebebedürftiger, und weil er die Gesellschaft von kleinen Mädchen so angenehm fand, bildete er sich ein, es wäre noch schöner, auch ein kleines Mädchen zu sein. Außerdem wurde er oft, weil er ein Junge war, von ihren geheimen Beratungen ausgeschlossen. Emily war natürlich schon zu alt, um in seinen Augen für ein Mädchen zu gelten, doch was Rachel und Laura betraf, so schwärmte er für beide. Wenn Edward erst Kapitän war, würde er Maat sein, und wenn er sich seine Zukunft ausmalte, bestand sie meistenteils aus neuen und komplizierten Gefahren, aus denen er Rachel oder Laura (es kam nicht darauf an, welche von beiden) rettete.

Die Kinder fühlten sich jetzt auf dem Schoner ebenso zu Hause wie auf Jamaica. In der Erinnerung der Kleinsten war nicht viel von Ferndale haftengeblieben, nur einige Bilder von ganz nebensächlichen Begebenheiten. Emily erinnerte sich natürlich noch an fast alles und konnte die fehlenden Einzelheiten ergänzen. An den Tod Tabbys zum Beispiel konnte sie sich deutlich erinnern, das würde sie auch ihr ganzes Leben nicht vergessen. Sie wusste auch noch, dass Ferndale eines Tages wie ein Kartenhaus zusammengefallen war. Und vor allem erinnerte sie sich an ihr Erdbeben. Sie war ja bei einem Erdbeben gewesen und entsann sich noch jeder Einzelheit! War das Erdbeben die Ursache, dass Ferndale zusammenstürzte? Es erschien ihr nicht unwahrscheinlich. Sie wusste, dass damals ein großer Sturm gewütet hatte… Sie erinnerte sich, dass sie alle gerade badeten, als das Erdbeben kam, und dass sie auf Ponys irgendwohin geritten waren. Auch dass sie im Hause waren, als es zusammenfiel, wusste sie noch genau. Nur war es ihr etwas schwer, die fehlenden

Glieder in der Kette dieser Ereignisse zu finden. Wann sie das Negerdorf entdeckt hatte, das wusste sie heute nicht mehr. Sie konnte sich ganz deutlich daran erinnern, wie sie sich gebückt hatte, um zwischen den Bambuswurzeln nach der sprudelnden Quelle zu suchen und wie sie nachher die schwarzen Kinder gesehen hatte. Das musste aber schon viele Jahre her sein! Deutlicher als alles andere hatte sich ihr der Augenblick eingeprägt, als Tabby mit funkelnden Augen und gesträubtem Fell, die melodische Stimme voll Tragik, im Zimmer auf und ab gerast war, bis die grauenhaften schwarzen Geschöpfe durch die zerbrochene Glasscheibe über der Tür hineinstürzten und den armen Tabby in die Nacht hinausjagten. Das Fürchterliche dieser Szene hatte sich inzwischen noch erhöht, weil sie ein paarmal davon geträumt hatte, und jedesmal ein unklarer, beängstigender Unterschied zwischen dem Traum und dem wirklichen Ereignis gewesen war. Eines Nachts (und das war der schlimmste von allen Träumen) war sie hinausgestürzt, um ihren geliebten Tabby zu retten, aber da war auf einmal ihr treuer, lieber Tabby mit demselben furchtbaren Gesichtsausdruck auf sie zugekommen, wie der Kapitän in jener Nacht, als sie ihn in den Daumen biss – dann hatte Tabby sie durch lange, lange Alleen von Fächerpalmen verfolgt, an deren Ende sie Haus Exeter sah, das aber nie, und wenn sie noch so sehr lief, näher kam. Sie wusste natürlich, dass dies nicht der richtige Tabby war, sondern ein teuflischer Doppelgänger, und Margaret, die auf einmal so schwarz wie ein Neger aussah, saß auf einem Orangenbaum und verhöhnte sie.

Eine der großen Unannehmlichkeiten des Schifflebens waren die Küchenschaben. Sie hatten Flügel und machten den ganzen Schiffsraum unsicher. Ihr Geruch war entsetzlich. Überall, wo es nur im mindesten verstaubt oder verschmutzt war, ließen sie sich nieder. Da man sich nur selten wusch (Süßwasser war an Bord zu kostbar, und Salzwasser war dazu nicht brauchbar), kam es häufig vor, dass man morgens aufstand und kaum laufen konnte, weil das Ungeziefer die harte Haut auf den Fußsohlen abgenagt hatte. Auch die Hände der Kinder sahen durch die ständige Berührung mit den verteerten Tauen und dem rostigen Eisenwerk schlimmer aus als die Hände von Slumkindern.

Das Schiff war eigentlich nicht schmutzig – bis auf das Deckhaus vielleicht –, denn die nördliche Abstammung des Kapitäns wie seines Maats bewirkte, dass es sauber aussah. Aber auch ein äußerst sauber aussehendes Schiff hält selten einer näheren Berührung stand. Nur die Kleider der Kinder wurden gelegentlich von José, zusammen mit seinem eigenen Hemd, gewaschen, und sie trockneten in diesem Klima im Handumdrehen.

Jamaica war in der Vergangenheit versunken, und England, wohin sie noch immer zu fahren glaubten, und von dem sie sich durch die Erzählungen ihrer Eltern ein ziemlich sonderbares Bild gemacht hatten, zog sich in einen mythischen Nebel zurück. Sie lebten in der Gegenwart und passten sich ihr so gut an, dass man nach ein paar Wochen hätte denken können, sie wären in einer Hängematte geboren und an einem Kompass getauft worden. Sie hatten nicht die geringste Furcht vor schwindelnden Höhen, und je höher sie über Deck waren, desto glücklicher fühlten sie sich.

An ruhigen Tagen pflegte Edward in den Knien am Querbaum zu hängen, um zu fühlen, wie sein Blut in den Kopf schoss. Dabei gab auch das vordere Stagsegel, das gewöhnlich aufgezogen war, eine herrliche Abdeckung seines Versteckes ab. Einmal, als die Kinder vermuteten, Edward sei wieder dort anstatt im Mastkorb auf dem Auslug, hingen sie sich an den Niederzieher und gaben ihm alle zusammen einen so starken Ruck, dass sie Edward um ein Haar in die See geschleudert hätten. Zwar wird die Sage von den Haifischen stark übertrieben – sie können einem nicht ein Bein glatt abschneiden, und ein erfahrener Schwimmer kann sie sich leicht vom Halse halten, wenn er sie auf die Nase haut, jedesmal, wenn sie sich herumwerfen, um zuzufassen –, aber alles in allem, für einen so kleinen Jungen wie Edward wäre wenig Hoffnung gewesen; und die Kinder bekamen alle zusammen eine gehörige Tracht Prügel für ihren Übermut.

Auf viele Stunden hinaus wird oft ein Fahrzeug von solchen dicken, gummigleichen Meeres-Protuberanzen verfolgt, die darauf hoffen, ihm einen Possen spielen zu können.

Immerhin waren Haifische ein Faktor im Wörterbuch der Seeleute, denn es ist allgemein bekannt, dass man mit einem Hai auch einen guten Wind fängt. Einen solchen Fang hievten sie dann an dem eisernen Haken mit einer Winde an Bord und nagelten seinen Schwanz an den Querbaum. Je größer er war, um so besser war auch die Brise. Eines Tages erwischten sie einen ganz kolossalen Burschen, und irgend jemand verstaute seinen Unterkiefer, den sie ihm abgeschnitten hatten, in der Schiffslatrine (die niemals zu dem Zweck benutzt wurde, für den sie geschaffen war), und dachte nicht mehr daran. In einer Nacht, als es hoch hergegangen war, setzte sich aber der alte José doch mit voller Wucht darauf und kreischte wie ein Verrückter. Die Mannschaft war über diesen Witz mehr als erfreut, und selbst Emily fand, dass es leider unanständig, aber schrecklich komisch gewesen wäre. Der Archäologe, der sich einmal in fernen Zeiten mit Josés Mumie abgeben müsste, würde sich den Kopf darüber zerbrechen, wie er zu diesen sonderbaren Narben gekommen war!

Auch der Schiffsaffe trug viel zur Erheiterung der Mannschaft bei. Eines Tages hatten sich Schiffshalter – das ist eine Art von Saugfischen – an Deck festgesetzt, und er bemühte sich, sie loszulösen. Nach vielem Ziehen und Zerren stemmte er sich endlich mit drei Händen und dem Schwanz gegen das Deck und keuchte wie ein Irrer: aber sie waren nicht von der Stelle zu bringen. Die Mannschaft umringte ihn, und seine Ehre stand auf dem Spiel: er musste einfach mit ihnen fertig werden! Also fraß er sie auf bis zu den Saugnäpfchen, so abscheulich auch der Geschmack für einen Vegetarier wie ihn sein musste, und erntete stürmischen Beifall.

Edward und Harry sprachen häufig darüber, wie sie sich bei dem nächsten Seegefecht auszeichnen würden. Manchmal hielten sie eine Art Generalprobe ab und stürmten mit wahrem Indianergeheul in die Schiffsküche oder sprangen das Tauwerk hinauf und befahlen, dass jeder an Deck ins Meer geworfen werden sollte. Einmal, als sie gerade eine Schlacht inszeniert hatten, sang Edward:

»Ich bin mit Schwert und Pistole bewaffnet!«

»Und ich mit einem Schlüssel und einer halben Pfeife!« sang Harry, der in allem genauer war.

Sie gaben immer darauf acht, diese Übungen nur dann abzuhalten, wenn die wirklichen Piraten außer Hörweite waren; weniger weil sie die Kritik der Sachverständigen fürchteten, sondern weil der Beruf der Männer eigentlich noch nicht offiziell festgestellt war und alle Kinder stillschweigend Emilys Ansicht teilten, es sei besser, so zu tun, als ob man nichts wisse – im Grund eine Art Magie, an die sie glaubten.

Obwohl Laura und Rachel sehr viel zusammen spielten und beide in Harrys Augen Göttinnen waren, gab es keine größeren Gegensätze als diese Schwestern. Es war fast eine Prinzipienfrage bei ihnen (wie man schon bemerkt haben wird), stets entgegengesetzter Meinung zu sein. Diese Eigentümlichkeit entsprang ihren verschiedenartigen Charakteren. Rachel hatte zwei Steckenpferde. Das eine war ihr Interesse für alles Häusliche. Sie war nur glücklich, wenn sie Haushalt spielen konnte, überall, wo sie ging und stand, ließ sie Wohnungen und Familien zurück. Sie sammelte Wergstückchen und Fusseln abgenutzter Scheuerlappen, die sie dann zusammen in einen Stoffetzen wickelte und sie in allen möglichen Schlupfwinkeln und Verstecken schlafen legte. Wehe dem, der eins ihrer zwanzig oder dreißig »Kinder« weckte oder etwa forträumte! Sie konnte sogar mütterliche Gefühle für ein Splisseisen aufbringen und saß dann stundenlang ganz hoch oben im Takelwerk, hielt es im Arm, wiegte es hin und her und summte Wiegenlieder. Die Matrosen vermieden es zu solcher Zeit, die Stelle unter ihr auf Deck zu passieren, denn ein solches »Baby« kann, wenn man es von einer gewissen Höhe herunterfallen lässt, den dicksten Schädel einschlagen (ein Unfall, der zuweilen einem unbeliebten Kapitän zustößt).

Es gab überhaupt keinen Gebrauchsgegenstand auf dem Schiff, von der Ankerwinde bis zum Stuhl des Bootsmanns, den Rachel nicht in irgendein Möbelstück verwandelte: in einen Tisch oder ein Bett, in eine Lampe oder ein Teeservice. Alles betrachtete sie dann als ihr Eigentum, und wenn sie es irgendwie verhindern konnte, durfte niemand diese Gegenstände berühren. Alle Dinge, mit denen sich ihre Phantasie nur ein einziges Mal beschäftigt hatte, gehörten ihr einfach, und deshalb verbrachte sie den größten Teil ihres Lebens mit zornigen oder tränenreichen Versuchen, ihre Eigentumsrechte zu behaupten.

Ihr zweites Steckenpferd war moralischer Art. Sie hatte ein klares, ungemein einfaches Gefühl für Recht und Unrecht – das war bei ihr sogar so stark ausgeprägt, dass man sie fast ein frühreifes ethisches Genie hätte nennen können. Jede Tat, ganz gleich, ob sie selbst oder ein anderer sie vollbracht hatte, wurde sofort für gut oder schlecht erklärt und ohne jeden Kompromiss gelobt oder getadelt. Es kam nicht vor, dass sich Zweifel in ihr erhoben.

Dagegen war Emilys Gewissen von anderer Beschaffenheit. Sie stand unter seiner Schreckensherrschaft, noch ehe sie sich seiner Mahnungen voll bewusst war. Die klare Bestimmtheit von Rachel ging ihr ab, niemals wusste sie, ob sie diese Harpyie in der eigenen Brust, das Gewissen, nicht unwissentlich beleidigt hatte, und sie lebte in entsetzlicher Angst vor seinen entblößten Krallen. Wenn sie abends im Eindämmern fühlte, wie seine geheime Kraft in ihren Schlaf vorstoßen wollte, zwang sie sich, um selbst die Furcht davor nicht aufkommen zu lassen, geistig zur Beschäftigung mit ganz anderen Dingen. Aber sie wusste es, im Grunde ihres Herzens *wusste* sie, dass eines Tages eine ihrer entsetzlichen absichtslosen Handlungen es entfesseln könnte und ihre Seele wie von einem Wirbelsturm herumgeschleudert werden würde. Da konnten sie alle zusammen wochenlang in glücklichster Unbewusstheit leben; sie, Emily, konnte visionäre Erleuchtungen haben, durch die sie wusste, dass sie Gott-Selbst war, aber gleichzeitig wusste sie auch, jenseits allen Zweifels und in ihrem innersten Sein, dass sie verdammt war und dass es seit der Erschaffung der Welt noch niemals etwas so Verderbtes gegeben habe.

Bei Rachel war das Gewissen alles andere als eine deprimierende Sache; vielmehr war es ganz einfach eine Triebfeder ihres Lebens, die vollkommen reibungslos arbeitete und so angenehm war wie ein gesunder Appetit. So war es stillschweigend von ihr und ihren Geschwistern anerkannt, dass diese Männer Piraten waren. Das hieß also, dass sie gottlos waren. Deshalb war es ihre Pflicht, sie zu bekehren, und sie machte ihre Pläne, um dieses Ziel zu erreichen, ohne die geringsten Bedenken oder den mindesten Zweifel zu hegen. Ihr Gewissen beunruhigte sie nicht, weil ihr nie der Gedanke gekommen war, dass sie irgend etwas anderes tun könnte, als seinen Vorschriften zu folgen, nachdem sie sie erkannt hatte. Sie würde zuerst versuchen, diese Leute zu bekehren, sie würden sich dann wohl bessern, wenn nicht – dann würde sie eben nach der Polizei schicken. Da sie beide Lösungen für richtig hielt, war es für sie ganz gleichgültig, von welcher sie Gebrauch machen musste.

Soviel also über Rachels Seelenleben. In der Seele Lauras sah es dagegen ganz anders aus, sie war noch so unbegrenzt und nebelhaft, dass man es mit Worten kaum beschreiben konnte. Um den alten Vergleich mit den Kaulquappen zu gebrauchen: ihre Kiemen waren, obwohl ihre Beine schon zu wachsen begannen, noch nicht abgefallen.

Sie war natürlich mit ihren vier Jahren noch ein Kind, und Kinder sind menschliche Wesen (wenn man diese Bezeichnung in einem ganz weiten Sinn gebraucht); aber sie war noch nicht über das Babystadium hinausgekommen. Und Babys sind eher etwas tierisch als menschlich und sind auf eine uralte und verästelte Art »kultiviert«, ähnlich wie Fische, Schlangen oder Katzen, nur komplizierter und lebendiger als diese, denn Babys gehören zu den am höchsten entwickelten Arten der niederen Wirbeltiere. Kurz gesagt, ihr inneres Leben vollzieht sich nach Gesetzen, die sich nicht in die Begriffe und Kategorien des menschlichen Verstandes übersetzen lassen. Sie sehen zwar menschenähnlich aus, aber offen gestanden nicht so menschenähnlich, wie zum Beispiel viele Affen aussehen.

Unbewusst betrachtet jedermann ein kleines Kind als ein Tier; bei Tieren lachen wir darüber, wenn wir sie bei etwas ertappen, das einer menschlichen Handlung gleicht, und genau so geht es uns im Grunde bei kleinen Kindern. Sie würden uns bestimmt nicht so komisch vorkommen, wenn wir sie bloß als Menschen betrachten könnten, die noch nicht voll entwickelt sind.

Wenn man aber nun die Behauptung aufstellen wollte, Kinder seien überhaupt keine Menschen, kann ich das auch nicht gelten lassen. Ich muss zugeben, dass sie unwissender und beschränkter sind als wir: sie unterscheiden sich von uns in der Art des Denkens (sie sind so etwas wie verrückt!). Wir können uns aber mit einiger Phantasie und Willenskraft in ein Kind hineindenken, wenigstens bis zu einem gewissen Grade, und selbst wenn wir darin nicht sehr erfolgreich sind, ist das immerhin ja ein Gegenbeweis gegen die Behauptung, sie seien keine Menschen. Aber – kein Mensch kann im Ernst behaupten, er könne sich in ein *Baby* hineinversetzen! Man kann ebensowenig sagen, man könne denken, wie eine Biene denkt.

Wie also soll man den Kinderverstand von Laura beschreiben, dessen Entwicklung sich inmitten der Reste ihrer Babyzeit vollzog?

Wenn man unter Wasser schwimmt und sich einem riesigen Tintenfisch gegenübersieht, überkommen einen ernüchternde Gefühle; bei aller Hochachtung vor ihm weiß man, dass eine wirkliche geistige Sympathie ausgeschlossen ist. Man kann sich nur noch, wie irgendein dummer Maler, auf die Bewunderung seiner rein physischen Erscheinung beschränken, zum Beispiel auf die kuhähnliche Sanftheit seiner Augen, auf die Schönheit und die unwahrscheinliche Beweglichkeit seines großen zahnlosen Mundes, der dasselbe Wasser, das uns zu ersticken droht, als ein selbstverständliches Lebenselement hinnimmt. Da ruht er still in einer Felsspalte, scheinbar gewichtlos, aber übergroß in seiner klaren grünen Umgebung; seine Arme, die zarter als Seide sind, hat er zusammengerollt, und wenn er die Gegenwart eines andern Wesens erkennt, entrollt er sie voller Erregung. Wasserspiegel und Himmel sind über ihm wie ein großes helles Glasfenster. Eine ferne Erinnerung solcher Eindrücke überkommt einen, wenn man ein ganz kleines Kind vor sich hat, vorausgesetzt natürlich, dass einem dabei das Hirn nicht von mütterlichen Gefühlen überschwemmt wird.

Das ist natürlich alles nicht so ganz wörtlich zu nehmen. Aber oft kann man nur durch Übertreibung an die Wahrheit herankommen.

Diese ganz klaren Merkmale des Säuglingsalters waren bei Laura jedoch nur noch im Inneren zu finden; nach außen wirkte sie schon vollkommen als ein Kind, ein sehr zurückhaltendes, ein sehr seltsames und eigentlich bezauberndes Kind. Ihr Gesicht mit den starken Augenbrauen und dem zurückweichenden Kinn war nicht hübsch; aber sie hatte in Bewegung und Haltung für jede Gelegenheit eine Ausdrucksfähigkeit, die einfach auffallend war. Ein Kind, das beispielsweise seine Zuneigung durch die Art bekunden kann, wie es seine Füße setzt, hat den Freimut jener körperlichen Begnadung, den man Charme nennt. Zu solchen Äußerungen kam es nur selten bei ihr, denn sie war zu neun Zehnteln von sich selbst besessen und hatte daher wenig Zeit, anderen Menschen gegenüber Neigung oder Abneigung zu empfinden. Im allgemeinen waren die Gefühle, denen sie Ausdruck gab, eher von der unpersönlichen Art, von der Liebhaber des Balletts fasziniert sind, und deshalb war es um so ungewöhnlicher, dass sie dem zurückhaltenden und grob aussehenden Piratenkapitän mit der Ergebenheit eines Hundes anhing. Was sie eigentlich in ihn hineinsah, war nicht zu enträtseln. Zuneigung ist bei Kindern eine Sache der Phantasie, nicht die einer bewussten Einsicht.

## II

Schweine wachsen schnell, schneller noch als Kinder, und obgleich diese sich während der ersten vier Wochen an Bord sehr verändert hatten, hatte sich das kleine schwarze Ferkel (das übrigens »Donner« hieß) noch viel mehr verwandelt. Es war bald so groß, dass man es ihm unmöglich länger gestatten konnte, die Bäuche der Menschen als Lager zu benutzen. Da sein Hang zur Geselligkeit aber unvermindert geblieben war, hatte sich der Spieß umgedreht, und es war jetzt ein alltäglicher Anblick, dass ein Kind oder die ganze Schar auf seiner schuppigen Flanke saß. Sie liebten das Tier zärtlich (besonders Emily) und nannten es ihren Liebling, ihren einzigen Schatz, ihr Herzblatt. »Donner« hingegen konnte sich nur auf zweierlei Weise äußern. Wenn ihm der Rücken gekrault wurde, stieß er ab und zu ein leises, glückliches Grunzen aus, und dies musste (nur änderte sich je nach den Umständen der Ton) für jede Gelegenheit und jede Art von Gemütsbewegung herhalten, bis auf eine. Wenn die Kinder sich nämlich alle zugleich auf das Tier setzten, dann ließ es ein geisterhaftes ersterbendes Stöhnen hören, das so herzzerreißend wirkte wie das Klagen des Windes in einem fernen Schornstein. Es klang, als ob die Luft durch ein stecknadelgroßes Loch aus ihm herausgepresst wurde.

Man kann sich keine bequemere Sitzgelegenheit wünschen als ein still daliegendes geduldiges Schwein.

»Wenn ich die Königin von England wäre«, sagte Emily, »würde ich ganz bestimmt nur ein Schwein zum Thron haben wollen.«

»Vielleicht hat sie auch eins«, meinte Harry.

»Donner liebt es *so*, gekrault zu werden«, fügte sie nach einer Weile in sentimentalem Ton hinzu, während sie ihm den schorfigen Rücken scheuerte.

Der Maat, der ihnen zugesehen hatte, warf ein:

»Ihr würdet euch sicher auch gern kraulen lassen, wenn eure Haut in solchem Zustand wäre!«

»Ach, seien Sie nicht so ekelhaft!« rief Emily ärgerlich.

Aber seine Worte verfehlten ihre Wirkung nicht.

»Es ist vielleicht besser, du küsst das Schwein nicht so oft«, sagte Emily bald darauf zu Laura, die ausgestreckt neben dem Tier lag, und, die Arme fest um seinen Hals geschlungen, seine salzige Schnauze mit Küssen bedeckte.

»Mein Süßes! Mein Liebling«, murmelte Laura zärtlich, gleichsam als Protest.

Der schlaue Maat hatte sich überlegt, dass es Zeit sei, eine kleine Entfremdung zwischen dem Tier und den

Kindern herbeizuführen, damit sie später einmal frisches Schweinefleisch ohne Tränen genießen konnten. Seine Bemerkung war der erste Schritt auf dem Weg zu diesem Ziel.

Um die Mittagszeit fanden sich die Kinder zu ihrer Suppe und ihrem Zwieback in der Messe ein. Sie wurden auf dem Schoner nicht überfüttert, sie erhielten, auch an Vitaminen, gerade soviel, wie ihnen zuträglich war. Erst kochte der Schiffskoch die verschiedenen Gemüsearten, die sie ihrer Haltbarkeit wegen mit sich führten, mehrere Stunden in einem großen Topf. Dann wurde ein Klumpen Salzfleisch, der vorher einige Stunden gewässert worden war, hinzugefügt und in dem Ganzen solange gedünstet, bis er gar war. Danach wurde er herausgenommen, und Kapitän und Maat aßen erst die Suppe und dann das Fleisch, und zwar von Tellern, wie richtige Herren. An Wochentagen wurde das Fleisch dann auf einem Regal in der Kabine ausgekühlt, um in der Morgensuppe wieder aufgewärmt zu werden. Die Mannschaft und die Kinder aßen nur Suppe und Zwieback. Aber an Sonntagen zerteilte der Kapitän mit wohlwollender Miene ein Stück Fleisch in ganz kleine Stückchen, genau wie für eine Kinderstube, und er mischte es unter das Gemüse in einer großen hölzernen Schüssel, aus der Mannschaft und Kinder gemeinsam löffelten. Diese Mahlzeit hatte etwas sehr Patriarchalisches.

Sogar beim Essen leistete Margaret den andern nicht mehr Gesellschaft, sondern aß allein in der Kabine, obwohl es auf dem ganzen Schiff nur zwei Teller gab. Möglich, dass sie den Teller des Maats benutzte, nachdem er fertig gegessen hatte.

Die Spannung zwischen Emily und dem Kapitän hatte ein ziemlich peinliches Stadium erreicht. Wenn eine solche Verstimmung noch neu ist, pflegen sich die beiden Parteien aus dem Wege zu gehen, und es entsteht keine unangenehme Situation, aber nach einigen Tagen beginnt die Erinnerung an die Streitigkeit zu verblassen, und sie denken erst wieder daran, wenn sie beinahe schon angefangen haben, wieder zusammen zu sprechen, um dann verlegen und beschämt den Rückzug anzutreten. Für ein Kind gibt es kaum einen unbehaglicheren Zustand. In diesem Fall war es schwerer als sonst, eine Versöhnung herbeizuführen, weil sich beide Parteien im Unrecht fühlten. Jeder bereute seine unüberlegte, jetzt ganz unverständlich scheinende Handlungsweise, aber keiner hatte eine Ahnung von den Gefühlen des anderen, daher kam es, dass jeder auf ein Zeichen der Verzeihung von der Seite des anderen wartete. Der Kapitän hatte zwar bedeutend mehr Grund sich zu schämen als Emily. Diese war aber feinfühliger und deshalb so zerknirscht, dass sich beide ungefähr in der gleichen Gemütsverfassung befanden. Wenn Emily zum Beispiel, mit einem fliegenden Fisch im Arm, vergnügt auf Jonsen zulief, sich dann aber plötzlich an die Spannung erinnerte und hinter die Küche schlich, fasste Jonsen ihr Benehmen als ein Zeichen von Verachtung und unüberwindlichem Abscheu auf, wurde puterrot und starrte mit versteinertem Gesicht auf das leicht flatternde Großsegel. Emily wiederum fragte sich, ob er denn niemals den zerbissenen Daumen vergessen würde.

An einem Nachmittag aber wurde die Situation auf die Spitze getrieben. Laura, die den Kapitän vergötterte, war ihm seit längerer Zeit auf Schritt und Tritt nachgelaufen und hatte unbewusst mit ihm kokettiert. Edward hatte endlich den Unterschied zwischen Luv und Lee herausgefunden und war spornstreichs zum Kapitän gelaufen, um die erste der drei »Hauptregeln des Lebens« zu erfahren, und Emily war infolge ihres miserablen Gedächtnisses wieder einmal mitgelaufen und stand nun gespannt neben ihm.

Edward wurde abgehört und bestand die Prüfung mit Auszeichnung.

»Die erste Regel also ist die«, erklärte der Kapitän: »*Wirf niemals etwas luvwärts, außer heißem Wasser oder Asche*!«

Edwards Gesicht nahm sofort den erwünschten verblüfften Ausdruck an.

»Aber *luvwärts* ist doch...«, begann er, »ich meine, würde die Asche nicht gerade...?« Dann hielt er inne und überlegte, ob er die Ausdrücke vielleicht doch verwechselt hätte. Jonsen war entzückt über den Erfolg dieses alten Witzes. Emily, die ebenso verblüfft war und gerade auf einem Bein zu stehen versuchte, verlor plötzlich das Gleichgewicht und griff hastig nach Jonsens Arm. Er sah sie an – alle sahen sie an.

In einer so peinlichen Lage stellt es eine zu große Anforderung an die Nervenkraft, einfach wegzugehen; nichts ist naheliegender, als den Rückzug vermittels einer Reihe von Purzelbäumen anzutreten. Emily begann also sofort, das ganze Deck entlang Purzelbäume zu schlagen.

Es war sehr schwer, die Richtung innezuhalten, und das Schwindelgefühl, das sie dabei befiel, war grauenhaft; aber sie *musste* damit fortfahren, bis sie außer Sichtweite war, und wenn es sie das Leben kostete.

Gerade in diesem Augenblick ließ Rachel, die oben am Großmast saß, zum erstenmal ihr Splisseisen fallen. Sie stieß einen gellenden Schrei aus, denn was *sie* fallen sah, war ein Baby, das sich den Schädel auf Deck einschlug.

Jonsen gab ein schwaches Grunzen von sich, das seinem Schreck Ausdruck geben sollte – Männer können doch nie einen so gellenden durchdringenden Schrei ausstoßen wie eine Frau.

Aber Emily stieß, allerdings mehrere Sekunden später, den erschütterndsten Schreckensschrei von allen dreien aus, denn der widerliche Stahl, der jetzt zitternd in den Planken des Decks steckengeblieben war, hatte beim Fall Emilys Wade aufgerissen. Die überreizten Nerven des Kindes, das durch die Purzelbäume verursachte Schwindelgefühl, der Schreck und der Schmerz gaben seinem Weinen etwas wahrhaft Herzzerreißendes. In der nächsten Sekunde hatte Jonsen Emily in die Arme genommen und das jammervoll schluchzende Kind in die Kajüte hinuntergetragen. Dort saß Margaret, die schmalen Schultern hochgezogen, über irgendeine Flickarbeit gebeugt und summte leise vor sich hin, obwohl ihr sterbensübel war.

»Scher dich hinaus!« herrschte Jonsen sie mit leiser, aber brutaler Stimme an. Ohne ein Wort zu sagen, packte Margaret ihre Näherei zusammen und ging an Deck.

Jonsen bestrich einen Lappen mit etwas Stockholmer Teer und verband Emilys Bein mit erstaunlicher Geschicklichkeit. Er legte das vom vielen Weinen schon ganz erschöpfte Kind in seine eigene Koje. Als sie die mit Tränen gefüllten Augen öffnete und ihn mit einem Ausdruck aufrichtigster Besorgnis in seinem plumpen Gesicht über sich gebeugt sah, war sie bei dem Gedanken, dass er ihr nun endlich verziehen hatte, so überglücklich, dass sie ihm die Arme entgegenstreckte und ihn küsste. Er setzte sich auf die Schiffskiste neben der Koje und wiegte sich langsam hin und her. Emily fiel in einen kurzen Halbschlaf, und als sie wieder erwachte, saß er noch immer neben ihr.

»Erzählen Sie mir etwas aus der Zeit, als Sie noch klein waren«, bat sie.

Jonsen blieb in Schweigen versunken, während er sich bemühte, seinen schwerfälligen Geist in die Vergangenheit zurückzuführen.

»Als ich noch ein Junge war«, begann er schließlich, »dachte man, dass es Unglück brächte, wenn man seine Stiefel selbst einfettete. Darum hat meine Tante sie immer eingeschmiert, ehe wir zum Fischfang aussegelten.«

Wieder schwieg er mehrere Minuten.

»Und wir teilten den Fang in sechs Teile – einen für den Besitzer des Bootes und einen für jeden von uns.«

Das war alles, was er zu erzählen wusste. Aber es interessierte Emily sehr, und bald darauf schlief sie beseligt wieder ein.

Ein paar Tage mussten Kapitän und Maat Emilys wegen in der Koje des Maats wohnen – weiß der Himmel, in welches Loch Margaret verbannt wurde. Die Wunde an Emilys Bein heilte nur sehr langsam. Zu alledem kam noch, dass das Wetter auf einmal schlecht wurde. Solange das Kind wach war, ging es noch, aber sobald es einschlief, rollte es in der Koje hin und her und wurde natürlich von den Schmerzen immer wieder geweckt. Dadurch geriet es bald in einen fiebrigen, übernervösen Zustand, obwohl die Wunde selbst so gut heilte, wie es unter diesen Umständen nur möglich war. Natürlich bekam die Patientin auch Besuch von den anderen Kindern; da es nun aber nichts Neues mehr war, in dieses Heiligtum einzudringen, machte es ihnen bald keinen besonderen Spaß mehr, und ihre Besuche wurden immer unregelmäßiger und kürzer. Nachts tobten sie sich jetzt gehörig aus, da Emily nicht mehr da war, um Ordnung zu halten. Aber man sah es ihnen auch am nächsten Morgen an.

Otto kam manchmal in die Kajüte herunter, um der Kranken zu zeigen, wie man einen Seemannsknoten macht, und ihr zugleich sein Herz über den Kapitän und dessen Schlechtigkeiten auszuschütten. Es schien ihn nicht zu stören, dass diese Mitteilungen immer nur mit verlegenem Schweigen entgegengenommen wurden. Otto war Wiener; schon mit zehn Jahren hatte man ihn als blinden Passagier auf ein Flussschiff geschmuggelt, das die Donau hinauffuhr. Später war er zur See gegangen und hatte dann fast nur auf englischen Schiffen gedient. Das einzige Land, in dem er seit seiner Kindheit längere Zeit gewohnt hatte, war Wales. Er fuhr dort einige Jahre auf einem Küstenfahrer, darum konnte er außer deutsch, spanisch und englisch auch fließend walisisch sprechen. Er blieb zwar nicht lange in Wales, aber er war dort im aufnahmefähigsten Alter gewesen, und wenn er Emily von seiner Jugend erzählte, sprach er meistens von seinem Leben als Schiffsjunge. Kapitän Jonsen stammte aus einer dänischen Familie, die sich an der Ostseeküste bei Lübeck niedergelassen hatte. Auch er hatte fast sein ganzes Leben auf englischen Schiffen verbracht. Wo und wann er und Otto sich kennengelernt hatten und wie sie Seeräuber geworden waren, erfuhr Emily nie. Die beiden Männer waren anscheinend schon seit Jahren unzertrennlich. Da sie gar nicht neugierig war, ließ sie sich am liebsten erzählen, ohne Fragen zu stellen oder den Versuch zu machen, das, was beide erzählten, miteinander zu vergleichen.

Als die Seemannsknoten ihr keinen Spaß mehr machten, schickte ihr José einen wunderbaren Häkelhaken, den er aus einem Rinderknochen geschnitzt hatte, und als es ihr dann gelang, Fäden aus einem alten Stück Segeltuch herauszuziehen, häkelte sie Deckchen für den Kajütentisch. Man muss aber zu Emilys Schande gestehen, dass sie auch viel Zeit mit dem Bemalen der Kajütenwände verbrachte; schließlich hatte sie die ganze innere Wand der Koje von oben bis unten bekritzelt. Was der Kapitän sagen würde, wenn er das bemerkte, daran dachte sie lieber gar nicht. Am meisten Spaß machte es ihr aber, nach Ungleichheiten in der Farbe zu suchen oder nach Knoten im Holz, die irgendeinem Gegenstand glichen, und sie dann so mit dem Bleistift zu bearbeiten, bis sie diesem Gegenstand tatsächlich ähnelten.

So ergänzte sie zum Beispiel bei einem Walross ein Auge und fügte bei einem Kaninchen das fehlende Ohr an. Das ist das, was Künstler das richtige Gefühl für das Material nennen.

Das Wetter wurde täglich schlechter, und das ganze Weltall schien eine so unsichere Stätte zu werden, dass es fast ganz unmöglich war zu häkeln. Die arme Emily musste sich die ganze Zeit an der Kojenwand festhalten, damit sie mit ihrem schlimmen Bein nicht fortwährend irgendwo anstieß.

Gerade während dieses ungemütlichen Wetters beschlossen die Piraten, wieder einmal ein Schiff zu kapern. Es war keine reiche Beute, denn es ergab sich, dass der kleine holländische Dampfer lediglich eine Ladung dressierter Tiere für eine Menagerie an Bord hatte. Der Kapitän des Dampfers, der so widerspenstig war, wie es nur gewisse Holländer sein können, machte ihnen viel zu schaffen. Er war ein erstklassiger Seemann, sehr blond und fast ohne Hals. Sie mussten ihn schließlich gefesselt an Bord des Schoners bringen und auf den Fußboden der Kajüte legen, wo Emily auf ihn aufpassen sollte. Er roch so fürchterlich nach schlechten Zigarren, dass es Emily ganz übel und schwindlig wurde.

Die anderen Kinder hatten beim Kapern des Schiffes eine nicht unwichtige Rolle gespielt. Sie gaben dem Schiff einen noch viel harmloseren Anstrich als die »Damen« beim Aufbringen der »Clorinda«. Der Dampfer (damals waren Dampfer eigentlich nichts anderes als umgeänderte Segelschiffe) wälzte sich auf den Wellen, seine Decks standen unter Wasser, und der Schornstein glich einem über ein Ohr gestülpten Hut. Es war also kein Wunder, dass, als ein Boot vom Schoner ausgesetzt und von Edward, Harry, Rachel und Laura kräftig bejubelt wurde, der Holländer gar nicht darauf kommen konnte, dass es sich um eine böse Absicht handle, und die Piraten ruhig an Bord ließ.

Dann begann er aber Schwierigkeiten zu machen, und sie mussten ihn auf den Schoner schaffen. Ihre Laune war nicht die beste, als sie entdeckten, dass ihre Beute aus einem Löwen, einem Tiger, zwei Bären und einer Menge Affen bestand. Darum gingen sie nicht allzu sanft mit dem fremden Kapitän um, als sie ihn herüberbrachten.

Zunächst mussten sie feststellen, ob die »Thelma« nicht vielleicht, wie die »Clorinda«, eine zweite versteckte Ladung von größerem Wert barg. Sie hatten also die ganze Mannschaft eingesperrt, und nun wurde jeder einzeln an Deck gebracht und ausgefragt. Aber entweder war wirklich kein Geld an Bord, oder die Mannschaft wusste nichts davon, oder sie wollte es nicht wissen. Die meisten waren so verängstigt, dass sie bereit gewesen wären, ihre eigene Großmutter zu verkaufen, doch einige lachten über die Versuche der Piraten, sie ins Bockshorn zu jagen, denn sie wussten ja, dass Seeräuber, solange sie nüchtern sind, vor einem Mord zurückschrecken.

Jedesmal wurde dasselbe Verfahren angewandt. Sobald ein Matrose verhört worden war, wurde er nach vorn geschickt und unter der Back eingesperrt, und ehe der nächste heraufgeholt wurde, schlugen die Piraten mit allen Kräften auf eine Rolle Segeltuch, und einer von ihnen brüllte wie am Spieß. Dann wurde eine Pistole abgeschossen und etwas Schweres, das ordentlich aufspritzte, über Bord geworfen. Diese List sollte den noch unten auf ihr Verhör wartenden Matrosen Angst einflößen, und sie verfehlte auch ihre Wirkung nicht, aber es half alles nichts, anscheinend gab es an Bord wirklich keinen Schatz, den sie ausliefern konnten.

Es war aber ein reichlicher Vorrat an holländischem Likör und Wein vorhanden, der für die Piraten nach so viel westindischem Rum eine willkommene Abwechslung war.

Nachdem sie über eine Stunde getrunken hatten, kam Otto auf eine glänzende Idee. Wie wäre es, wenn sie eine Zirkusvorstellung für die Kinder veranstalteten? Die Kleinen hatten schrecklich gebettelt, auf den Dampfer mitgenommen zu werden, weil sie die Tiere sehen wollten. Wenn man nun etwas wirklich Sehenswertes für sie in Szene setzte, wie zum Beispiel einen Kampf zwischen dem Löwen und dem Tiger?

Gesagt, getan. Die Kinder und alle Matrosen, die abkömmlich waren, wurden auf den Dampfer gebracht, und alle kletterten in die sichere Höhe der Takelage. Der Lukendeckel wurde geöffnet, und die beiden eisernen Käfige, die entsetzlich nach Katzen stanken, wurden an Deck geholt. Dann zwang man die kleinen malaiischen Wärter, die fortwährend mit ihren hellen Stimmen zusammen schwatzten, die Käfige zu öffnen, damit die beiden Könige des Dschungels herauskämen und sich eine Schlacht lieferten.

Wie sie die Tiere wieder hineinbekommen sollten, das überlegte niemand, obwohl es doch allgemein bekannt sein musste, dass es viel leichter ist, einen Tiger aus seinem Käfig herauszulassen, als ihn wieder hineinzubefördern.

Die Tiere schienen aber, obwohl die Käfige geöffnet waren, keine besondere Lust zu haben, herauszukommen. Sie lagen leise stöhnend da und rührten sich nicht, nur ab und zu rollten sie etwas mit den Augen.

Es war ein Pech, dass die arme Emily diese ganze Vorstellung versäumen und in Jonsens stickiger Kajüte wie eine Gefangene liegen musste, um den holländischen Kapitän zu bewachen.

Anfangs hatte er, sobald sie allein waren, versucht, mit ihr zu reden, aber im Gegensatz zu den meisten Holländern sprach er nicht ein Wort Englisch. Er konnte den Kopf bewegen und ließ die Augen fortwährend von einem sehr scharfen Messer – das ein Idiot auf dem Fußboden in einer Ecke der Kajüte hatte liegen lassen – zu Emily hinüberschweifen. Er bat sie, ihm das Messer zu geben.

Emily hatte aber eine sinnlose Angst vor ihm. Vor einem gefesselten Mann hat man wohl mehr Angst als vor einem nicht gefesselten, vielleicht weil er sich losmachen könnte.

Außerdem erzeugte das Bewusstsein, nicht aus der Koje herauszukönnen, bei Emily ein Gefühl des Alpdrückens.

Man muss noch bedenken, dass der Mann einen abnorm kurzen Hals hatte und fürchterlich nach Zigarren stank.

Nach einiger Zeit hatte er wohl den Ausdruck der Furcht und des Ekels statt des erwarteten Mitleids auf ihrem Gesicht bemerkt, denn er begann selbständig zu handeln. Zuerst brachte er sich ins Rollen, indem er den Körper leicht hin und her bewegte.

Emily schrie um Hilfe und schlug mit den Fäusten gegen die Wand der Koje, aber niemand kam. Selbst die Matrosen, die man an Bord gelassen hatte, waren außer Hörweite. Sie starrten gespannt nach dem ungefähr hundert Meter entfernten, in schwerem Seegang stampfenden und schlingernden Dampfer, um zu sehen, was sich dort abspielte. Einer der beherzten Matrosen war drüben aufs Deck geklettert und hatte, um die Tiere aufzurütteln, angefangen, Eisenstücke gegen die Käfige zu schleudern. Sobald die Tiere aber nur ein wenig ihre Schwänze bewegten, kletterte er wie eine verängstigte Maus das nächste Seil hinauf. Nur die malaiischen Wärter blieben die ganze Zeit an Deck und nahmen von den Vorgängen keine Notiz. Sie hockten auf ihren Fersen und summten höchst unmelodische Lieder durch die Nase. Wahrscheinlich war ihnen ebenso zumute wie dem Löwen und dem Tiger.

Nach kurzer Zeit wurden die Piraten aber kühner. Otto trat ganz dicht an einen der Käfige heran und versetzte dem Tiger mit einer Stange einige Rippenstöße. Aber das arme Tier war viel zu seekrank, um sich dadurch stören zu lassen. Allmählich kam die ganze Gesellschaft an Deck und stand um den Tiger herum, bereit, bei der leisesten Bewegung des Raubtiers auszureißen, während der betrunkene Maat und sogar Kapitän Jonsen (der vollkommen nüchtern war) das Tier stießen und neckten.

Unter diesen Umständen war es kein Wunder, dass niemand die arme Emily hörte, die allein in der Kajüte mit dem furchtbaren Holländer eingesperrt war.

Sie schrie sich ganz heiser, aber aus diesem Alpdrücken gab es kein Erwachen.

Inzwischen war es dem Mann gelungen, sich trotz des Schlingerns des Schiffes fast an das begehrte Messer heranzurollen. Durch die gewaltige Anstrengung und den

Druck der Fesseln waren die Adern auf seiner Stirn dick angeschwollen. Mit den Fingern tastete er hinter sich nach dem Messer.

Die namenlose Angst verlieh Emily den Mut der Verzweiflung. Trotz der fürchterlichen Schmerzen, die ihr alle Bewegungen machten, sprang sie auf, und es gelang ihr, das Messer an sich zu reißen, ehe die gefesselten Hände des Kapitäns es erreichen konnten.

Während der nächsten fünf Sekunden stach und hieb sie blindlings mindestens ein dutzendmal nach dem Mann, dann schleuderte sie das Messer fort und kletterte, wie, wusste sie selber nicht, in ihre Koje zurück.

Aus seinen vielen Wunden blutend und von seinem eigenen Blut völlig geblendet, lag der Holländer jetzt, ohne sich zu bewegen, da und stöhnte. Durch die Anstrengung war Emilys Wunde wieder aufgeplatzt, und sie fiel, von Schmerz und Schreck überwältigt, in Ohnmacht. Das Messer, das sie fortgeschleudert hatte, war wieder die Stufen hinunter auf den Fußboden der Kajüte gefallen. Die erste, die dieses Bild sah, war Margaret, die nach einer Weile vom Deck aus hinunterspähte. Ihre matten Augen starrten verwundert aus ihrem kleinen, totenkopfgleichen Gesicht.

Da es Jonsen und Otto nicht gelang, die erschöpften Tiere aufzurütteln, riefen sie die Matrosen, um mit Hilfe von großen Hebestangen die Käfige umzukippen und die Tiere auf das Deck zu befördern. Aber selbst dann wollten sie nicht kämpfen, und sie gaben nicht einmal Zeichen des Unwillens von sich. Wie zuvor in ihren Käfigen lagen sie jetzt auf Deck und stöhnten.

Es waren sehr kleine, von den Strapazen der Reise ganz abgemagerte Exemplare. Plötzlich packte Otto mit einem Fluch den Tiger um die Mitte und riss ihn auf die Hinterpfoten hoch. Jonsen tat dasselbe mit dem plumperen Löwen. So standen die beiden kläglichen Gegner des bevorstehenden Duells einander gegenüber, während ihre Köpfe schlaff über die Arme ihrer Sekundanten hingen.

Aber in den Augen des Tigers schien auf einmal ein schwacher Funke von Bewusstsein aufzuleuchten. Plötzlich straffte das Tier die Muskeln, entwand sich mühelos Ottos schwachen Fäusten und verrenkte dem Maat fast die Arme, ehe dieser Zeit hatte, es loszulassen. Mit blitzartiger Geschwindigkeit hatte der Tiger sich umgedreht und Otto mit seiner Pranke einen Schlag ins Gesicht versetzt, der ihm die halbe Wange aufriss. Tiger sind ja kein Spielzeug. Jonsen ließ sofort den schweren Körper des Löwen auf den Tiger fallen und flüchtete mit Otto durch eine offene Tür, während die übrigen Piraten, wie Menschen, die aus einem brennenden Theater fliehen, übereinander stolperten, in dem einzigen Bestreben, so rasch wie möglich wieder hinauf in die Takelage zu kommen.

Der Löwe wälzte sich von dem Tiger herunter, und dieser kroch, unsicher taumelnd, in seinen Käfig zurück. Die Malaien hatten die ganze Zeit ihr eintöniges Singen fortgesetzt und der aufregenden Szene überhaupt keine Beachtung geschenkt.

Und was war das dabei für eine Szene gewesen!

Aber nun war die sonderbare Zirkusvorstellung vorbei. Verängstigt und durch die eigene Flucht braun und blau gestoßen, halfen die betrunkenen Matrosen dem Maat in das erste der beiden Boote hinein und ruderten Hals über Kopf durch die aufgeregten Wellen zum Schoner zurück. Einer nach dem anderen kletterte über das Geländer und sprang an Deck.

Matrosen haben feine Nasen. Sofort rochen sie das Blut und drängten sich an die Treppe, auf dessen oberster Stufe Margaret noch immer wie erstarrt saß.

Emily lag mit geschlossenen Augen in der Koje — sie war wieder bei Bewusstsein, aber sie hielt die Augen geschlossen.

Die Matrosen sahen den holländischen Kapitän ausgestreckt in einer Blutlache auf dem Fußboden liegen. »Aber meine Herren, ich habe Frau und Kinder!« sagte er plötzlich auf Holländisch in verwundertem, sanftem Ton – dann starb er, weniger an einer tödlichen Wunde, als an dem Blutverlust, den ihm die Messerstiche verursacht hatten.

Niemand zweifelte daran, dass Margaret diese ruchlose Tat begangen und einen gefesselten, wehrlosen Mann grundlos getötet hatte – und nun saß sie da und beobachtete mit ihren matten, leeren Augen, wie er starb.

## ACHTES KAPITEL

### I

Die Verachtung, die die Mannschaft für Margaret empfand, war durch den Verrat entstanden, den das Mädchen an seiner Kindlichkeit begangen hatte. Die Matrosen standen dem offensichtlich kranken und unglücklichen Kinde ohne jedes Mitleid gegenüber.

Dieses Verbrechen – der sinnlose Mord an dem wehrlosen Kapitän – wäre ihnen, wenn ein erwachsener Mann ihn begangen hätte, schon schlimm erschienen, aber bei einem Mädchen ihres Alters und ihrer Erziehung erschien es ihnen ganz ungeheuerlich. Sie hoben Margaret von der Stufe, auf der sie saß, und ließen sie, ohne einen Augenblick zu zögern (mit Ausnahme der Verzögerung, die zu viele helfende Hände verursachten) ins Meer fallen.

Aber der Ausdruck auf ihrem Gesicht, als sie – wie das große weiße Schwein, das vom Sturm über Bord gespült wurde – im Wasser verschwand, prägte sich mit solcher Schärfe in Ottos Gedächtnis ein, dass er ihn niemals vergaß. Schließlich hatte *er* sie ja auf dem Gewissen.

Die Leiche des Holländers wurde an Deck gebracht. Kapitän Jonsen ging in die Kajüte hinunter und beugte sich über die arme kleine Emily. Die schloss aber die Augen nur noch fester, als sie seinen heißen Atem auf ihrem

Gesicht spürte. Erst als sie wieder allein war, machte sie sie wieder auf – schloss sie aber von neuem, als José gleich darauf hereinkam, um den Fußboden der Kajüte zu waschen.

Das zweite Boot, das die Mannschaft und die vier Kinder zum Schoner zurückbrachte, fuhr fast in Margaret hinein, als man sie bemerkte. Sie schwamm verzweifelt, aber ohne einen Laut von sich zu geben. Ihr Haar klebte in langen Strähnen über ihren Augen und ihrem Mund, nur wenn ihr Kopf untertauchte, lag es ausgebreitet auf dem Wasser. Die Matrosen hoben sie ins Boot und setzten sie zu den anderen Kindern. Auf diese Weise waren sie nach langer Zeit wieder beisammen.

Da sie von Wasser troff, war es ganz natürlich, dass die anderen ein bisschen von ihr abrückten, aber immerhin, sie war doch wieder bei ihnen. Sie saßen ganz stumm da und starrten sie nur mit weitgeöffneten, ernsten Augen an. Margaret, der die Zähne vor Frost klapperten, versuchte vergeblich, den Saum ihres Kleides auszuwringen. Sie sprach nicht, aber alle empfanden, dass das Eis zwischen ihnen zu schmelzen begann.

Die Matrosen zerbrachen sich nicht weiter den Kopf darüber, wie Margaret ins Wasser gekommen war. Sie glaubten, dass sie hineingefallen war, aber sie interessierten sich nicht näher dafür, da sie alle Hände voll zu tun hatten, um das Boot bei dem starken Seegang an die richtige Seite des Schoners zu bringen und dann an Bord zu klettern.

Kaum war Margaret wieder an Bord, als sie wie in der ersten Zeit die Leiter hinunter in den Schiffsraum stieg und sich dort auszog. Mit unverhohlener Neugierde beobachteten die Kinder jede ihrer Bewegungen. Als sie ihre nassen Kleider ausgezogen hatte, wickelte sie sich in eine wollene Decke und legte sich hin.

Ganz kurze Zeit darauf waren sie alle fünf in ihr geliebtes Spiel vertieft. Während sie spielten, sah einer der Matrosen durch die Luke, rief dann den anderen »Ja!« zu und ging fort.

Von diesem Tag an war eine deutliche Veränderung in der Stimmung und dem Ton an Bord des Schoners zu merken. Das ist ja auch durchaus erklärlich, wenn in einer so kleinen Gemeinschaft ein Mord passiert ist. Durch den Tod des holländischen Kapitäns war zum erstenmal als Folge der Seeräuberei Blut an Bord des Schoners vergossen worden, ob es bei privaten Streitereien schon einmal geschehen war, wusste niemand. Jedenfalls hatte dieser Mord die Matrosen sehr erschüttert und nachdenklich gemacht. Jetzt konnten sie ein Gefühl des Unbehagens nicht mehr loswerden. Um sie wegen der Zirkusvorstellung zu bestrafen, würde sicher kein amerikanisches Kriegsschiff zur Verfolgung geschickt werden, denn die hohen Marinebehörden fürchten nichts so sehr, als sich lächerlich zu machen. Aber wenn nun der Dampfer einen Hafen anlief und die zwangsweise Abführung seines Kapitäns meldete? Oder wenn das Schlimmste geschehen war, und sein Maat mit einem Fernglas gesehen hatte, wie die blutüberströmte Leiche des Kapitäns ins Meer versenkt worden war? Dann würde man sie sicher verfolgen.

Die Entschuldigung »Wir Männer haben diese ruchlose Tat nicht begangen, sondern eine unserer jungen weiblichen Gefangenen« würde keinem Geschworenengericht einleuchten.

Da der Kapitän Jonsen aus dem Logbuch des Dampfers endlich seinen Standort hatte feststellen können, änderte er den Kurs des Schoners und steuerte auf seine übliche Zufluchtsstätte Santa Lucia zu. Es war kaum anzunehmen, dass ein britisches Kriegsschiff jetzt noch auf dem Schauplatz der »Clorinda«-Episode kreuzen würde – dazu hatten diese Herrschaften zuviel zu tun. Andrerseits hatte Jonsen ziemlich triftige (allerdings auch recht kostspielige) Gründe, warum er keine Behelligung von seiten der spanischen Behörden zu befürchten hatte. Es war ihm natürlich nicht sehr angenehm, mit einem leeren Schiff nach Hause zu kommen, aber es erschien ihm jetzt unvermeidlich.

Das äußere Zeichen der Veränderung in der Stimmung auf dem Schoner war ein sofortiges Straffen der Disziplin. Kein Tropfen Rum wurde mehr getrunken. Die Wachen wurden so regelmäßig wie auf einem Kriegsschiff abgehalten. Der Schoner sah ordentlicher, in jeder Hinsicht »seemännischer« aus.

»Donner« wurde am nächsten Tag geschlachtet und gegessen, ohne die geringste Rücksicht auf die Gefühle seiner Anbeter. Alle Weichheit den Kindern gegenüber war verschwunden. Selbst José spielte nicht mehr mit ihnen. Sie wurden mit einer kühlen Strenge behandelt, die nicht ganz frei von Furcht war – als ob diese unglücklichen Männer sich endlich bewusst geworden wären, welch gefährliche Hefe sie in ihren Teig gemengt hatten.

Die Kinder hatten ein so feines Gefühl für die Veränderung, dass sie sogar vergaßen, um »Donner« zu trauern – mit Ausnahme von Laura, deren Gesicht einen halben Tag vor Empörung feuerrot war.

Aber der arme Schiffsaffe, der nun kein Schwein mehr hatte, das er necken konnte, starb fast vor Langeweile.

## II

Die Wunde an Emilys Bein hatte sich wieder geöffnet, deshalb war sie gezwungen, noch mehrere Tage in der Koje zu liegen, ehe sie zu den anderen Kindern zurück konnte. Während dieser Zeit war sie sehr viel allein. Jonsen und Otto kamen selten herunter, und wenn sie es einmal taten, waren sie so sehr mit ihren eigenen Angelegenheiten beschäftigt, dass sie auf ihre Versuche, sich einzuschmeicheln, nicht achteten. Sie sang oder sprach dann fast ohne Unterbrechung.

Wenn ihr der Häkelhaken heruntergefallen war, bat sie – mit zärtlichen Worten – ihn aufzuheben. Oder sie sollten ihr eine Geschichte erzählen, das Tier ansehen, das sie grade aus ihrer Schlafdecke gemacht hatte, oder ihr von ihren eigenen Kinderstreichen berichten. Wie wenig passte diese ganze Bettelei um Gunst zu Emily! Doch meistens gingen Kapitän und Maat wieder fort oder legten sich schlafen, ohne sie überhaupt zu beachten.

Um sich die Zeit zu vertreiben, dachte sie sich endlose Geschichten aus, ebenso viele wie in »Tausendundeine Nacht« und kaum weniger verwickelte. Doch die Worte, die sie manchmal laut vor sich hinleierte, hatten nichts mit diesen Geschichten zu tun; denn wenn sie eintönig im Erzählerton sprach (was oft geschah), tat sie es nur des Geräusches wegen, denn sie liebte es eigentlich mehr, Sätze und Szenen im Kopfe stumm aneinanderzureihen, als laut Geschichten zu erzählen. Wäre Emily heimlich dabei beobachtet worden, dann hätte man nur an dem häufig wechselnden Ausdruck ihres Gesichtes und an ihren unruhigen Bewegungen erkennen können, dass ihre Phantasie spielte. Hatte sie auch nur den geringsten Verdacht, dass man auf sie aufmerksam war, dann begann sie sofort ihr vernehmliches Geschwätz von neuem. (Wenn man den Kopf voll von drängenden Privatgedanken hat und befürchten muss, sie könnten erraten werden, ist es immer besser, für eine Ablenkung zu sorgen.)

Wenn sie aber sang, so sang sie ohne Worte. Es war fast wie bei einem Vogel, ein endloses Aneinanderreihen von Tönen, die sie dem ersten besten Wort, das ihr einfiel, anhängte. Da sie unmusikalisch war und deshalb ohne Melodie sang, hatte sie keinen Grund, aufzuhören, es kam also oft vor, dass sie eine halbe Stunde lang ihr eintöniges »Lied« erschallen ließ.

Obgleich José den Fußboden der Kajüte eifrig gescheuert hatte, war noch immer ein großer brauner Fleck zu sehen.

Zuweilen ließ Emily ihre Gedanken friedlich zurückschweifen, nach Jamaica, das ihr nun sehr fern, wie ein goldenes Zeitalter erschien. Wie jung musste sie damals gewesen sein! Dann rief sie sich die Anansi-Geschichten des alten Sam in die Erinnerung zurück, und diese bildeten oft den Ausgangspunkt für neue, selbst ausgedachte Geschichten.

Sie entsann sich auch der gruseligen Dinge, die er ihr über »Duppy« erzählt hatte. Wie furchtbar hatten sie damals die Neger mit dem vermeintlichen »Duppy« des ertrunkenen Schwarzen im Badeteich geneckt! Es gab einem ein großartiges Gefühl der Überlegenheit und Macht, wenn man nicht an »Duppy« glaubte.

Aber sie entdeckte bald, dass sie nicht mehr soviel Vergnügen daran hatte wie früher.

Sie ertappte sich sogar einmal dabei, dass sie überlegte, wie wohl der »Duppy« des Holländers aussehen würde, ganz blutüberströmt, den Kopf nach hinten, eine klirrende Kette hinter sich herschleppend… es war nur ein blitzartig vor ihrem Geiste erscheinendes Bild, das in ihrer Erinnerung aufgetaucht war, wie einmal die Vision von Tabby.

Die anderen Kinder durften sie nicht mehr in der Kajüte besuchen, aber wenn sie die trippelnden Füße über ihrem Kopf hörte, unterhielt sie sich oft laut schreiend mit ihnen. Einmal sagte ihr einer der Schreie von oben:

»Marghie ist wieder zurück, weißt du es schon?«

»O-o-h!«

Da blieb Emily eine ganze Weile in Schweigen versunken; ihre schönen unschuldigen grauen Augen ruhten auf dem Ohr eines Zwerges am Fußende ihrer Koje. Nur die kleinen Falten an ihrer Nasenwurzel und die winzigen Schweißtropfen an ihren Schläfen verrieten, mit welcher Intensität sie nachdachte.

Aber nicht nur bei solchen unerwarteten Ereignissen litt sie wirkliche Seelenqualen.

Jene Zeiten der Bewusstwerdung ihres Ichs, die mit einer so erhabenen Vision eingesetzt hatten, verloren jetzt allmählich den Glanz. Sie wurden eher düster. Das Leben schien kein fortdauerndes unbefangenes Verströmen von Kräften mehr zu sein, im Gegenteil, immer häufiger geschah es (und meistens dann, wenn sie es am wenigsten erwartete), dass alles Frohe plötzlich verschwand und nur die Erinnerung zurückblieb, dass sie die Emily sei, die getötet hatte... die hier auf dem Schiff war... und dass der Himmel allein wusste, was mit ihr, diesem hilflosen kleinen Geschöpf, geschehen sollte und durch welches Wunder sie vor den Folgen ihrer Tat bewahrt werden würde... jedesmal, wenn ihr diese Gedanken kamen, war ihr zumute, als ob der Magen ganz, ganz tief in ihr versänke.

Sie stand jetzt wie Laura an der Schwelle eines neuen Lebensabschnitts. Als bloßes Geschöpf der Natur betrachtet, war sie unverwundbar. Doch als Emily war sie jeder Gefahr wehrlos ausgesetzt. Es war ganz besonders grausam, dass dieser Übergang gerade jetzt stattfand, während ein solcher Sturm in ihr wütete.

Im Bett immerhin, und bis zum Kinn zugedeckt, befindet sich jeder in einer gewissen Sicherheit. Es kann einem wenigstens äußerlich nichts geschehen, wenn man auch innerlich durch Abgründe des Schreckens gejagt wird; doch wie würde es sein, wenn sie wieder aufgestanden war? Wenn dann irgend etwas geschah, was sie zu einer entscheidenden Handlung zwang, was für furchtbare, in ihren Folgen grauenhafte Fehler würde sie dann begehen?

Oh, warum konnte sie nicht immer ein Kind bleiben?! Warum nicht, grundgütiger Himmel?!

Neben diesen Anfällen blinder panischer Angst hatte sie auch die üblichen sehr realen Sorgen. Wie würde sich ihre Zukunft gestalten? (Die Mutter hatte ihr und ihren Geschwistern schon sehr früh eingeprägt, dass sie sich eines Tages ihren Lebensunterhalt selbst würden verdienen müssen.) Sie war zwar erst zehneinhalb Jahre alt, aber es schien ihr so unendlich lange her, seit sie auf den Schoner gekommen war, dass sie sich für älter hielt, als sie in Wirklichkeit war. Dieses Leben war zwar interessant und reizvoll, war es aber eine wirklich nützliche Ausbildung für später? Für welchen Beruf wurde sie vorbereitet?! Sie konnte hier doch nur »Pirat« lernen (was für ein Pirat sie übrigens als Mädchen sein konnte, war ein anderes Problem). Aber mit der Zeit wurde es ihr immer klarer, dass jede andere Lebensweise für sie alle bald unmöglich sein würde.

Die letzte schwache Hoffnung, dass sie vielleicht doch Gott sei, war längst in ihr erloschen. Diese auserwählte erhabene Laufbahn war ihr für immer verschlossen. Dagegen konnte sie die Überzeugung nicht loswerden, dass sie der schlechteste Mensch auf Gottes Erde sei. Irgendeine grausame Macht hatte das beschlossen, es nutzte also nichts, dagegen anzukämpfen. Hatte sie nicht schon das furchtbarste aller Verbrechen begangen?... Doch das allerschlimmste Verbrechen war nicht Mord, sondern jene geheimnisvolle Sünde gegen den Heiligen Geist, im Vergleich zu der sogar der Mord ein Kinderspiel ist... Hatte sie vielleicht unwissentlich auch diese Sünde auf dem Gewissen? Wie leicht konnte das sein, da sie nicht wusste, worin dieses Vergehen bestand! Und wenn es der Fall wäre, kein Wunder, dass die Gnade des Himmels ihr verschlossen war!

So lag die arme kleine Ausgestoßene zitternd und vor Angst schwitzend unter ihrer Decke, ihre sanften Augen auf das Ohr des Zwerges geheftet, den sie gemalt hatte.

Bald darauf aber sang sie wieder vergnügt und zeichnete, wobei sie halb aus der Koje heraushing, mit ihrem Bleistift die Umrisse des braunen Fleckes auf dem Fußboden nach. Ein Strich hier, ein zweiter dort, und eine alte Marktfrau entstand, die mit einer Kiepe auf dem Rücken daherhumpelte. Ich muss gestehen, dass selbst Otto stutzte, als er später hereinkam und ihr Werk erblickte.

Wenn sie dann wieder still auf dem Rücken lag und die praktischen Schwierigkeiten ihres künftigen Lebens durchdachte (ganz abgesehen von Gott, ihrer Seele und allen ähnlichen Erwägungen), hatte sie nicht die moralische Stütze, die Edward durch seinen glücklichen Optimismus besaß; sie war schon alt genug und wusste, wie hilflos sie in Wirklichkeit war. Wie sollte sie, deren Leben allein von der Güte der Menschen abhing, die sie umgaben, den erforderlichen Scharfsinn und die Kraft aufbringen, wenn sie einmal gegen sie anzukämpfen hätte?

Sie hatte mit der Zeit eine aufrichtige Zuneigung zu Jonsen und Otto gefasst. Sie hatte sie wirklich liebgewonnen. Kinder haben zwar die Gewohnheit, alle diejenigen, mit denen sie in ständiger näherer Berührung sind, besonders gern zu haben, aber bei Emily war es in diesem Falle ein tieferes Gefühl. Sie liebte die beiden Männer zum Beispiel viel mehr als ihre Eltern. Die beiden hatten, soweit es ihrer Natur möglich war, gezeigt, dass sie die Zuneigung Emilys erwiderten – aber konnte sie das mit Bestimmtheit wissen? Sie dachte, dass es Erwachsene seien, und dass es für sie deshalb ein leichtes sei, ihr etwas vorzutäuschen. Wenn sie zum Beispiel in Wirklichkeit die Absicht hatten, sie zu töten, wie mühelos konnten sie diesen Plan vor ihr verbergen und sie mit genau der gleichen Freundlichkeit behandeln wie bisher... In solchen Gedankengängen spiegelte sich Emilys Hang, alles geheimzuhalten.

Wenn sie den Kapitän auf der Treppe hörte, brachte er ihr vielleicht nur einen Teller Suppe, aber es war auch nicht ausgeschlossen, dass er kam, um sie zu töten – plötzlich, ohne Warnung, ohne selbst im letzten Moment vor der grausigen Tat den freundlichen Ausdruck seines Gesichtes zu ändern.

Wenn er solche Absichten hätte, würde sie nicht die Macht haben, ihn an der Ausführung zu hindern. Es würde ganz nutzlos sein, zu schreien, sich zu wehren oder zu fliehen... und außerdem wäre es ein Verstoß gegen den Anstand. Wenn es ihm beliebte, den äußeren Schein zu wahren, so gehörte es sich, dass auch sie es tat. Wenn er mit keinem Wort seine Absicht verriet, durfte sie mit keinem Zeichen verraten, dass sie sie ahnte.

Daher lächelte sie auch die beiden Männer, wenn sie gelegentlich herunterkamen, stets treuherzig und verschmitzt an und sang und bettelte sogar um Beachtung.

Sie liebte Jonsen vielleicht noch mehr als Otto. Meistens fühlt sich ein Kind durch jede Hässlichkeit oder Missgestaltung bei einem Erwachsenen im höchsten Grade abgestoßen, aber für Emily waren die Risse und Narben auf Jonsens enormen Händen ebenso interessant wie die Täler und Berge auf dem Monde für einen Jungen mit einem Fernrohr. Während Jonsen mit den ungeschickten Tatzen seine Lineale und Zirkel handhabte und sie mit unendlicher Sorgfalt an die Zeichen auf seiner Karte anlegte, pflegte Emily in ihrer Koje auf der Seite zu liegen, interessiert diese Hände zu betrachten und allen Rissen und Narben Namen zu geben.

Warum musste sie denn überhaupt älter werden? Warum konnte sie nicht die Bestimmung über ihr Leben immer anderen überlassen, als beträfe es sie gar nicht mehr selbst?

In den meisten Kindern steckt etwas von diesem Wunsch. Sie werden alle die Frage, ob sie gern erwachsen sein möchten, nur zögernd bejahen, auch wenn sie innerlich ausgeglichener sind, und auch wenn sie wie meist ein geschütztes Dasein führen und an eine einigermaßen sichere und geschützte Zukunft für ihr »Erwachsensein« glauben. Aber einen ausgewachsenen Mann ermordet zu haben und diese Tat geheimhalten zu müssen, oder eine Margaret zu haben, die man nicht aus den Gedanken bannen kann, oder zu sehen, wie fast jeder natürliche Weg einem verschlossen ist und nur der eine, der zur Hölle führt, offen bleibt, das ist für ein zehnjähriges Kind kein Leben, wie es sein soll.

Noch stand sie an der Grenzlinie: noch war sie so oft Kind, nichts als ein Kind... Da genügte nur ein wenig

Zauberei… Anansi und die Amsel… gute Genien… goldene Thronsessel…

Das alles soll nur ein schwacher Versuch sein, eine seltsame Tatsache zu erklären, nämlich dass Emily für ihr Alter recht kindlich erschien und es auch in Wirklichkeit war, und zwar nicht trotz, sondern wegen der Abenteuer, die sie schon durchgemacht hatte.

Diese Jugend aber brannte wie eine Stichflamme. In Ferndale hatte sie niemals mit solcher Hingebung, aus lauter Freude am Klang ihrer eigenen Stimme, geschrien oder wie eine wilde Lerche gejubelt, wie sie es jetzt in der Kajüte auf dem Schoner tat.

Weder Jonsen noch Otto waren im Grunde genommen nervöse Männer, aber der Krach, den Emily manchmal machte, war selbst für sie oft zuviel. Es nutzte auch nur wenig, ihr zu sagen, sie solle den Mund halten, denn sie vergaß es ja so schnell. Dann flüsterte sie einige Minuten lang, in der nächsten sprach sie laut, und fünf Minuten später erscholl ihre Stimme wieder mit voller Kraft.

Jonsen war ein Mann von wenig Worten. Seine Freundschaft mit Otto war trotz ihrer Treue eine sonderbar schweigsame. Doch wenn er einmal sprach, dann mochte er es nicht leiden, wenn er überschrien wurde, auch dann nicht, wenn er nur – was meistens der Fall war – mit sich selber redete.

## III

Otto stand am Steuer (unter der ganzen Mannschaft gab es kaum einen, der imstande war zu steuern), seine Gedanken waren mit Santa Lucia und seiner dortigen Freundin beschäftigt. Jonsen schlurfte auf Deck hin und her.

Kapitän Jonsen dachte an ein kleines Haus mit Kachelöfen im traumhaft fernen Lübeck... aber man durfte ja nicht von seinem Abschied von der See sprechen, vor allem durfte man beileibe nicht laut sagen: »Dies ist meine letzte Fahrt«, auch nicht einmal, wenn man mit sich allein sprach. Die See hat eine tückische Art, die Worte der Menschen auf ihre eigene Weise auszulegen. Jonsen hatte so viele Schiffer gekannt, die nie von ihrer »letzten Fahrt« heimgekehrt waren.

Er war so niedergeschlagen, dass ihm die Tränen nahe waren, und ging deshalb in seine Kajüte hinunter, um allein zu sein.

Emily führte gerade im Geiste eine Unterhaltung mit John. Es war das erstemal, dass sie es tat, denn heute war er ihr plötzlich eingefallen. Natürlich wurde sein Verschwinden mit keinem Wort erwähnt. Sie sprach mit ihm – als ob sie Jamaica niemals verlassen hätten – über den Bau eines wunderbaren Floßes für ihren Badeteich in Ferndale.

Als sie den Schritt des Kapitäns hörte, wurde sie bei dem Gedanken, dass er sie bei ihrer heimlichen Unterhaltung ertappt hatte, ganz dunkelrot. Aber wie gewöhnlich sah er sie überhaupt nicht an. Er ließ sich auf einen Stuhl fallen, stützte die Ellenbogen auf den Kajütentisch und bewegte den Kopf, den er aufgestützt hatte, rhythmisch hin und her.

»Sehen Sie her, Kapitän Jonsen!« rief sie. »Seh' ich hübsch aus, wenn ich so mache? Gucken Sie doch mal! Sehen Sie doch her! Sagen Sie, sehe ich hübsch aus?«

Seltsamerweise hob er diesmal wirklich den Kopf, wandte sich Emily zu und betrachtete sie längere Zeit. Sie hatte die Augen so verdreht, dass man nur das Weiße sah, und die Unterlippe ganz nach außen umgekippt. Mit dem Zeigefinger drückte sie die Nase so platt, dass sie kaum mehr hervorstand als die Backen.

»Nein«, sagte er, »gar nicht hübsch siehst du aus.« Dann wandte er sich wieder ab und brütete von neuem vor sich hin.

Sie streckte jetzt auch die Zunge heraus und drehte sie hin und her.

»Sehen Sie her, Kapitän!« rief sie, »sehen Sie doch bitte *jetzt* her!«

Aber anstatt sie anzusehen, ließ er den Blick durch die ganze Kabine schweifen. Der Raum kam ihm plötzlich merkwürdig verändert vor gleichsam entmännlicht – ja, es war das Schlafzimmer eines kleinen Mädchens und nicht die Kabine eines Mannes. Die äußerlich sichtbaren Veränderungen waren zwar unbedeutend, doch sprangen sie einem empfindlichen Mann trotzdem in die Augen. Der ganze Raum roch nach Kindern!

Unfähig, sich länger zu beherrschen, setzte er die Mütze auf den Kopf, drückte sie in die Stirn und stürzte die Treppe hinauf.

An Deck tobten die anderen Kinder in wilder Ausgelassenheit um den Kompass.

»Verflucht noch einmal!« rief Jonsen und geriet bei ihrem Anblick in eine solche Wut, dass er mit dem Fuß aufstampfte.

Natürlich verlor er dabei seine Pantoffel, und einer von ihnen sauste das ganze Deck entlang.

Von welchem Teufel Edward gerade in diesem Augenblick besessen war, ist schwer zu sagen, jedenfalls konnte er der Versuchung nicht widerstehen. Rasch packte er den Pantoffel und raste, vor Freude brüllend, damit fort. Jonsen schrie ihm nach, aber Edward achtete nicht darauf und gab den Schuh an Laura weiter. Gleich darauf war er am äußersten Ende des Klüverbaumes – der sonst so schüchterne und manierliche Edward!

Laura konnte das riesige Ding kaum tragen, trotzdem drückte sie es fest in die Arme, senkte das Köpfchen und lief mit der zielbewussten Miene eines Rugbychampions im Sturmschritt das Deck entlang, Jonsen fast unmittelbar in die Arme. Im letzten Moment wich sie ihm jedoch geschickt aus und lief mit demselben ernsten und wichtigen Ausdruck weiter an Otto, der noch am Steuer stand, vorbei und wieder nach vorn. Jonsen, der sich niemals sehr schnell bewegen konnte, stand in seinen Socken da und brüllte sich heiser. Otto schüttelte sich vor Lachen.

Von diesem tollen Rausch, der von einem Kind zum anderen übergegangen war, wurde jetzt die Mannschaft angesteckt, man sah es ihren Gesichtern an, dass sie nicht wussten, ob sie lachen oder schimpfen sollten. Schließlich brachen sie gleichzeitig in ein stürmisches Bravo aus, aber dann verschwanden sie alle sofort in der Versenkung (wie Teufel in einer Pantomime) und zogen entsetzt über ihren Mut den Lukendeckel über den Köpfen zu.

Jetzt stolperte Laura, die noch immer den Pantoffel krampfhaft an die Brust gedrückt hielt, über einen Bolzen, fiel der Länge nach hin und begann fürchterlich zu brüllen.

Otto lief mit einem Gesicht, das plötzlich ernst geworden war, nach vorn, hob den Pantoffel auf und reichte ihn Jonsen, der ihn sofort anzog. Edward hörte auf, hin und her zu springen und sah sehr erschrocken aus.

Jonsen zitterte vor Wut. Er ging mit einer eisernen Stange in der Hand auf Edward zu.

»Komm sofort her!« befahl er.

»Ach, bitte, nicht! Bitte, nicht! Bitte, bitte, nicht!« schrie Edward, ohne sich zu rühren. Harry lief plötzlich fort und versteckte sich in der Küche, obgleich er an dem ganzen Streich überhaupt nicht teilgenommen hatte.

Mit erstaunlicher Behendigkeit begann Jonsen den Bugspriet entlang auf Edward zuzugehen, der bei dem Anblick des mörderischen Eisenstückes wie erstarrt dastand und nichts weiter tun konnte, als »Bitte, nicht! Bitte, nicht!« zu jammern. Im letzten Moment jedoch, gerade als Jonsen nur noch ein paar Schritte von ihm entfernt war, kletterte er in die Takelage.

Jonsen kehrte auf Deck zurück und ballte in ohnmächtiger Wut die Fäuste. Er schickte einen Matrosen hinauf mit dem Befehl, den Jungen hinunterzujagen und abzufangen.

Hätte sich in diesem Augenblick nicht etwas ganz Unerwartetes zugetragen, dann hätte man wirklich nicht sagen können, was mit dem armen Edward geschehen wäre. Aber gerade in diesem Moment erschien Rachel auf der obersten Stufe der Treppe. Sie hatte das Hemd eines Matrosen verkehrt herum angezogen, mit dem Rücken nach vorn. Es reichte ihr natürlich bis auf die Füße, und in der Hand trug sie ein Buch. Sie sang aus Leibeskräften das Kirchenlied »Vorwärts, christliche Soldaten«. Sobald sie das Deck erreicht hatte, verstummte sie, stolzierte mit todernster Miene, ohne nach rechts oder links zu sehen, auf und ab, machte vor Otto, der am Steuer stand, eine Verbeugung und setzte sich dann auf einen Tragbalken.

Alle an Deck, auch Jonsen, waren durch diesen Anblick wie versteinert. Nach einem Augenblick stillen Gebetes erhob sich Rachel und begann ein unzusammenhängendes eintöniges lautes Gemurmel, das wirklich ganz erstaunlich den Litaneien glich, die sie in der kleinen Kirche von St. Anne gehört hatte, wohin die ganze Familie jeden ersten Sonntag im Monat gegangen war.

Rachels Bekehrungsversuche hatten begonnen. Sie hätten kaum gelegener kommen können. Wer kann sagen, ob nicht der Himmel diesen Augenblick gewählt hatte?

Otto, der den Sinn der ganzen Szene sofort begriffen hatte, machte mit, rollte die Augen und breitete die Arme wie zum Segen aus.

Jonsen, der inzwischen sein Gleichgewicht wiedergewonnen hatte, trat mit großen Schritten auf Rachel zu. Sie machte das, was sie gesehen hatte, wirklich sehr gut nach. Ein paar Minuten hörte er ihr schweigend zu. Er schwankte. Sollte er lachen? Dann aber sagte er in verweisendem Ton:

»Rachel!«

Unbeirrt fuhr sie aber, fast ohne Atem zu holen, in ihrem Gemurmel fort. »Rhabarberrhabarber-rhabarber, geliebte Brüder im Herrn!«

»Ich bin zwar kein religiöser Mann«, sagte der Kapitän, »aber ich kann es nicht dulden, dass die Religion auf meinem Schiff verhöhnt wird!«

Damit packte er Rachel am Arm.

»Rhabarber-rhabarber-rhabarber«, murmelte sie weiter, nur ein wenig schneller und etwas lauter. »Lassen Sie mich in Ruhe! Rhabarberrhabarber-rhabarber...«

Jetzt setzte sich Jonsen hin und legte Rachel über das Knie.

»Sie sind ein ganz gottloser Seeräuber! Sie kommen bestimmt in die Hölle!« schrie sie, endlich in verständliche Worte ausbrechend.

Da begann der Kapitän, sie zu verhauen, aber so tüchtig, dass sie nicht nur vor Wut brüllte, sondern auch weil es ihr weh tat.

Als er sie schließlich wieder auf die Erde setzte, war ihr Gesicht ganz geschwollen und blaurot vom Schreien. Mit den kleinen Fäusten veranstaltete sie ein wahres Trommelfeuer von Schlägen und Püffen gegen Jonsens Knie, während sie mit erstickter Stimme immer wieder »Hölle! Hölle!« schrie.

Mit einer lässigen Handbewegung schob er sie beiseite, und nach einem Weilchen rannte sie fort, so erschöpft vom Weinen, dass sie fast keine Luft bekam.

Es war charakteristisch für Laura, wie sie sich während dieser Vorgänge benahm. Nach dem Hinfallen hatte sie zuerst so lange gebrüllt, bis ihr nichts mehr weh tat. Dann verwandelten sich ihre Schmerzensäußerungen ohne Übergang in Versuche, auf dem Kopf zu stehen. Während der ganzen Zeit, als Edward nach oben floh und Rachel ihre dramatische Vorstellung an Deck gab, setzte Laura ihre akrobatischen Kunststücke fort, sogar auch dann noch, als Rachel ihre Prügel bekam. Da sie sich bei den Versuchen, auf dem Kopf zu stehen, plötzlich überschlug und auf den Großmast zurollte, entschloss sie sich, lieber gleich das ganze Deck entlangzukugeln. Das tat sie, bis sie vor den Füßen des Kapitäns lag. Dort blieb sie, während er Rachel verprügelte, vollkommen unbekümmert auf dem Rücken liegen, zog die Knie bis zum Kinn und summte eine kurze Melodie vor sich hin.

## IV

Als Emilys Bein so weit geheilt war, dass sie in den Schiffsraum zu den anderen Kindern zurück durfte, dachte sie sich sofort etwas sehr Kompliziertes aus. Sie beschloss kategorisch, als ob nicht schon genug Wasser um das Schiff herum wäre, dass auch das ganze Deck Ozean sei. Das Dach der Ladeluke musste natürlich eine Insel sein, und ein paar anderen Erhöhungen ging es ebenso. Alles andere – zum Beispiel das ganze offene Deck – konnte, wollte man nicht ertrinken, nur in einem Boot oder durch Schwimmen überquert werden.

Natürlich hatte nur Emily darüber zu bestimmen, wer mit einem Boot fuhr und wer schwimmen musste. Niemand durfte etwas tun, ohne sie zu fragen. Als Laura verstanden hatte, um was es sich handelte, machte sie immer Schwimmbewegungen, auch dann, wenn man ihr sagte, dass sie sich in einem Boot befände; wahrscheinlich hielt sie dieses Verfahren für das sicherste.

»Wir waren als kleine Kinder wohl ebenso dumm«, meinte Harry.

Es war für die Kinder stets eine Quelle größten Ärgers, dass die Erwachsenen dieses »Wasser« nie anerkennen wollten. Die Matrosen traten ruhig in den »Ozean« und waren nicht einmal dazu zu bewegen, mit den Händen zu paddeln. Aber sie fühlten sich irritiert, wenn die Kinder, die sich entweder in Sicherheit auf einer Insel befanden oder in einem ihrer eigenen Fahrzeuge saßen, auf sie zukamen und ihnen plötzlich im Brustton der Überzeugung zuschrien:

»Nehmen Sie sich in acht, Sie ertrinken! Sie ertrinken! Sehen Sie sich vor! Dort ist das Wasser sehr tief! Die Haifische werden Sie auffressen!«

Oder:

»O-o-h! Miguel versinkt! Die Wellen sind schon über seinem Kopf zusammengeschlagen!«

Das sind nicht gerade Scherze, die einem Matrosen zusagen. Obwohl die Mannschaft die Worte oft nicht verstand, war ihre Bedeutung, besonders wenn die etwas boshaften Erläuterungen des Maats hinzukamen, ganz klar. Obgleich sich die Seeleute weigerten, Schwimmbewegungen zu machen, fingen sie doch an, sich fieberhaft zu bekreuzigen, wenn sie über ein Stück offenes Deck gehen mussten. Denn wer weiß, ob diese Gören nicht vielleicht doch die Gabe des Zweiten Gesichts hatten...

Der Zweck, der hinter diesem ganzen Treiben steckte, war natürlich, auszuprobieren, wie sie sich, wenn sie selbst einmal richtige Piraten sein würden, die ein gemeinsames Schiff oder jeder ein eigenes Fahrzeug besäßen, benehmen würden. Denn, wenn sie auch während ihrer öffentlichen Meeresfahrten niemals das Wort Piraten erwähnten, so redeten sie abends, wenn sie im Bett lagen, um so eifriger davon.

Auch Margaret war nicht zu überreden, die Schwimmbewegungen zu machen, doch wussten die anderen jetzt, dass der Versuch, sie dazu zu bringen, keinen Zweck hatte. Es nutzte nichts, ihr zuzuschreien, dass sie ertrinken würde, weil sie sich dann sofort hinsetzte und weinte. Deshalb hatten sie untereinander vereinbart, dass Margaret sich immer, ganz gleich, wo sie ging oder stand, allein auf einem Floß mit einer Tonne Zwieback und einem Fass Wasser befände – und dass es darum nicht notwendig sei, auf sie zu achten.

Seit ihrer Rückkehr war Margaret nämlich eine sehr schlechte Spielkameradin. Nur an dem Abend, als sie zum erstenmal wieder mit ihnen gespielt hatte, war sie so wie früher. Mehrere Tage hatte sie dann das Bett nicht verlassen, hatte fast kein Wort gesprochen und, wenn sie schlief, immer versucht, ihre Decke in Streifen zu zerreißen. Auch nachdem sie aufgestanden war, weigerte sie sich, an irgendeinem Spiel teilzunehmen, aber sie blieb stets freundlich – ja, sie war sogar freundlicher als vorher. Sie schien sich ganz glücklich zu fühlen, nur allen

Phantasieanforderungen gegenüber war sie vollkommen unzugänglich.

Sie machte gar keinen Versuch, den Platz als Familienoberhaupt, den Emily eingenommen hatte, wieder zurückzuerobern. Nie mehr erteilte sie den anderen Kindern Befehle. Der Versuch war aussichtslos, sie durch Neckereien zu ärgern, denn nichts schien sie aus ihrer Gleichgültigkeit bringen zu können. Manchmal wurde sie mit gutmütiger Geringschätzung behandelt, manchmal vollkommen ignoriert, und jeder Vorschlag, den sie machte, wurde von vornherein für dumm erklärt.

Auch Rachel hatte während mehrerer Tage nach ihrem misslungenen Gottesdienst keine Neigung gezeigt, sich an den Spielen der anderen zu beteiligen. Sie zog es vor, allein unten im Schiff zu sitzen und zu schmollen. Von Zeit zu Zeit versuchte sie, mit einem Messingnagel, den sie irgendwo gefunden hatte, ein Loch in den Schiffsboden zu bohren, in der Hoffnung, das Fahrzeug zum Sinken zu bringen. Zufällig entdeckte Laura sie einmal dabei und kam schnurstracks zu Emily gelaufen, um ihr die Neuigkeit zu melden. Laura war ebenso überzeugt wie Rachel, dass das, was sie vorhatte, durchführbar sei.

Emily kam herunter und ertappte Rachel bei ihrer Arbeit. Nach drei Tagen war es ihr endlich gelungen, einen einzigen Holzsplitter abzureißen – wahrscheinlich hatte sie niemals die gleiche Stelle zweimal bearbeitet. Sowohl sie wie Laura glaubten fest, dass sehr bald Unmengen von Wasser in das Schiff schießen und es zum Sinken bringen würden. Obwohl bisher noch kein Tropfen in das Schiff geflossen war, kam es Laura schon so vor, als wenn der Schoner infolge Rachels Bemühungen merklich tiefer läge.

Sie stand erwartungsvoll mit gefalteten Händen neben Emily und war höchst gespannt, was diese angesichts der drohenden Katastrophe tun würde.

»Auf diese Weise wirst du nicht weiterkommen, du Schafskopf!« sagte Emily nur geringschätzig.

Rachel sah sie zornig an.

»Lass mich in Ruhe! Ich weiß schon, was ich tue!«

Emilys Augen öffneten sich ganz weit, und ein sonderbares Feuer brannte in ihnen.

»Wenn du dir einen solchen Ton mit mir erlaubst, werde ich dich am Rahnock aufhängen lassen!«

»Was ist Rahnock?« fragte Rachel brummig.

»Du müsstest schon wissen, was Rahnock ist!«

»Das ist mir ganz egal!« knurrte Rachel und fuhr fort, mit ihrem Nagel die Planken zu zerkratzen.

Da holte Emily aus der Ecke des Schiffsraumes ein großes Stück Eisen, das so schwer war, dass sie es kaum tragen konnte.

»Weißt du, was ich jetzt tun werde?« fragte sie in sonderbarem Ton.

Bei diesem Klang in Emilys Stimme hörte Rachel sofort mit dem Kratzen auf und sah ihr ins Gesicht.

»Nein«, sagte sie etwas beunruhigt.

»Ich werde dich töten! Ich bin Seeräuber geworden, und ich werde dich mit diesem Schwert töten!«

Bei dem Wort »Schwert« schien es Rachel, als ob das unförmige Stück Metall sich plötzlich in eine heimtückische spitze Waffe verwandelte.

Sie sah Emily zweifelnd in die Augen. War es Ernst oder Scherz?

Sie hatte offengestanden immer etwas Angst vor Emily. Emily war so groß, so stark, so alt (eigentlich so gut wie erwachsen) und so schlau! Emily war der klügste und mächtigste Mensch auf der Welt! Sie hatte die Muskeln eines Riesen und die Schlauheit einer Schlange! Und die schrecklichen Augen, die sie jetzt hatte, in denen auch nicht der Schatten eines Lächelns zu sehen war.

Emily starrte sie an, ohne mit der Wimper zu zucken, und bemerkte wirkliche Angst in Rachels Augen. Rachel drehte sich auf einmal um und lief so schnell, wie ihre kleinen dicken Beine sie tragen konnten, die Leiter hinauf. Emily schlug einmal mit der Eisenstange gegen die Sprossen, dass es nur so schallte, da fiel Rachel in ihrer Hast beinahe herunter.

Das Stück Eisen war so groß und schwer, dass Emily lange Zeit brauchte, um es auf Deck zu schleppen. Als sie dort angekommen war, hinderte es sie so sehr beim Laufen, dass sie, trotz der stürmischen Bravorufe Edwards, dreimal hinter Rachel um das ganze Deck rennen musste, ehe sich die Entfernung zwischen ihnen zu verringern begann. Trotz ihrer Angst vergaß Rachel nicht, die Schwimmbewegungen zu machen. Schließlich warf Emily mit dem Ausruf: »Ach, ich kann nicht mehr, mein schlimmes Bein tut mir so weh!« das Eisen fort und ließ sich keuchend neben Edward hinfallen.

»Ich werde heute mittag Gift in dein Essen streuen!« rief sie hinter Rachel her, die sich indessen hinter die Ankerwinde zurückgezogen hatte. Mit einer rührenden Hingebung wiegte Rachel ihre eigenartige Kinderschar, die sie dort verborgen hatte, in den Armen. Dabei steigerte sie sich in eine solch inbrünstige Mutterliebe und in ein so tiefes Mitleid hinein, dass sie fast weinte.

Emily kicherte noch lange über ihren Scherz.

»Was ist bloß mit dir los?« fragte Edward sie verächtlich und warf sich in die Brust. Er kam sich gerade sehr männlich vor. »Warum musst du denn immerfort so kichern?«

»Ich kichere sehr gern«, erwiderte Emily sanft. »Ich will mal sehen, ob ich die anderen nicht anstecken kann. Komm her, Laura! Komm, Harry!«

Die beiden Kleineren kamen gehorsam. Sie starrten ihr aufmerksam und todernst ins Gesicht, während Emily in immer lautere Lachsalven ausbrach. Bald hatte sie die anderen angesteckt, sie lachten auch, jeder schriller und ausgelassener als der andere.

»Ich kann nicht mehr! Ich kann nicht mehr!« riefen sie atemlos dazwischen.

»Komm, Edward! Sieh mich an!«

»Nein, ich will nicht!« sagte Edward.

Darauf begann sie, ihn zu kitzeln, bis er ebenso lachte wie die anderen.

»Ach, ich möchte so gern aufhören, mir tut der Bauch schon so weh«, klagte Harry schließlich.

»Dann geh weg!« rief Emily während eines klaren Augenblicks. Bald darauf lief die kleine Gruppe auseinander. Aber eine ganze Weile mussten alle es vermeiden, sich anzusehen, um nicht einen Rückfall zu bekommen.

Laura war am schnellsten geheilt. Sie entdeckte plötzlich, welche wunderbare, tiefe Höhle sie unter ihrer Achsel hatte, und beschloß, von jetzt an immer Feen darin zu verstecken. Dieser Einfall beschäftigte sie so sehr, dass sie längere Zeit an nichts anderes denken konnte.

## V

Kapitän Jonsen rief José plötzlich zu, er solle ihm das Steuer abnehmen, während er hinunterging und sein Fernrohr holte. Dann stand er gegen das Geländer gelehnt, schob die Blende über das Objektiv und starrte unentwegt auf etwas, was unmittelbar vor der untergehenden Sonne lag. Emily, die in weicher Stimmung war, schlenderte auf Jonsen zu und blieb neben ihm stehen. Nach einer Weile begann sie, leise wie ein Kätzchen die Backe an seinem Rockärmel zu reiben.

Jonsen senkte das Glas und suchte mit bloßem Auge, als ob er diesem mehr traute, den Horizont ab. Nach kurzer Zeit nahm er aber das Fernglas wieder zur Hand.

Was war das eigentlich für ein zielbewusstes Segel, das hoch und schmal wie eine Säule in den Himmel ragte? Er ließ den Blick den ganzen Horizont entlang schweifen, aber der war bis auf jenen einzigen drohenden, nach oben zeigenden Finger völlig leer.

Jonsen hatte seinen Kurs mit Vorbedacht gewählt, denn er wollte die um diese Jahreszeit verkehrsreichen Schiffahrtslinien meiden, vor allem aber den Kurs des Jamaica-Geschwaders, das von einer britischen Insel zur anderen fuhr. Das Schiff, das er dort sah, hatte hier also ebensowenig zu suchen wie er.

Emily legte den Arm um Jonsens Hüfte und schmiegte sich leicht an ihn.

»Was sehen Sie dort?« fragte sie. »Lassen Sie mich doch auch mal durchgucken!«

Jonsen antwortete nicht, sondern starrte weiter versunken in die Ferne.

»Ach, lassen Sie mich doch hineinsehen!« rief Emily. »Ich habe noch nie durch ein Fernglas gesehen!«

Heftig schob Jonsen das Glas zusammen, so dass es zuschnappte, und sah auf das Kind hinunter. Seine sonst so ausdruckslosen Züge zeigten jetzt tiefe Bewegung. Er hob die Hand und streichelte Emily leise über das Haar.

»Hast du mich lieb?« fragte er.

»Mm«, gestand Emily und fügte dann nach kurzer Pause hinzu, während sie sich einen Augenblick noch fester an ihn drückte: »Sie sind furchtbar lieb.«

»Wenn du mir dadurch einen großen Dienst erweisen könntest, würdest du etwas... etwas sehr Schweres mir zuliebe tun?«

»Ja, sehr gern, aber lassen Sie mich, bitte, durch Ihr Fernglas sehen, ich habe in meinem ganzen Leben noch nie, nein, wirklich noch nie durch so ein Ding geblickt, und ich möchte es doch so schrecklich gern!«

Jonsen stieß einen müden Seufzer aus und setzte sich auf das Dach der Kajüte. Was in aller Welt ging eigentlich in den Köpfen von Kindern vor?

»Hör jetzt zu«, sagte er, »ich muss etwas Ernstes mit dir besprechen.«

»Ja«, sagte Emily und bemühte sich, ihr Unbehagen zu verbergen. Verzweifelt suchte sie das ganze Deck ab nach irgendeinem Gegenstand, an den sie sich mit ihrem Blick anklammern konnte. Jonsen drückte das Kind an sein Knie in der Hoffnung, seine Aufmerksamkeit dadurch zu fesseln.

»Wenn schlechte, grausame Menschen herkämen und versuchten, mich zu töten und euch fortzunehmen, was würdest du da tun?«

»Oh, wie schrecklich!« rief Emily. »Werden sie das denn wirklich tun?«

»Wenn du mir hilfst, dann nicht.«

Das war unerträglich! Plötzlich sprang sie mit einem Satz rittlings auf seine Knie, schlang die Arme um seinen Hals und faltete die Hände hinter seinem Kopf.

»Ob Sie ein guter Zyklop sein würden?« fragte sie und drückte Stirn und Nase an die seine, und nun starrten sie sich in die Augen, bis beide sahen, wie das Gesicht des anderen schmaler wurde und die Augen zu einem einzigen großen, unklaren Auge mitten auf der Stirn verschmolzen.

»Ach, herrlich!« sagte Emily. »Ich glaube, Sie würden ein wunderbarer Zyklop sein! Nun ist eins Ihrer Augen wieder frei geworden und schwebt über dem anderen!«

Die Sonne berührte jetzt das Meer, und dreißig Sekunden lang hob sich jede kleinste Einzelheit des fernen Kriegsschiffes schwarz gegen den flammenden Himmel ab. Aber Jonsen konnte, und wenn es ihm das Leben gekostet hätte, in diesem Augenblick an nichts anderes denken als an das kleine Haus mit den grünen Kachelöfen im stillen Lübeck.

# NEUNTES KAPITEL

## I

Der Vorhang der Dunkelheit schloss sich über jenem warnenden Finger am Horizont.

Kapitän Jonsen blieb die ganze Nacht an Deck, auch während der Zeit, in der er keine Wache hatte. Es war eine mondlose und selbst für diesen Breitengrad heiße Nacht. Im strahlenden Glanz der Sterne konnte man die nahe Umgebung erkennen, aber eine weitere Sicht war verschlossen. Die ragenden schwarzen Masten zeichneten sich deutlich gegen das funkelnde Geschmeide ab, das leise hin und her zu schaukeln schien. Die Segel sahen ganz flach aus, so hell waren die Schatten in ihren Falten.

Wenn man geradeaus sah, das helle Licht der Kompasslampe im Rücken, schien das schmale milchfarbene Deck bis zur Spitze, die sonderbar verkürzt aussah, anzusteigen, und man bekam dadurch den Eindruck, als wolle es einen bestimmten, unheimlich vergrößerten Stern anlaufen, der dicht über dem Horizont stand.

Der Schoner hatte nur so viel Fahrt, dass sich die Wellen an seiner Spitze mit einem leisen Rauschen teilten und einen schillernden Sprühregen hochschleuderten, der das Wasser überall, wo es die Schiffsseiten berührte, erhellte, als wäre der Ozean ein einziges zartes Nervengewebe. Selbst das blasse Kielwasser funkelte hie und da. Nur ein ganz schwacher Geruch von Teer in der Luft erinnerte daran, dass dies kein Phantasiegebilde aus Elfenbein und Ebenholz, sondern ein richtiges Fahrzeug war. Ein Schoner ist in seiner Strenge und seiner Schmucklosigkeit ein Fahrzeug, das zu den gelungensten menschlichen Erfindungen gehört.

In einiger Entfernung von ihm schimmerte ein Zug phosphoreszierender Fische, die in verschiedenen Höhen schwammen, und noch weiter weg konnte man überhaupt nichts mehr erkennen. Die See lag regungslos in einem tiefen, mitunter aufglitzernden Schwarz. Da man in der Nähe jede Einzelheit so deutlich erkennen konnte, schien es unfassbar, dass das andere Schiff völlig unsichtbar blieb, unfassbar, dass man es mit dem Glas nicht finden konnte, wenn man auch noch so besorgt danach ausspähte.

Jonsen schritt unaufhörlich die Luvseite des Deckes auf und ab, wo die schwache Brise, die in den Segeln stand, ihm etwas Kühlung gewähren konnte. Hin und wieder kletterte er auf den Vordermast, obwohl er wusste, dass die größere Höhe ihm doch keine bessere Sicht geben konnte. Aber er starrte und starrte ins Leere, bis ihn die Augen schmerzten und er wieder hinunterkletterte, um sein ruheloses Wandern erneut aufzunehmen. Ein Schiff mit gelöschten Lichtern konnte ja bis auf eine Meile an ihn herankommen, ohne dass er es bemerkte.

Jonsen gehörte zwar nicht zu den Menschen, die Ahnungen haben, aber diesmal hatte er die sonderbar feste Überzeugung, dass irgendwo in der Nähe in Deckung der Dunkelheit ein Feind lauere, der ihn vernichten wolle. Er spitzte die Ohren, konnte jedoch keinen Laut hören außer dem Rauschen des Wassers und dem gelegentlichen Schlagen eines losen Klotzes.

Wenn nur Mondschein gewesen wäre! Er erinnerte sich an eine Episode, die er vor fünfzehn Jahren erlebt hatte. Das Sklavenschiff, auf dem er damals als zweiter Maat diente, segelte in voller Fahrt, alle Segel gesetzt und die Luken über ihrer stinkenden Fracht dicht gemacht, als plötzlich quer durch den glitzernden Lichtpfad des Mondes eine Fregatte, so dicht, dass sie fast in Schussweite war, vorüberschoss und sofort wieder verschwand. Die Fregatte war sehr bald nicht mehr zu sehen gewesen, da sie das Licht hinter sich hatte, und Jonsen hatte sich gleich gesagt, dass dagegen sein vom vollen Mondlicht beschienenes Schiff vollkommen sichtbar sein müsse. Das Dröhnen einer Kanone bewies bald die Richtigkeit seiner Vermutung. Er wollte sofort auskneifen, aber der Kapitän befahl im Gegensatz dazu, dass auch der letzte Fetzen festgemacht werden solle. Und so lagen sie die ganze Nacht unter ihren kahlen Masten, regungslos und unsichtbar, da nichts mehr vorhanden war, was das Licht widerspiegeln konnte. Als der Morgen dämmerte, war die Fregatte so weit abgetrieben, dass sie ihr leicht ausrücken konnten.

Aber diese Nacht! Heute gab es keine freundlichen Mondstrahlen, die den Angreifer verraten hätten, aber dafür seine innere Überzeugung, die jeden Augenblick stärker wurde.

Kurz nach Mitternacht war er von einer seiner nutzlosen Kletterpartien zur Mastspitze wieder heruntergekommen und stand einen Augenblick an der offenen Luke. Er spürte deutlich den warmen Atem der Kinder. Margaret redete im Schlaf – ganz laut, aber unverständlich.

Von einer Laune getrieben, kletterte Jonsen in den Schiffsraum hinunter, wo es so heiß wie in einem Backofen war. Eine Schabe flog surrend umher. Das Geräusch des Wassers, das oben nur einem trockenen Zischeln glich, war hier unten ein angenehmes Glucksen und Plätschern gegen die hölzernen Schiffsseiten, der wohlklingendste Laut für das Ohr eines Seemanns.

Laura lag, von schwachem Licht, das durch die offene Luke fiel, beleuchtet, auf dem Rücken. Sie hatte ihre Schlafdecke abgeworfen, und das Trikothemdchen, das ihr als Nachthemd diente, hatte sich bis unter die Arme hinaufgeschoben Jonsen fragte sich, wie etwas so Froschähnliches sich jemals in den Körper einer Frau mit seinen vollen Rundungen und herrlichen Linien verwandeln könne. Er bückte sich und versuchte, das Hemdchen herunterzuziehen, aber bei seiner ersten Berührung warf sich Laura mit einer heftigen Bewegung auf den Bauch und zog die Knie hoch, so dass ihr kleines Hinterteil in die Luft ragte; dann schlief sie, laut atmend, in dieser Stellung weiter.

Als sich seine Augen an die Dunkelheit gewöhnt hatten, verrieten ihm verschwommene weiße Kleckse, dass fast alle Kinder ihre Decken abgeworfen hatten. Aber er merkte nicht, dass Emily im Dunkeln aufrecht saß und ihn beobachtete. Er hatte sich schon umgewandt, um zu gehen, als plötzlich ein Lächeln sein Gesicht erhellte; er bückte sich und gab Lauras Hinterteil eine Art von Nasenstüber. Es fiel wie ein angestochener Ballon zusammen, aber sie schlief trotzdem, flach auf dem Bauch liegend, weiter.

Jonsen schmunzelte noch immer vor sich hin, als er wieder an Deck war. Doch hier drangen alle Befürchtungen und Besorgnisse mit doppelter Stärke wieder auf ihn ein. Er fühlte förmlich, wie jenes Kriegsschiff in der Finsternis auf ihn lauerte! Zum fünfzigsten Male kletterte er auf den Mast und starrte gespannt in die Dunkelheit.

Nach einer Weile blickte er zufällig hinunter und sah an Deck eine kleine weiße Gestalt, die hin und her sprang.

Es war Emily. Aber im nächsten Moment dachte er nicht mehr an sie.

Plötzlich sahen seine müden Augen einen dunklen Fleck auf dem Wasser, einen Fleck, der dunkler war als die See. Er wandte den Blick fort und sah dann wieder hin, um sicher zu sein, dass er sich nicht getäuscht hatte. Nein, der Fleck war noch da, aber es war nicht möglich, ihn ganz klar zu erkennen... doch trotzdem... In der nächsten Sekunde war Jonsen so schnell wie ein Schiffsjunge hinuntergesaust. Als er wie ein Donnerkeil an Deck landete, fiel Emily vor Schreck fast um, sie hatte nichts davon gewusst, dass er oben saß. Aber er war nicht weniger erschrocken als sie.

»Da unten ist es so furchtbar heiß«, begann sie, »und ich konnte nicht schlafen...«

»Scher dich sofort hinunter!« zischte Jonsen wütend. »Und untersteh dich nicht, wieder hier heraufzukommen. Dass du auch die anderen nicht nach oben lässt, ehe ich es euch erlaube!«

Emily kletterte halbtot vor Schreck Hals über Kopf die Leiter hinunter und wickelte sich schleunigst in ihre Decke, teils weil ihre nackten Beine kalt geworden waren, teils weil es sie tröstete. Was hatte sie eigentlich verbrochen! Was war geschehen? Kaum war sie unten, als eilige Schritte auf Deck zu hören waren und der Lukendeckel über ihrem Kopf lose aufgelegt wurde. Die Dunkelheit war jetzt undurchdringlich und schien sich auf sie zu wälzen, um sie zu erdrücken. Keins von den anderen Kindern lag in ihrer Nähe, und sie wagte nicht, sich zu rühren. Sie schliefen alle.

Jonsen rief die ganze Mannschaft an Deck, die sich schweigend versammelte. Der dunkle Fleck auf dem Wasser wurde jetzt deutlicher sichtbar und sah in der Nähe kleiner aus als zuerst. Sie horchten alle auf das Plätschern von Rudern, aber er näherte sich lautlos.

Plötzlich waren sie dicht davor. Es schlug schon knirschend gegen die Schiffsseite, glitt schon hinten vorbei. Es war ein von Schlinggewächsen umrankter Baum, der von irgendeinem Fluss bei einer Überschwemmung ins Meer gespült worden war.

Nun behielt Jonsen aber die Mannschaft, bis der Morgen graute, an Deck. In der neuen Stimmung gehorchten sie ihm bereitwilligst, denn sie wussten, dass er ein guter Führer war. Meistens tat er im entscheidenden Augenblick das Richtige – nur seine Nervosität bei unerwarteten Zwischenfällen erweckte den Eindruck, als sei er untüchtig.

Jetzt wachten viele Augenpaare, aber es war kein Anlass mehr zu Alarm.

Als der erste blasse Lichtstreifen am Horizont dämmerte, waren alle Nerven bis zum Zerspringen gespannt. Das schnell zunehmende Licht würde ihr Schicksal offenbaren.

Erst als es heller Tag war, glaubte Jonsen daran, dass tatsächlich kein Kriegsschiff mehr in der Nähe war.

In Wirklichkeit war es schon eine knappe Stunde, nachdem Jonsen es zuerst gesehen hatte, am Horizont verschwunden.

## II

Die Angst dieser Nacht ließ einen Plan in Jonsen reifen. Er änderte den Kurs des Schoners. Während er bisher alle Schiffe wie die Pest gemieden hatte, versuchte er jetzt, so schnell wie möglich auf die Schiffahrtslinie der Fahrzeuge zu gelangen, die nach Osten fuhren.

Otto schüttelte den Kopf. Was war denn bloß in Jonsen gefahren? Wollte er sich wegen des erlittenen Schrecks rächen? Beabsichtigte er etwa, mitten im dicksten Schiffsverkehr einen Fang zu machen? Das würde Jonsen ähnlich sehen, den Kopf in den Rachen des Löwen zu stecken, nachdem er erst vor seinem Brüllen gezittert hatte! Bei diesem Gedanken empfand Otto plötzlich eine warme Regung der Sympathie für seinen Freund. Aber er stellte keine Fragen.

Inzwischen war Jonsen in seine Kajüte gegangen, hatte ein geheimes Fach geöffnet und ein Pack Schiffspapiere geholt, die er einem Mann in Havanna, der mit solchen Sachen handelte, abgekauft hatte. *Der »John Dodson« von Liverpool, nach den Seychellen, mit einer Ladung gusseiserner Töpfe* – ach was, das konnte er in diesen Gewässern nicht gebrauchen! Der Kerl, der ihm einen solchen Wisch verkauft hatte, hatte ihn beschwindelt! – Aber hier, das ging schon eher *»Lizzie Green« von Bristol, in Matanza unter Ballast in See gegangen, nach Philadelphia*… die Route nur mit Ballast zu segeln, das klang allerdings komisch. Aber das war ja einzig Angelegenheit des imaginären Besitzers. Jonsen vergewisserte sich, dass die Papiere in Ordnung waren – füllte die Daten und alles Notwendige aus –, dann verschloss er die Papiere wieder in seinem Versteck, bis er sie brauchen würde. Darauf ging er an Deck und erteilte seine Befehle.

Zuerst wurden vorn und hinten Gerüste herabgelassen, und José und ein Farbentopf verschwanden über dem Geländer, damit zu den vielen anderen Namen, die das Wappen des Schoners schon geschmückt hatten, jetzt ein neuer hinzukäme, und zwar »Lizzie Green«. Das genügte aber nicht, er ließ den Namen überall, wo es nur möglich war, anbringen – an den Booten, den Eimern –, es war in diesem Falle kein Fehler, gründlich zu sein. Viele neue Segel wurden angeschlagen, das heißt alte, aber so auffallende, dass keiner, der sie einmal gesehen hatte, sie je vergessen konnte. Otto nähte zum Beispiel einen großen Flicken auf das Großsegel, obwohl es kein Loch hatte.

Die klügste von Jonsens Maßnahmen war immer die gewesen, keine Geschütze an Bord zu führen. Geschütze können zwar versteckt oder ins Wasser geworfen werden, doch die Spuren, die sie an den Planken des Decks hinterlassen, können, wie so mancher Seeräuber zu seinem Leidwesen hatte erfahren müssen, nicht versteckt werden. Jonsen hatte weder Geschütze, die er verstecken musste, noch irgendwelche verräterische Spuren auf den Planken des Decks. Wer hatte aber jemals von einem Seeräuberschiff ohne Geschütze gehört! Der Gedanke war ja zum Lachen. Jonsen hatte aber immer wieder die Erfahrung gemacht, dass man ebenso leicht ohne Geschütze ein Schiff kapern konnte und dass diese Schiffe dann, wenn sie ihren Bericht erstatteten, fast immer einen mehr oder minder großen Artillerieangriff schilderten. Ob sie es aus reiner Gewohnheit taten oder um ihr Prestige zu wahren oder nur, weil sie vermuteten, dass das Seeräuberschiff doch sicher Geschütze gehabt hatte, das wusste Jonsen nicht, jedenfalls hatte fast jedes Schiff, das ihm in die Hände gefallen war, versteckte Geschütze gemeldet,

»die von fünfzig oder siebzig spanischen Gaunern der allerschlimmsten Sorte« bedient worden waren.

Wenn er einem Kriegsschiff begegnen und von diesem zur Übergabe aufgefordert werden sollte, würde er ohne Kanonen natürlich kampflos kapitulieren müssen. Es lohnte sich aber ohnehin nicht, den Kampf mit einem Kriegsschiff aufzunehmen. Ist es ein großes, wird man in Grund gebohrt. Ist es hingegen irgendein unbedeutender kleiner Kutter, der von einem jungen, grünen, kampflustigen Kapitän geführt wird, dann bohrt man ihn in Grund und gerät dann in Teufels Küche.

Als Jonsen endlich daran dachte, den Lukendeckel wieder hochzumachen, waren die Kinder schon halb erstickt. Unten war es schon heiß genug, wenn die Luke offen blieb, denn die kleine viereckige Öffnung war die einzige Ventilationsmöglichkeit, die der Schiffsraum hatte. Wenn der Lukendeckel nicht ganz offen war, konnte man da unten buchstäblich ersticken. Emily war schließlich eingenickt und hatte, von beständigem Alpdrücken gequält, bis in den Vormittag hinein geschlafen. Als sie schließlich im geschlossenen Schiffsraum erwachte und sich aufsetzte, wurde sie sofort ohnmächtig. Nach Luft ringend, lag sie da, und als sie wieder zu sich kam, begann sie ganz jammervoll zu schluchzen. Da fingen die Kleinen natürlich auch an zu weinen. Diese Laute erinnerten Jonsen – allerdings etwas spät – daran, dass er vergessen hatte, den Lukendeckel hochzumachen.

Er war ganz erschrocken, als er die Kinder sah. Erst nachdem sie schon eine ganze Weile in der frischen Morgenluft waren, begannen sie, sich für die seltsame Verwandlung des Schoners zu interessieren.

Jonsen betrachtete die Kinder mit besorgtem Blick. Sie hatten nicht das Aussehen von gepflegten Kindern.

Bisher war ihm das nicht aufgefallen. Sie waren unsagbar schmutzig. Ihre Kleider waren zerrissen, und die Ausbesserungen hatte man sehr notdürftig mit Bindfaden vorgenommen. Das Haar war nicht nur ungekämmt – es war auch mit Teer verklebt. Bis auf Rachel, die rund und rosig geblieben war, sahen alle schlecht genährt aus, und ihre Haut hatte eine ungesunde gelbliche Farbe. Die Narbe auf Emilys Bein war noch immer blaurot, und alle Kinder waren mit Insektenstichen übersät.

Jonsen rief José von seiner Malerarbeit fort, gab ihm einen Eimer frischen Süßwassers, den Kamm des Maats (den einzigen an Bord) und eine Schere. In der Unschuld seines Herzens wunderte sich José über diese Anordnungen, denn ihm kamen die Kinder gar nicht so schmutzig vor. Aber er tat getreulich, was ihm befohlen wurde, und die Kinder fühlten sich noch zu elend, um Widerstand zu leisten; nur wenn es ihnen zu weh tat, schluchzten sie leise vor sich hin. Als er aber ihre Toilette beendet hatte, war er noch nicht so weit gekommen wie ein Kindermädchen, das anfängt, ein Kind sauber zu machen.

Es wurde Mittag, ehe der Schoner aussah wie »Lizzie Green«. Und früh am Nachmittag, während sie Kurs auf Philadelphia hielten, wurden zwei Segel am Horizont gesichtet, beide fast zur selben Minute. Kapitän Jonsen musterte sie genau und änderte, nachdem er seine Wahl getroffen hatte, seinen Kurs, um so bald wie möglich mit dem fremden Schiff zusammenzutreffen.

Die Mannschaft zweifelte ebensowenig an Jonsens Absicht wie Otto, und der lustige Klang des Schleifsteins tönte durch die Luft, bis das Messer eines jeden Matrosen so scharf war, dass es dem Herzen des Besitzers wohltat. Ich hatte schon erwähnt, dass die Ermordung des holländischen Kapitäns nicht ohne Einfluss auf ihre Charaktere geblieben war. Die Hefe trieb den Teig!

Nach kurzer Zeit sah man am Horizont den Rauch eines großen Dampfers. Otto schnupperte in die Brise. Würde es klappen oder nicht? Sie waren noch weit von der Heimat entfernt, und auf diesen Meeren herrschte ein reger Verkehr. Jonsens Unternehmen schien seinem Maat höchst gewagt.

Jonsen schlurfte wie gewöhnlich an Deck auf und ab und kaute nervös an seinen Fingernägeln. Plötzlich wandte er sich an Otto und forderte ihn auf, mit hinunterzukommen. Er war sichtlich erregt, sein Gesicht war dunkelrot, und seine Augen hatten einen wilden Blick. Er grübelte zunächst über der Karte und brummte dann über seine Schulter zurück:

»Die Kinder müssen fort.«

»Ja, ja«, stimmte Otto zu, und als Jonsen nichts mehr sagte, fügte er hinzu: »Du willst sie wohl in Santa Lucia an Land setzen?«

»Nein. Sie müssen gleich weg. Vielleicht kommen wir gar nicht bis nach Santa Lucia.«

Otto holte tief Atem.

Jonsen wandte sich ihm zu und fuhr ihn ärgerlich an:

»Wenn wir mit ihnen erwischt werden, was wird dann aus uns, he?«

Otto wurde erst weiß, dann rot, ehe er anwortete.

»Das werden wir wohl riskieren müssen«, sagte er langsam. »Du kannst sie jedenfalls nirgendwo anders an Land setzen.«

»Wer sagt denn, dass ich sie überhaupt an Land setzen will?«

»Es bleibt dir doch keine andere Wahl«, erwiderte Otto eigensinnig.

Jonsens kummervolles Gesicht erhellte sich einen Augenblick, er schien Ottos Gedanken erraten zu haben.

»Wir könnten sie natürlich in kleine Säcke einnähen«, bemerkte er mit verschmitztem Lächeln, »und dann über Bord gehen lassen.«

Otto warf ihm einen schnellen Blick zu, und was er sah, beruhigte ihn.

»Was wirst du also tun?« fragte er.

»Sie in kleine Säcke einnähen! Ja, in kleine Säcke – was denn sonst?« erklärte Jonsen und rieb sich vergnügt die Hände; seine ganze Sentimentalität war seinem besseren Ich gewichen. Er schob Otto beiseite und ging an Deck.

Der große Schoner, auf den er zuerst zugesteuert hatte, erwies sich als zu weit entfernt, um bald herankommen zu können, darum steuerte Jonsen sein Schiff jetzt auf den Dampfer zu.

Otto stieß einen langgedehnten Pfiff aus. Er begann zu ahnen, was der Kapitän im Sinn hatte.

## III

Als sie sich dem Dampfer näherten, steigerte sich das Interesse der Kinder immer mehr. Sie hatten noch nie etwas so Großartiges gesehen wie dieses märchenhafte schwimmende Haus. Der holländische Dampfer mit den Tieren war ein sehr veraltetes Fahrzeug gewesen und hatte sich nicht wesentlich von einem Segelschiff unterschieden. Aber dieser glich schon mehr den Dampfern von heute. Sein Schornstein war zwar noch hoch und schmal, mit einem runden artischockenähnlichen Kopf, aber sonst sah er genau so aus wie jeder moderne Dampfer.

Jonsen rief ihn an und sprach sehr dringlich mit ihm, und der Dampfer stoppte sofort seine Maschinen. Jonsen wendete die »Lizzie Green« und befahl, ein Boot auszusetzen, in das er selbst einstieg. Die Kinder und die Mannschaft des Schoners standen in höchster Spannung am Schiffsgeländer und beobachteten, wie Jonsen allein in seinem dunklen Sonntagsanzug und seiner Kapitänsmütze an Bord kletterte. Er hatte die Zeit sehr gut abgepasst, in einer Stunde würde es dunkel sein.

Seine Aufgabe war nicht leicht. Zunächst musste er die ausgedachte Geschichte, wie er zu seinen Passagieren gekommen sei, so erzählen, dass sie glaubwürdig klang. Dann musste er den Kapitän des Dampfers, einen ganz fremden Menschen, überreden, die Kinder aufzunehmen.

Wenn Otto auch seine Erregung nicht zeigte, so war sie doch sehr stark. Dieser Plan Jonsens war der leichtsinnigste, den er jemals ausgeheckt hatte. Wenn man auch nur den geringsten Verdacht hegte, dass das, was er erzählte, nicht auf Wahrheit beruhte, waren sie verloren.

Jonsen hatte ihm befohlen, sofort auszurücken, wenn er merkte, dass es nicht klappte.

Indessen flaute die Brise schon wesentlich ab, und es war noch hell.

Jonsen war in dem Dampfer wie in einem Wald verschwunden.

Von allen Kindern war Emily am aufgeregtesten. Sie zeigte den anderen alles, was ihr an dem sonderbaren Fahrzeug neu und fremdartig erschien. Die Kinder dachten immer noch, dass es sich um einen Beutezug handle. Edward rühmte sich schon der Heldentaten, die er vollbringen würde, wenn das Schiff erst gekapert wäre.

»Ich werde dem Kapitän den Kopf abschneiden und ihn ins Wasser werfen lassen!« rief er laut.

»Pst!« warnte Harry.

»Ach was! Jetzt ist mir alles ganz egal!« erklärte Edward, berauscht von seinen Prahlereien. »Nachher werde ich das ganze Gold herausholen und es für mich behalten.«

»Ich werde den Dampfer in den Grund bohren!« eiferte ihm Harry nun nach, »ja, in den Grund werde ich ihn bohren!«

Emily war inzwischen in nachdenkliches Schweigen versunken. Die besonders lebhafte Phantasie des Kindes arbeitete jetzt fieberhaft. Sie sah den Schiffsraum des Dampfers mit Gold und Juwelen gefüllt, auch sich selbst sah sie, wie sie sich mit bloßen Fäusten ihren Weg durch Horden von behaarten Matrosen erkämpfte, bis nur noch der Kapitän zwischen ihr und den begehrten Schätzen stand.

Dann kam aber plötzlich die Ernüchterung über sie. Es war ihr, als ob eine leise, kalte Stimme in ihr sagte: »Wie sollst du das können? Du bist ja nur ein kleines Mädchen!« Ihr war, als falle sie aus schwindelnden Höhen. Mit Entsetzen erinnerte sie sich: sie war ja Emily!

Das blutüberströmte, grauenhafte Gesicht des holländischen Kapitäns schien sie drohend aus der Luft anzustarren. Sie schrak vor dem Bild zurück, aber es verschwand gleich wieder.

Sie sah sich angstvoll um. Hatte jemand gesehen, wie wehrlos sie war? Sicher hatte sie einer beobachtet. Die »Kleinen« schwatzten in ihrer kindlichen Arglosigkeit weiter. Die Matrosen, ihre Messer nur halb versteckt, grinsten sich an oder fluchten. Otto stand mit zusammengezogenen Brauen da und starrte nach dem Dampfer.

Sie fürchtete sich vor allen. Sie hasste alle.

Margaret flüsterte Edward etwas zu, und er nickte. Wieder befiel Emily eine sinnlose Angst. Was hatte

Margaret ihm erzählt? Hatte sie ihm etwa alles gesagt? Wussten vielleicht alle schon davon? Wurde sie von ihnen zum besten gehalten, indem sie Unwissenheit heuchelten, während sie in Wirklichkeit nur den geeigneten Augenblick abwarteten, um sie mit ihrer Enthüllung zu überfallen und sie in einer ganz furchtbaren, völlig unvorstellbaren Weise zu bestrafen?

Hatte Margaret schon alles erzählt? Wie wäre es, wenn sie, Emily, sich jetzt hinter Margaret schlich und sie ins Meer stieß? War es aber nicht schon zu spät? Kaum war ihr dieser Gedanke gekommen, als sie glaubte, Margaret zu sehen, wie sie sich bis zur Taille aus den Wellen erhob und allen Leuten mit gelassener, gleichgültiger Stimme die ganze Geschichte erzählte, um dann wieder an Bord zu klettern.

In der nächsten Minute jedoch hatte sie die Vision der runden, behaglichen Gestalt ihrer Mutter, die in der Tür des Hauses zu Ferndale stand und mit der Köchin schalt.

Wieder schweifte ihr Blick über den Schoner mit seinen düsteren Geheimnissen. Plötzlich bemächtigte sich ihrer ein Gefühl unsagbaren Überdrusses. Sie hatte alles so satt, dass es sich in Worten nicht mehr sagen ließ. Musste sie denn immer und ewig an dieses furchtbare Leben gekettet sein? Konnte sie ihm niemals entrinnen, niemals zu dem geregelten Leben zurückkehren, das andere kleine Mädchen haben, mit ihren Eltern und... und ihrem Geburtstagskuchen?

Da wurde sie von Otto gerufen. Gehorsam ging sie zu ihm, obwohl sie dabei das Gefühl hatte, als ginge sie zu ihrer Hinrichtung. Er wandte sich um und rief auch Margaret heran.

Emily war heute besser imstande, aufmerksam zuzuhören als neulich bei dem Kapitän! Aber Otto war zu sehr mit seinen eigenen Gedanken beschäftigt, um zu bemerken, wie erschrocken ihre Augen aussahen.

Jonsen hatte sicher keine leichte Aufgabe auf dem Dampfer, aber die von Otto war auch nicht einfach. Er wusste nicht recht, wie er anfangen sollte – dabei hing alles von seinem Erfolg ab.

»Hört mal«, platzte er verzweifelt heraus: »Ihr fahrt jetzt nach England.«

Emily warf ihm einen schnellen Blick zu. »Ja?« fragte sie schließlich, aber in ihrer Stimme lag nur höfliches Interesse.

»Ja, der Kapitän ist drüben auf dem Dampfer, um alles Nötige zu besprechen.«

»Bleiben wir dann nicht mehr bei euch?«

»Nein«, erwiderte Otto. »Ihr sollt auf dem Dampfer nach Hause fahren.«

»Werden wir euch dann nie wieder sehen?« fragte Emily weiter.

»Nein«, sagte Otto, »vielleicht später einmal.«

»Fahren wir alle, oder nur Margaret und ich?« »Nein! Ihr alle natürlich!«

»Ach so!«

Es entstand ein verlegenes Schweigen, während dessen Otto sich fragte, wie er die Hauptsache einleiten sollte.

»Müssten wir uns dann nicht gleich fertigmachen?« fragte jetzt Margaret.

»Hört noch einen Augenblick zu«, unterbrach sie Otto. »Wenn ihr an Bord kommt, wird man euch sicher über alles ausfragen. Die Leute dort werden wissen wollen, wie ihr zu uns gekommen seid.«

»Sollen wir es ihnen sagen?«

Otto war ganz verblüfft, dass sie ihn so schnell verstanden hatte.

»Nein«, sagte er. »Der Kapitän und ich möchten das nicht. Wir möchten, dass ihr es für euch behaltet, habt ihr mich verstanden?«

»Was sollen wir also sagen?« fragte Emily.

»Sagt... dass ihr von Seeräubern gefangengenommen worden seid... und... dass sie euch dann in einer kleinen Hafenstadt auf Kuba an Land gesetzt haben...«

»... wo die dicke Frau war...?«

»... ja. Und dann kamen wir, um euch vor den Piraten zu retten, und haben euch auf unserem Schoner mitgenommen, der nach Amerika segelt.«

»Ja, ich verstehe«, sagte Emily.

»Ihr werdet also das sagen und... nichts anderes, nicht wahr?« fragte Otto besorgt.

Emily sah ihn mit ihrem sanften, arglosen Blick an.

»Das ist doch selbstverständlich!« sagte sie.

Nun, er hatte sein möglichstes getan, aber es war ihm sehr schwer ums Herz. Er war davon überzeugt, dass dieser kleine Engel Emily keine zehn Sekunden lang etwas für sich behalten konnte.

»Glaubt ihr, dass ihr das auch den Kleinen beibringen könnt?«

»Natürlich! Ich werde es ihnen schon sagen«, antwortete Emily überlegen. Sie dachte nach und fügte nach einem Augenblick hinzu: »Ich glaube, sie werden sich sowieso an vieles nicht mehr erinnern können. Ist das alles?«

»Ja, das ist alles«, sagte Otto, und dann trennten sie sich.

»Was hat er eigentlich gemeint?« fragte Margaret. »Ich habe nichts verstanden.«

»Ach, halt den Mund«, sagte Emily grob. »Es geht dich nichts an.«

Trotz ihrer äußeren Ruhe war sie unsagbar aufgeregt. Man wollte ihr also wirklich die Freiheit zurückgeben? Oder wiegte man sie nur in Sicherheit, um sie dann im letzten Moment festzuhalten? Wollte man sie diesen Fremden ausliefern, damit sie als Mörderin gehängt würde? Oder war vielleicht ihre Mutter auf dem Dampfer, um sie zu retten? Aber sie liebte Jonsen und Otto, wie würde sie es ertragen können, sich von ihnen zu trennen? Fort von dem geliebten Schoner?... Alle diese Gedanken schwirrten ihr auf einmal durch den Kopf! Aber mit dem »Kleinzeug« war sie sehr energisch. Kurz und bündig erklärte sie:

»Los! Wir kommen dort auf den Dampfer!«

»Sollen wir denn mit denen da kämpfen?« fragte Edward kleinlaut.

»Es gibt gar keinen Kampf«, antwortete Emily überlegen.

»Ist da wieder ein Zirkus?« fragte Laura.

Emily erzählte ihnen darauf, dass sie wieder einmal auf ein anderes Schiff kämen.

Als Kapitän Jonsen zurückkehrte, wischte er sich mit seinem großen baumwollenen Taschentuch den Schweiß von der Stirn und schien es sehr eilig zu haben. Die Kinder waren so neugierig, dass sie am liebsten gleich Hals über Kopf in das Boot gesprungen wären. In ihrer Eile wären sie fast alle ins Wasser geplumpst. Jetzt wussten sie, warum sie gewaschen und gekämmt worden waren!

Zuerst schien sich das Einschiffen der Kinder ganz glatt abzuwickeln. Aber Rachel war die erste, die den ruhigen Verlauf störte.

»Meine Kinder! Meine Kinder!« schrie sie plötzlich und begann über das ganze Schiff zu laufen und alle möglichen Fetzen, Tauenden, alte Farbentöpfe und ähnliche Gegenstände zusammenzusuchen... bald hatte sie beide Arme voll.

»Du kannst doch nicht den ganzen Dreck mitnehmen!« protestierte Otto.

»Meine geliebten Kinderchen! Ich kann euch unmöglich zurücklassen!« rief Rachel klagend. In diesem Augenblick stürzte der Koch heraus, gerade rechtzeitig, um seinen Schöpflöffel zu retten – und es gab einen erbitterten Kampf zwischen ihm und dem Kind.

Jonsen brannte darauf, die Kinder so schnell wie möglich fortzubekommen. Aber es war auch von größter Wichtigkeit, dass sie sich in Freundschaft trennten.

José hob Laura über den Rand des Schiffes.

»Geliebter José!« rief sie plötzlich und schlang die Arme fest um seinen Hals.

Als sie das sahen, kletterten Harry und Edward, die schon im Boot saßen, wieder an Deck zurück. Sie hatten ja vergessen, Abschied zu nehmen. Nun verabschiedeten sich die Kinder einzeln von jedem der Seeräuber, küssten sie und überschütteten sie mit Kosenamen.

»Los, los! Weiter, weiter!« rief Jonsen ungeduldig.

Emily warf sich ihm in die Arme und schluchzte, als ob ihr das Herz brechen sollte.

»Ach, schick mich nicht fort!« flehte sie. »Lass mich bitte immer bei dir bleiben!« Sie hielt sich an seinem Rock fest und verbarg ihr Gesicht an seiner Brust. »Ach, ich will ja gar nicht fort!«

Jonsen war seltsam bewegt. Eine Sekunde lang spielte er mit dem Gedanken, sie zu behalten, aber die anderen warteten ja schon im Boot.

»Komm, komm!« rief Otto, »sonst werden sie ohne dich abfahren!«

»Ach wartet! Wartet auf mich!« schrie Emily jetzt, und wie der Blitz war sie im Boot.

Jonsen schüttelte ganz verblüfft den Kopf. Bis zum letzten Moment wurde er nicht klug aus ihr.

Während die Kinder zum Dampfer hinübergerudert wurden, standen sie alle im Boot auf, trotz der Gefahr, ins Wasser zu fallen, und schrien:

»Adieu! Adieu!«

»Adios!« riefen die Seeräuber und winkten den Kindern mit übertriebener Herzlichkeit zu, während sie sich gegenseitig mit den Augen zuzwinkerten.

»Besucht uns in England!« tönte Edwards helle Stimme zu ihnen hinüber.

»Ja, ja!« schrie Emily. »Ihr müsst bei uns wohnen in England, alle! – Ihr müsst es uns versprechen, ja?«

»Ja, ja!« rief Otto. »Wir werden schon kommen!«

»Kommt bald!«

»Ach, meine Kinderchen!« jammerte Rachel. »Ich habe fast alle meine Kinderchen verloren!«

Aber jetzt legten sie schon am Dampfer an und erstiegen auf einer Strickleiter das Deck.

Was für ein endloser Weg war es bis nach oben! Aber endlich waren sie alle an Bord.

Das Boot fuhr zum Schoner zurück.

Die Kinder blickten ihm nicht einmal nach.

Es war auch kein Wunder, dass sie so schnell vergaßen. Denn so aufregend auch alles gewesen war, es verblasste doch vor dem Erlebnis, auf einem solchen Dampfer zu sein. Wie elegant war es hier! Überall leuchtend weiße Farben! Die Türen! Die Fenster! Die Treppen! Die Messingbeschläge! – Ein Feenpalast? Nein, ein Wunder von ganz unausdenkbarer Herrlichkeit!

Sie hatten aber nicht viel Zeit, die Einzelheiten in sich aufzunehmen, denn die Passagiere versammelten sich neugierig und aufgeregt um sie. Als die Kinder eines nach dem andern an Deck erschienen, erhob sich ein Seufzer des Entsetzens. Die Kaperung der »Clorinda« durch die teuflischste Seeräuberbande, die es je gegeben hatte, war ihnen wohl bekannt, und auch die Gefangennahme der kleinen unschuldigen Kinder, die vor den Augen des machtlosen Kapitäns zu Tode gequält worden waren. Nun aber die Opfer eines so ruchlosen Mordes von Angesicht zu Angesicht zu sehen, das war eine Sensation ersten Ranges!

Die Spannung wurde durch eine junge, schöne Dame in einem Musselinkleid gelöst. Sie fiel neben Harry auf die Knie und umschlang ihn zärtlich.

»Du kleines Engelchen du!« sagte sie. »Du armes kleines Kerlchen, welche Schrecken hast du wohl durchgemacht? Wirst du sie jemals vergessen können?«

Und wie auf ein Signal fielen jetzt alle Damen über die erstaunten Kinder her und bemitleideten sie, während die Männer, die zurückhaltender waren, mit zugeschnürten Kehlen dabeistanden.

Zuerst waren die Kinder sprachlos vor Erstaunen, aber es dauerte nicht lange, und sie fanden sich in ihre neue Lage – wie es Kinder fast immer tun, sobald sie sich als Mittelpunkt kritikloser Bewunderung fühlen. Mein Gott, sie wurden ja wie Könige und Königinnen behandelt! Sie waren zwar so schläfrig, dass sie kaum die Augen offenhalten konnten, aber um nichts in der Welt hätten sie jetzt zu Bett gehen wollen! Noch nie in ihrem Leben hatte man sie so gefeiert. Wer weiß, wie lange das dauern würde. Da durfte man keine der kostbaren Minuten vergeuden.

Nach kurzer Zeit waren sie gar nicht mehr über all diese Ehrungen erstaunt, sondern nahmen sie als ihr gutes Recht hin. Sie waren eben sehr wichtige und ganz einzigartige Persönlichkeiten!

Nur Emily stand schüchtern abseits und antwortete befangen auf die Fragen, die man ihr stellte. Sie schien sich nicht mit derselben Begeisterung in ihre neue Rolle hineinzufinden wie die anderen.

Selbst die Kinder der Passagiere beteiligten sich an der allgemeinen Bewunderung; vielleicht weil sie hofften, dass man in der Aufregung vergessen würde, sie zu Bett zu schicken. Sie begannen (wahrscheinlich auf Anregung der Erwachsenen) diesen neuen Götzen ihr Spielzeug als Gabe zu bringen und wetteiferten untereinander in Opferbereitschaft.

Ein schüchterner kleiner Junge, ungefähr im gleichen Alter wie Rachel, mit braunen Augen und einem freundlichen Lächeln, der sehr gepflegtes, seidenweiches Haar hatte und vor Sauberkeit blitzte, kam zaghaft auf sie zu.

»Wie heißt du?« fragte sie ihn.

»Harold.«

Darauf sagte sie ihm ihren Namen.

»Wieviel wiegst du?« fragte er sie.

»Das weiß ich nicht.«

»Du siehst ziemlich schwer aus. Darf ich versuchen, ob ich dich heben kann?« – »Ja.«

Er schlang die Arme von hinten um sie, beugte sich zurück und ging taumelnd ein paar Schritte mit ihr. Dann setzte er sie wieder hin, und die Freundschaft war geschlossen.

Emily stand noch abseits, und jeder nahm stillschweigend Rücksicht auf ihre Zurückhaltung. Aber plötzlich schien etwas in ihrem kleinen Herzen zu zerspringen. Sie warf sich hin – weinte aber nicht, sondern strampelte nur mit den Beinen, als befielen sie Krämpfe. Eine große, stattliche Stewardess hob das am ganzen Körper bebende Kind auf und trug es in eine saubere, hübsche Kabine. Dort redete sie beruhigend auf die Kleine ein, zog sie aus, wusch sie mit warmem Wasser und legte sie ins Bett.

Emily hatte ein ganz sonderbares, bisher nie gekanntes Gefühl im Kopf, es war ihr, als ob er ihr gar nicht gehörte. Es sang darin, und alles drehte sich fortwährend um sie, ohne dass sie etwas dagegen tun konnte. Ihr Körper jedoch war empfindlicher als sonst und sog die Feinheit und Kühle der Laken, die Weichheit der Matratze förmlich ein, wie ein durstiges Pferd frisches Wasser. Durch jede Pore drang die Behaglichkeit in sie ein, es war ihr, als könnte sie niemals genug davon haben. Sie fühlte sich langsam von körperlichem Frieden erfüllt, allmählich wurde auch ihr Kopf ruhiger und klarer.

Das, was währenddessen zu ihr gesprochen wurde, konnte sie kaum in sich aufnehmen, nur einzelne Worte blieben wie Kehrreime in ihrem Gedächtnis haften: »Diese gottlosen Männer... Männer... nichts als Männer... grausame Männer...«

Männer! Ja wirklich, seit Monaten hatte sie nur Männer gesehen. Es war himmlisch, endlich einmal wieder weibliche Wesen um sich zu haben. Als die freundliche Stewardess sich über sie beugte, um sie zu küssen, schlang sie plötzlich die Arme um ihren Hals und barg das Gesicht in dem warmen, weichen, nachgiebigen Fleisch, am liebsten hätte sie sich darin versinken lassen. Mein Gott! Wie anders war das als die harten, muskulösen Körper von Jonsen und Otto!

Als die Stewardess sich wieder aufrichtete, ruhten Emilys große, warme, geheimnisvolle Augen auf ihr, als ob sie sich nicht sattsehen könnten. Der volle Busen der Frau faszinierte sie. Bekümmert betastete sie ihre eigene magere kleine Brust. Würde sie jemals solche Brüste haben – solche schönen hohen Brüste, die wie eine Art Füllhorn waren? Oder wenigstens so feste kleine Äpfelchen wie Margaret?

Gott sei Dank, dass sie kein Junge war! Sie fühlte plötzlich einen heftigen Widerwillen gegen das ganze männliche Geschlecht. Von den Fingerspitzen bis zu den Zehen empfand sie sich als weiblich – eins mit dem Ewigweiblichen, eins mit dieser rebellierenden, dumpf geheimen Gemeinschaft.

Plötzlich hob Emily die Arme, zog den Kopf der Stewardess zu sich herunter und begann ihr ernst und eifrig etwas ins Ohr zu flüstern.

Der erste Anflug von Zweifel auf dem Gesicht der Frau wandelte sich in völliges Staunen, schließlich vom Staunen in Entschlossenheit.

»Diese unverschämten Gauner! So eine Frechheit!« rief sie schließlich.

Ohne ein weiteres Wort zu sagen, lief sie aus der Kabine. Man kann sich vorstellen, dass der Kapitän, als er von dem Streich hörte, der ihm gespielt worden war, ebenso verblüfft war wie die Stewardess.

Emily blieb einige Minuten regungslos liegen und starrte mit sonderbarem Ausdruck ins Leere. Dann schlief sie plötzlich ein und atmete tief und ruhig.

Aber sie schlief nur zehn Minuten. Als sie aufwachte, standen Rachel und ihr neuer Freund in der offenen Kabinentür.

»Was wollt ihr?« fragte Emily abweisend.

»Harold hat dir seinen Alligator mitgebracht« sagte Rachel.

Harold trat auf Emily zu und legte das Tierchen auf die Bettdecke. Es war noch sehr klein, höchstens zehn Zentimeter lang und erst ein Jahr alt, aber schon das genaue Ebenbild eines Alligators, mit der Stupsnase und der runden Sokrates-Stirn, die es von dem Krokodil unterscheiden. Das Tier bewegte sich ruckweise wie ein mechanisches Spielzeug. Harold hob es am Schwanz in die Höhe, sofort spreizte es die Pfoten in der Luft und bewegte sich krampfhaft hin und her, so dass es einem Spielzeug noch ähnlicher wurde. Dann setzte der Junge es wieder auf das Bett, und es blieb liegen, das zungenlose Mäulchen geöffnet, so dass die harmlosen kleinen Zähne sichtbar wurden, die ganz feinen Sandkörnern glichen; dabei stieß es abwechselnd schwache bellende und zischende Laute aus. Harold ließ es nach seinem Finger schnappen – es hatte offensichtlich in der Wärme hier unten Hunger bekommen. Es streckte den Kopf so blitzschnell vor, dass man die Bewegung kaum wahrnehmen konnte, und sein Biss war noch so schwach, dass selbst ein Kind ihn kaum fühlte.

Emily holte tief Atem. Sie war begeistert.

»Darf ich ihn die Nacht bei mir behalten?« fragte sie.

»Gern«, sagte Harold, und dann wurden er und Rachel fortgerufen.

Emily war im siebenten Himmel. Dies war also ein Alligator! Sie würde mit einem Alligator schlafen! Sie hatte sich immer gedacht, dass ein Mensch, der ein Erdbeben überstanden hat, nichts Besonderes mehr erleben könne.

Der Alligator spazierte, wahrscheinlich weil er größere Wärme suchte, mit zierlichen Schritten über das Bett, auf Emilys Gesicht zu. Ungefähr zehn Zentimeter davon entfernt blieb er stehen, und sie, die beiden Kinder, blickten sich in die Augen.

Das Auge eines Alligators ist groß, vorstehend, gelb leuchtend und mit einer geschlitzten Pupille wie das einer Katze. Das Auge einer Katze erscheint einem flüchtigen Beschauer ausdruckslos, doch wenn er genau hinsieht, kann er darin ständig wechselnde Regungen erkennen. Das Auge eines Alligators dagegen ist viel starrer und leuchtender – reptilienhafter.

Was konnte Emily in einem solchen Auge entdecken? Sie lag still da und starrte es unverwandt an – und auch der Alligator starrte sie an. Hätte jemand zufällig den beiden zugeschaut und gesehen, wie jeder in den Blick des anderen versunken war, hätte er vielleicht ein unheimliches Gefühl nicht unterdrücken können.

Plötzlich öffnete der Alligator sein kleines Maul und zischte sanft. Emily kraulte ihm mit einem Finger im Kieferwinkel. Das Zischen wurde zu einem Laut, der beinah einem Schnurren glich. Eine dünne, feine Haut glitt von vorn nach hinten über sein Auge, dann zog sich das äußere Lid darüber.

Auf einmal dann öffnete er die Augen wieder, schnappte nach Emilys Finger und ringelte sich langsam in den Halsausschnitt ihres Nachthemdes. Sie fühlte ihn kühl und rauh auf ihrer Haut, als er sich weiterschlängelte, bis er einen geeigneten Ruheplatz gefunden hatte. Es war erstaunlich, dass Emily das aushielt, ohne mit der Wimper zu zucken.

Alligatoren kann man bekanntlich nicht zähmen.

## IV

Vom Deck des Schoners aus beobachteten Jonsen und Otto die Kinder, während sie auf den Dampfer kletterten. Das Boot kam zurück, und der Dampfer fuhr weiter.

So! Das war gottlob ohne Zwischenfall abgegangen. Niemand hatte seine Erzählung angezweifelt – diese Erzählung, die so einfach war, dass sie wie Wahrheit klang.

Die Kinder waren fort.

Jonsen spürte gleich den Unterschied, und es war ihm fast, als ob auch der Schoner ihn fühlte. Auf einen Schoner gehören nur Männer. Jonsen reckte sich und holte tief Atem, so erleichtert war er, dass er das störende und verweichlichende Element los war. José fegte eifrig ein paar von Rachels verlassenen »Kindern« in den Abfluss. Dann holte er einen Eimer Wasser und spülte das Deck nach. Fort mit dem ganzen Dreck!

Der Mannschaft war es leichter ums Herz als seit Monaten. Sie fühlten sich von einer schweren Last befreit. Die Leute sangen, während sie arbeiteten, und pufften sich im Vorbeigehen scherzend, aber kräftig in die Rippen. Der hagere männliche Schoner stürzte sich bebend in die abendliche Brise. Ein Wasserschauer brach ohne ersichtlichen Grund über den Bug und traf Jonsen voll ins Gesicht. Er schüttelte sich grinsend wie ein nasser Hund.

Sie holten Rum, und zum erstenmal seit der Begegnung mit dem holländischen Dampfer betrank sich die Mannschaft so viehisch, dass sie alle an Deck herumlagen und sich in die Speigatten erbrachen. José rülpste wie ein Fagott.

Inzwischen war es dunkel geworden, und die Brise flaute wieder ab. In der Stille der Nacht war bei jedem

Wellenschlag das Klappern der Segelstangen zu hören, und die leeren Segel knallten zuweilen wie Freudenschüsse, es klang wie kräftiger Applaus. Jonsen und Otto waren nüchtern, aber sie brachten es nicht übers Herz, die Mannschaft zu maßregeln.

Der Dampfer war schon lange in der Dunkelheit verschwunden. Die Ahnungen, die Jonsen in der letzten Nacht so bedrückt hatten, waren verflogen. Keine Eingebung verriet ihm etwas von Emilys Geflüster mit der Stewardess und gar nichts von der bald darauf erfolgten Begegnung des Dampfers mit einem britischen Kanonenboot und dem langen Austausch von Lichtsignalen zwischen den beiden Fahrzeugen. Auch nichts davon, dass das Kanonenboot ihn schon beinah eingeholt hatte. Nicht die geringste böse Vorahnung störte seinen Seelenfrieden.

Er war müde – so müde, wie ein Seemann es nur sein kann. Die letzten vierundzwanzig Stunden waren schwer gewesen. Als seine Wache vorüber war, ging er hinunter und kletterte in seine Koje.

Aber er schlief nicht gleich ein. Eine ganze Zeit lag er wach und überlegte, was er getan hatte. Er hatte wirklich schlau gehandelt. Er hatte die Kinder unversehrt zurückgegeben, Marpoles Erzählungen würden keinen Glauben mehr finden. Hätte er die Kinder in Santa Lucia an Land gesetzt, wie er es zuerst tun wollte, dann wäre die »Clorinda«-Episode lange nicht so gründlich aus der Welt geschafft worden. Es wäre auch sehr schwer gewesen, die Kinder wieder zur Stelle zu schaffen, wenn er sie brauchen sollte.

Er hatte tatsächlich nur die Wahl zwischen zwei Übeln: entweder hätte er die Gören immer mit sich herumschleppen müssen als Beweis, dass sie noch lebten, oder er hätte sie an Land gesetzt und dadurch die Kontrolle über sie verloren. Im ersteren Fall hätte man durch ihre Anwesenheit auf den Gedanken kommen können, dass er etwas mit der »Clorinda«-Angelegenheit zu tun hatte, während er sonst nicht verdächtigt worden wäre. Im zweiten Fall konnte man ihn anklagen, die Kinder ermordet zu haben, wenn er sie nicht als lebende Beweise seiner Unschuld jederzeit herbeizuschaffen vermochte.

Die herrliche Idee, die er jetzt mit Erfolg ausgeführt hatte, löste beide Schwierigkeiten zugleich.

Die Geschichte mit Margaret hätte fatal werden können. – Ein Glück, dass das zweite Boot sie gefunden und aus dem Wasser gefischt hatte...

Das Licht der Kajütenlampe schien in die Koje hinein und erhellte den Teil der Wand, der mit Emilys kindlichen Zeichnungen bedeckt war. Als Jonsens Blick darauf fiel, runzelte er die Stirn, aber der Anblick gab ihm einen kleinen Stich ins Herz. Er erinnerte sich daran, wie krank und hilflos sie dagelegen hatte. Plötzlich fielen ihm tausend kleine Erlebnisse mit ihr ein.

Der Bleistift, den sie immer benutzt hatte, lag noch zwischen den Decken, und er bekam ihn zufällig in die Hand. Es waren noch immer einige weiße Stellen an der Wand, die sie unbekritzelt gelassen hatte.

Jonsen konnte nur zwei Dinge zeichnen: Schiffe und nackte Frauen. Jede Art Schiff bis auf die kleinste Einzelheit – auch jedes Schiff, auf dem er einmal gesegelt war, konnte er zeichnen. Ebenso verstand er es, üppige Frauenkörper, bis auf jede kleinste Einzelheit, in jeder Lage, von jeder Perspektive, von vorn, von hinten, von oben, von unten, lebensgetreu und fehlerlos wiederzugeben. Doch wenn man von ihm verlangt hätte, dass er etwas anderes zeichnen solle – und sei es nur eine bekleidete Frau –, wäre es nur ein unkenntliches Gekritzel geworden.

Er nahm den Bleistift, und in kurzer Zeit entstanden zwischen Emilys primitiven, unsicheren Linien runde Schenkel, noch rundere Leiber und hohe schwellende Busen von der Üppigkeit eines Rubens.

Während er zeichnete, dachte er noch über seine eigene Schlauheit nach. Ja, mit Margaret damals wäre es um ein Haar zu einer Katastrophe gekommen – es wäre höchst fatal gewesen, wenn ein Kind gefehlt hätte.

Plötzlich erinnerte er sich an etwas, was wie eine kalte Dusche auf ihn wirkte. Sein Herz blieb eine Sekunde, lang stehen – das war auch kein Wunder!

»He!« rief er Otto, der oben an Deck war, zu. »Wie hieß doch der Junge, der sich in Santa Lucia das Genick brach? Jim – Sam? – wie hieß er doch?«

Ottos einzige Antwort war ein langer Pfiff.

# ZEHNTES KAPITEL

## I

Während der Dampferfahrt nach England wuchs Emily. Sie schoss plötzlich in die Höhe wie häufig Kinder in ihrem Alter. Aber sie sah dabei gar nicht ungeschickt, sondern eher anmutig aus. Arme und Beine verloren, obwohl sie länger wurden, nichts von ihren schönen Proportionen, und auch ihr ernstes Gesichtchen büßte dadurch, dass es einem nun näher war, nichts von seiner Anziehungskraft ein. Der einzige Nachteil dieser Veränderung war, dass sie oft Schmerzen in den Waden und manchmal auch im Rücken hatte, aber das sah natürlich niemand. (Da die Passagiere eine Sammlung veranstaltet hatten, um die Kinder mit Kleidern zu versorgen, schadete es nichts, dass Emily für ihre alten Sachen zu groß geworden war.)

Sie war ein nettes Kind, und da sie jetzt etwas weniger befangen war als im Anfang, wurde sie bald der Liebling aller. Für Margaret hatte sonderbarerweise niemand etwas übrig, die alten Damen pflegten sogar oft die Köpfe über sie zu schütteln. Jedenfalls war es klar, dass Emily viel intelligenter war als Margaret.

Auch hätte niemand gedacht, dass aus Edward, nachdem er ein paar Tage morgens und abends richtig gewaschen und gekämmt worden war, ein so hübscher, vornehm aussehender Junge hätte werden können.

Rachel gab ihren Freund Harold bald auf, um sich besser ihrer Leidenschaft für Mutterpflichten hingeben zu können, die jetzt leichter zu befriedigen war, da sie mehrere Puppen geschenkt bekommen hatte.

Fast alle Kinder auf dem Dampfer hatten sich mit den Matrosen angefreundet und liebten es, ihnen bei ihren Beschäftigungen nachzulaufen. Eines Tages kletterte einer der Matrosen in die Takelage (in das bisschen, was es da gab), eine Leistung, die unten auf Deck ein Raunen der Bewunderung hervorrief. Aber das imponierte den Thornton-Kindern natürlich gar nicht. Edwards und Harrys Lieblingsbeschäftigung war es, die Maschinen zu beobachten, während Emily am liebsten auf Deck hin und her ging, den Arm um die Hüfte von Fräulein Dawson, der schönen jungen Dame im Musselinkleid, geschlungen. Oder sie stand hinter ihr, während die Angebetete Aquarelle malte, die schaumgekrönte Wellen darstellten, auf denen schiffbrüchige Fahrzeuge trieben. Oder wenn sie gepresste, zu Kränzen gewundene tropische Blumen um die Bilder ihrer Onkel und Tanten klebte. Eines Tages nahm Fräulein Dawson sie mit in ihre Kajüte hinunter und zeigte ihr alle ihre Kleider – nicht eins wurde ausgelassen –, es dauerte Stunden. Für Emily war das ein Blick in eine ganz neue Welt.

Der Kapitän schickte nach Emily und fragte sie aus; aber sie fügte ihrem ersten verblüffenden Vertrauensausbruch der Stewardess gegenüber nichts hinzu. Seitdem schien sie mit Stummheit geschlagen, man konnte nichts mehr aus ihr herausbekommen. Deshalb ließ er sie klugerweise in Ruhe. Er nahm an, dass sie ihrer neuen Freundin im Laufe der Zeit alles von selbst erzählen würde. Das tat sie aber nicht. Sie vermied es im Gegenteil, von dem Schoner, den Seeräubern und allen Dingen, die damit zusammenhingen, zu sprechen; sie hörte nur zu, wenn andere erzählten, und nahm alles in sich auf, was sie über England erfuhr, dieses wunderbare, exotische, romantische Land, wohin es tatsächlich jetzt endlich ging.

Louisa Dawson war eine sehr gescheite junge Dame. Sie merkte bald, dass Emily von den Schrecken, die sie durchgemacht hatte, nicht reden wollte, aber sie meinte, dass es besser für das Kind wäre, wenn es sich ausspräche. Daher entschloss sie sich, als die Tage vergingen, ohne dass Emily ihr etwas anvertraute, alles zu versuchen, die Kleine zum Reden zu bringen. Fräulein Dawson hatte, genau wie jedermann, eine ziemlich klare Vorstellung von dem Leben auf einem Seeräuberschiff. Dass diese kleinen unschuldigen Kinder unversehrt davongekommen sein sollten, wie die drei Männer aus dem feurigen Ofen, erschien ihr wie ein Wunder.

»Wo habt ihr eigentlich auf dem Schoner gewohnt?« fragte sie Emily eines Tages.

»Im Schiffsraum«, antwortete Emily gleichgültig. »Sagten Sie nicht, dass die Photographie hier Ihren Großonkel Vaughan darstelle?«

Im Schiffsraum. Das hätte sie sich eigentlich auch denken können. Wahrscheinlich angekettet, in tiefster Finsternis wie Sklaven. In Gesellschaft von Ratten, die über sie hinwegkletterten, und mit keiner anderen Nahrung als Wasser und Brot.

»Habt ihr euch sehr geängstigt, wenn es einen Kampf gab? Ihr habt es doch wohl immer gehört, wenn sie über euren Köpfen kämpften?«

Emily sah sie nur mit ihrem sanften, etwas erstaunten Blick an und schwieg.

Es war klug und gut von Louisa Dawson, dass sie es versuchte, das Gemüt des Kindes von einer Last zu befreien, aber sie verzehrte sich außerdem noch vor Neugierde. Sie wurde schon etwas ärgerlich, weil Emily nicht zum Reden zu bringen war.

Zwei Fragen hätte sie besonders gern gestellt. Die eine war allerdings kaum in Worte zu kleiden. Die andere konnte sie sich aber nicht verkneifen.

»Hör zu, Liebling«, sagte sie eines Tages und schlang die Arme um Emily. »Hast du mal auf dem Schoner gesehen, wie jemand getötet wurde?«

Emily versteifte sich offenkundig: »Aber nein«, sagte sie. »Wieso denn?«

»Ihr habt also... dort kein einziges Mal eine... eine Leiche... gesehen?« fuhr sie fort.

»Nein, es waren ja keine da.« Dann schien sie eine Weile nachzudenken. »Das heißt, nicht viele«, verbesserte sie sich schnell.

»Du armes, armes Kind«, rief Fräulein Dawson und strich ihr über die Stirn.

Wenn Emily schwer zum Reden zu bringen war, so konnte man das gleiche von Edward nicht behaupten. Bei ihm waren nicht einmal Andeutungen nötig. Er begriff bald, was man von ihm erwartete, und das entsprach gerade dem, was er gern erzählen wollte. Alle die Seeräuberübungen mit Harry, das Hinaufklettern in die Großtakelage, das Erstürmen der Schiffsküche... waren ihm schon damals wie Wirklichkeit erschienen. Jetzt zweifelte er keinen Augenblick mehr daran, dass sie tatsächlich Wirklichkeit waren, und Harry unterstützte ihn darin.

Edward fand es herrlich, dass alle so bereit waren, seinen Erzählungen Glauben zu schenken. Alle, die blutrünstige Geschichten von ihm hören wollten, kamen auf ihre Kosten.

Auch Rachel widersprach ihm nicht. Die Seeräuber waren ja gottlos – unbeschreiblich gottlos, das hatte sie doch am eigenen Leib erfahren. Darum hatten sie höchstwahrscheinlich auch alles getan, was Edward berichtete – höchstwahrscheinlich dann, als sie gerade nicht hingesehen hatte.

Fräulein Dawson war zu vernünftig, um noch weiter so in Emily zu dringen wie an diesem Tage. Sie verbrachte sehr viel Zeit damit, das Vertrauen des Kindes, das eine leidenschaftliche Zuneigung zu ihr gefasst hatte, mehr und mehr zu gewinnen.

Sie erzählte Emily gern von England. Aber es erschien ihr sonderbar, dass sich jemand, der so romantische Dinge erlebt hatte wie Emily, für so alltägliche Sachen interessieren konnte!

Sie erzählte ihr gern von London, wo der Verkehr so groß sei, dass die Wagen in einem endlosen Strom Tag und Nacht dahinsausten. Sie versuchte, ihr auch Eisenbahnzüge zu schildern, doch das ging über Emilys Vorstellungskraft.

Was für ein herrlicher Mensch war doch Fräulein Dawson! Was für wunderbare Dinge hatte sie schon gesehen! Emily hatte wieder, wie damals auf dem Schoner, das Gefühl, dass kostbare Zeit ungenutzt vorbeiglitt. In einigen Monaten würde sie elf Jahre alt sein. Ein hohes Alter! Und in diesem langen Leben hatte sie so schrecklich wenig Interessantes oder Bedeutendes erlebt! Allerdings natürlich einmal ein Erdbeben, und sie hatte auch mit einem Alligator in einem Bett geschlafen. Aber was war das im Vergleich mit den Erlebnissen ihrer neuen Freundin, die London so gut kannte, dass es ihr kaum noch wunderbar erschien, und die es gar nicht mehr zählen konnte, wie oft sie in Eisenbahnzügen gefahren war.

Ihr Erdbeben... das war etwas wirklich Großes, Ungewöhnliches. Konnte sie es wagen, Fräulein Dawson davon zu erzählen? Würde sie dann vielleicht etwas in ihrer Achtung steigen, wenn sie erfuhr, dass sogar sie, die kleine Emily, Erlebnisse gehabt hatte? Aber das traute sie sich doch nicht. Wenn es sich dabei herausstellte, dass ein Erdbeben etwas so Alltägliches für Fräulein Dawson war wie Eisenbahnzüge, das hätte sie nicht ertragen! Und was den Alligator betraf, so hatte Fräulein Dawson zu Harold gesagt, er solle ihn fortnehmen, wie wenn er ein gewöhnlicher Wurm wäre.

Manchmal saß Fräulein Dawson neben Emily, und während sie diese schweigend streichelte, ruhte ihr Blick bald auf ihr, bald auf den anderen im Spiel vertieften Kindern. Wie schwer war es doch, sich vorzustellen, dass diese sorglos glücklichen Geschöpfe monatelang in Lebensgefahr geschwebt hatten! Wie kam es bloß, dass sie nicht vor Schreck gestorben waren oder den Verstand verloren hatten? Sie wäre sicher daran zugrunde gegangen.

Sie hatte sich oft gefragt, wie es überhaupt Menschen fertigbrächten, eine große Gefahr zu überleben, ohne vor Angst tot umzufallen; und diese Kinder... Ihr schwindelte...

Noch eine andere Frage beschäftigte sie sehr. Wie gern hätte sie sie gestellt, wenn sie nur die Worte gefunden hätte, die für eine so heikle Angelegenheit zart genug waren.

Eines Tages erfuhr aber Emilys schwärmerische Zuneigung eine schwere Einbuße, die Fräulein Dawson selbst heraufbeschworen hatte. Sie hatte Emily nämlich dreimal geküsst und sie aufgefordert, in Zukunft Lulu zu ihr zu sagen.

Emily fuhr zusammen, als hätte man einen Schuss auf sie abgegeben. Diese Göttin bei ihrem Vornamen nennen? Das war undenkbar! Bei der bloßen Vorstellung wurde sie feuerrot. Die Vornamen aller Erwachsenen waren geheiligt, etwas, was niemals über Kinderlippen kommen durfte.

Eine solche Respektlosigkeit grenzte ja schon an Gotteslästerung!

Dass Fräulein Dawson ihr gesagt hatte, sie solle sie beim Vornamen nennen, war ihr so entsetzlich, als ob in einer Kirche groß angeschrieben gestanden hätte:

BITTE ZU SPUCKEN!

Da Fräulein Dawson ihr erlaubt hatte, sie Lulu zu nennen, durfte sie natürlich nicht mehr Fräulein Dawson zu ihr sagen. Aber ... das *andere* Wort aussprechen, das konnte sie nicht!

Ein paar Tage gelang es ihr, durch Geschicklichkeit das Hindernis zu umgehen, indem sie es überhaupt vermied, eine Anrede zu gebrauchen. Aber das wurde natürlich täglich schwieriger. Die Folge war, dass jede Unterhaltung zwischen ihnen zu einer Qual wurde, und Emily Fräulein Dawson überhaupt zu meiden begann.

Fräulein Dawson war schrecklich verletzt. Womit hatte sie nur dies sonderbare Kind (das kleine Feenkind, wie sie es immer nannte) beleidigt? Die Kleine hatte sie, so schien es wenigstens, sehr lieb gehabt, und jetzt...?

Fräulein Dawson sah ihr mit traurigem Blick nach, wenn sie an ihr vorbeiging, aber Emily wich ihr mit hochroten Wangen aus. Dieser Zustand hielt an, bis der Dampfer England erreichte, so dass sie nie mehr zusammen sprechen konnten wie früher.

## II

Kurze Zeit, nachdem der Lotse auf den Dampfer gekommen war, hatte die Nachricht von der Rettung der Kinder das Festland und schließlich auch die »Times« erreicht.

Herr und Frau Thornton hatten kurz nach der Katastrophe Ferndale verkauft, weil sie den Aufenthalt in Jamaica nicht mehr ertragen konnten, und waren nach England übergesiedelt. Herr Thornton hatte in London ziemlich schnell eine Stellung als Theaterkritiker für verschiedene Kolonialzeitungen bekommen. Er hatte seine wenigen, nicht allzu bedeutenden Beziehungen zur Admiralität wieder aufgenommen in der Hoffnung, eine Strafexpedition gegen die ganze Insel Kuba durchzusetzen. Die »Times«, in ihrer gelassenen Art, brachte dem Ehepaar Thornton gerade an dem Morgen, als der Dampfer in Tilburydocks einlief, die Nachricht, dass die Kinder noch lebten.

Das Anlegen war langwierig wegen des dicken Nebels, in dem der gewaltige Lärm der Docks dumpf widerhallte. Stimmen ertönten von den Kais. Glocken bimmelten. Die Kinder hatten sich zu einer kompakten Masse, zu einer Art improvisiertem Argus, zusammengeschweißt, fest entschlossen, sich auch nicht das Geringste entgehen zu lassen. Aber sie konnten kaum irgendeine Einzelheit erkennen, geschweige denn das große Ganze.

Fräulein Dawson hatte sie in ihre Obhut genommen. Sie hatte die Absicht, sie zu ihrer Tante nach London zu bringen, bis ihre Verwandten ausfindig gemacht waren. Sie führte ihre Schützlinge an Land und zu dem Zug, in den sie sofort hineinstiegen.

»Warum müssen wir in diesen Kasten steigen?« fragte Harry. »Wird es denn regnen?«

Rachel musste mehrmals die hohen Stufen auf und ab klettern, bis sie alle ihre Babys beisammen hatte.

Der Nebel, der sich ihnen an der Flussmündung entgegengewälzt hatte, war so dicht geworden, dass sie im Halbdunkel saßen, bis ein Mann kam und Licht anzündete. Es war fürchterlich kalt im Zug. Aber bald erschien ein zweiter Mann mit einem großen, flachen, glühend heißen Gegenstand, der mit heißem Wasser gefüllt war und Fußwärmer hieß, wie ihnen Fräulein Dawson erklärte.

Obwohl sie schon im Zug saßen, konnte Emily kaum daran glauben, dass sie jemals abfahren würden. Sie war gerade zu der Überzeugung gelangt, dass sich der Zug nie in Bewegung setzen würde, da tat er es endlich doch und kam ruckweise voran, etwa wie eine Kanonenkugel, die man an die Leine genommen hat.

Die Kinder waren so erfüllt von den neuen Eindrükken, dass ihre Aufnahmefähigkeit zu versagen begann. Auf der ganzen Fahrt spielten sie mit so viel Lärm und Eifer ihre Spiele, dass sie es gar nicht merkten, als sie in London ankamen. Sie wollten zuerst gar nicht aussteigen, als sie es dann aber doch taten, standen sie in einem so dicken Erbsensuppennebel, wie er in London, zu Ende des Jahres, überhaupt nur möglich ist. Da wurde es ihnen endlich bewusst, dass sie nun wirklich in *England* waren und nichts von den neuen Eindrücken versäumen durften.

Sie hatten gerade begriffen, dass der Zug in ein großes, von gelben Lichtern erleuchtetes und von sonderbarer orangefarbener Luft erfülltes Haus eingefahren war, als sie Frau Thornton entdeckten.

»Mutter!« schrie Emily. Sie hätte nie gedacht, dass sie sich so freuen würde, ihre Mutter zu sehen. Frau Thornton war zu bewegt, um hysterisch zu werden. Die Kleinen waren zuerst befangen, aber bald folgten sie Emilys Beispiel und sprangen und schrien um ihre Mutter herum, so dass sie in kurzer Zeit eher Aktaeon mit seinen Jagdhunden glich als einer Mutter mit ihren Kindern. Mit ihren Händchen zerrissen die Kleinen ihr Kleid, aber das war ihr ganz gleich. Und Herr Thornton? Er hatte vollkommen vergessen, wie sehr er Rührszenen hasste.

»Mutter, Mutter, ich habe mit einem Alligator geschlafen!« rief Emily fortwährend.

Margaret stand im Hintergrund und hielt die Pakete. Von ihren Verwandten war niemand auf den Bahnhof gekommen. Endlich fiel Frau Thorntons Blick auf sie.

»Aber Margaret...«, begann sie verwundert.

Margaret lächelte und kam auf sie zu, um sie zu küssen.

»Geh weg!« rief Emily wütend und stieß sie gegen die Brust. »Das ist *meine* Mutter!«

»Geh weg!« schrien gleich danach die anderen im Chor. »Das ist *unsere* Mutter!«

Margaret verschwand wieder im Nebel, und Frau Thornton war zu aufgeregt, um so entsetzt zu sein, wie sie es unter gewöhnlichen Umständen gewesen wäre.

Herr Thornton aber war noch genug bei Verstand, um die Situation zu erfassen. »Komm mit mir, Margaret!« sagte er. »Margaret ist *meine* Freundin! Wir werden zusammen eine Droschke suchen!«

Er nahm das Mädchen am Arm, und, die breiten Schultern ein wenig gebeugt, ging er mit ihr den Bahnsteig entlang.

Sie fanden eine Droschke und stiegen ein. Frau Thornton besann sich noch rechtzeitig und sagte Fräulein Dawson »Guten Tag« und »Adieu«.

Das Verstauen der Kinder in der Droschke war nicht so einfach. Plötzlich rief Frau Thornton:

»Aber wo ist denn John?«

Sofort verstummten die Kinder.

»Ja, wo ist er denn? – War er im Zug nicht mit euch zusammen?«

»Nein«, sagte Emily und schwieg wieder wie die anderen Kinder.

Frau Thornton sah sie alle nacheinander an.

»John! Wo ist John?« fragte sie wieder, diesmal als ob sie die Frage an die ganze Welt stellte, und eine schwache Bangigkeit schwang in ihrer Stimme mit. Fräulein Dawson, die noch am Droschkenfenster stand, machte ein verwundertes Gesicht.

»John?« fragte sie, »wieso denn, wer ist denn John?«

## III

Die Kinder verbrachten das Frühjahr in einem Hause in der Hammersmith-Allee, das ihr Vater gemietet hatte. Aber Kapitän Jonsen, Otto und die Mannschaft verbrachten den Frühling in dem Kriminalgefängnis Newgate.

Sie wurden dorthin gebracht, nachdem das Kanonenboot, das sie verhaftet hatte, in die Themse eingelaufen war.

Die Kinder lebten, in einem dauernden Zustand des Staunens. London war zwar nicht so, wie sie es erwartet hatten, aber vielleicht noch verblüffender. Von Zeit zu Zeit wurde ihnen klar, dass dies oder jenes mit irgend etwas, was man ihnen erzählt hatte, übereinstimmte, nur entsprach es gar nicht den Vorstellungen, die sie sich beim Zuhören gemacht hatten. Bei diesen Gelegenheiten ging es ihnen wahrscheinlich ähnlich wie dem Evangelisten Matthäus, der beim Wiedererzählen von an sich belanglosen Einzelheiten hinzufügt: »Auf dass sich erfülle, was verheißen ward durch den Propheten soundso.«

»Ach, sieh mal!« rief Edward zum Beispiel einmal, »in diesem Laden hier gibt es nur Spielwaren!«

»Erinnerst du dich denn nicht. . .«, begann Emily.

Ihre Mutter hatte ihnen, als sie dem Geschäft des Großvaters in St. Anne einen Besuch abstatteten, erzählt, dass es in London nicht nur Läden gäbe, die neben anderen Dingen Spielwaren verkauften, sondern auch Läden, in denen nur Spielsachen verkauft wurden. Damals wussten sie kaum, was Spielsachen waren. Ein Vetter aus England hatte ihnen zwar einmal einige sehr teure Wachspuppen geschickt, aber ehe die Schachteln geöffnet werden konnten, war das Wachs schon geschmolzen; darum waren die einzigen Puppen, die sie besaßen, leere, mit Lappen umwickelte Flaschen. Diese hatten den Wachspuppen gegenüber zudem den Vorteil, dass man sie füttern konnte. Man stopfte einfach die Nahrung in den Hals hinein, fügte etwas Wasser hinzu, und dann konnte man nach ein oder zwei Tagen sogar den Verdauungsprozeß beobachten. Die Flaschen mit den viereckigen Schultern nannten die Kinder Männchen und die mit den runden Schultern Weibchen.

Ihre anderen Spielsachen bestanden meistens aus sonderbar geformten Stöckchen und Stäben oder aus allerlei Samenkörnern und Beeren. Kein Wunder, dass es ihnen schwer war, sich all diese Dinge in einem Laden vorzustellen. Aber der Gedanke begeisterte sie trotzdem. Unten an ihrem Badeteich in Ferndale wuchsen mehrere riesige Baumwollbäume, die sich auf ihren hohen Wurzeln weit ausgebreitet aus der Erde erhoben, so dass sie aussahen, als ständen sie auf Stelzen. Dadurch bildeten sie eine Art großen Käfig. Einen dieser Bäume hatten sie ihren Spielwarenladen genannt, sie schmückten ihn mit Blättern vom Leinwandbaum und mit Girlanden aus bunten Samenkörnern und ihren anderen Spielsachen, und dann gingen sie hinein und spielten Verkaufsladen. So war das Bild, das sie sich von einem »Spielwarenladen« gemacht hatten. Es war also erklärlich, dass die Spielwarengeschäfte Londons sie überraschten.

Die Häuser in Hammersmith sind nicht groß und aristokratisch, aber sie sind geräumig und gemütlich, und ihre Gärten reichen bis an den Fluss hinunter.

Den Kindern war es sehr unangenehm, dass der Fluß so schmutzig war. Sonderbarerweise war ihnen der mit allerlei Unrat vermischte Schlamm bei Ebbe lange nicht so widerlich wie das schmutzige Wasser bei Flut. Wenn Ebbe war, pflegten sie oft über die Mauer zu klettern, stundenlang beglückt im Schlamm zu wühlen und nach Sachen zu suchen, die ihnen wertvoll erschienen. Sie stanken dann natürlich entsetzlich, wenn sie wieder heraufkamen. Herr Thornton war empfindlich gegen Schmutz. Darum ordnete er an, dass ständig eine große, mit sauberem Wasser gefüllte Wanne vor der Eingangstür im Erdgeschoss stehen sollte, in der sie sich waschen mussten, ehe sie das Haus betraten. Sie waren die einzigen Kinder an dem Terrassenufer, die im Schlamm spielen durften.

Emily nahm an diesen Spielen im Schmutz nicht teil, aber die »Kleinen« waren mit Leidenschaft dabei.

Herr Thornton kam fast jeden Abend sehr spät aus dem Theater, pflegte sich dann hinzusetzen, um zu schreiben, und gegen Morgen zum Briefkasten zu gehen. Die Kinder wachten oft gerade auf, wenn er zu Bett ging.

Er trank Whisky, während er arbeitete, und das verhalf ihm dazu, den ganzen Vormittag schlafen zu können. (Sie hatten dann leise zu sein.) Zum Mittagessen stand er auf, und dabei gab es manchen Wortwechsel mit der Mutter. Sie wollte ihn dazu bringen, etwas zu essen.

Während dieses ganzen Frühjahrs waren die Kinder genau wie auf dem Dampfer der Gegenstand des Staunens und auch des Mitleids bei allen ihren Bekannten. Sie waren fast weltberühmt geworden. Damals war es leichter, diese Tatsache vor ihnen zu verbergen, als es heutzutage wäre. Doch die Bekannten kamen sehr häufig und erzählten ihnen, wie schlecht und gottlos die Seeräuber gewesen seien, und wie sie sie misshandelt hätten. Die Kinder interessierten sich am meisten für Emilys Narbe und wollten sie immer sehen. Besonders leid taten diesen Besuchern Rachel und Laura, weil sie die Jüngsten waren und darum sicher am meisten gelitten hätten. Die Leute erzählten ihnen auch von Johns Heldentum und erklärten, dass er ebenso für sein Vaterland gestorben sei, als wenn er Soldat gewesen wäre, und dass er sich wie ein echter englischer Gentleman, wie ein Ritter oder Märtyrer früherer Zeiten, benommen hätte. Die Kinder sollten auf ihren Bruder John stolz sein, der es trotz seines zarten Alters gewagt hätte, den Gaunern zu trotzen, und lieber gestorben sei, als zuzulassen, dass seinen Schwestern ein Leid geschehe.

Wenn Edward gelegentlich von seinen Heldentaten berichtete, so lauschte man ihm noch immer mit einer fast kritiklosen Bewunderung. Er war so schlau, jetzt alle seine heroischen Taten so hinzustellen, als hätte er sie im Kampf gegen Jonsen und seine Mannschaft vollführt und nicht, wie er zuerst immer erzählt hatte, zusammen mit ihnen oder als ihr Führer.

Die Kinder hörten andächtig zu, wenn die Erwachsenen mit ihnen sprachen, und schenkten je nach ihrem Alter dem Gehörten bedingten oder unbedingten Glauben. Da ihr kritischer Sinn noch nicht sehr entwickelt war, nahmen sie die Erzählungen ganz leicht in ihr Gedächtnis auf und verdrängten sogar mit der Zeit ihre eigenen Erinnerungen. Wie konnten sie, da sie ja noch Kinder waren, sich anmaßen, besser zu wissen, was mit ihnen geschehen war, als die Erwachsenen?

Frau Thornton war eine empfindsame, tief religiöse Frau. Sie konnte den Tod Johns ebensowenig verwinden wie die Nachricht vom Tode aller ihrer Kinder. Trotzdem lehrte sie die Kinder, Gott in ihrem Abendgebet für den glorreichen Tod ihres Bruders John zu danken und den himmlischen Vater zu bitten, dass er ihnen stets ein leuchtendes Beispiel sein möge. Sie lehrte sie auch, Gott zu bitten, den Seeräubern ihre Grausamkeiten zu verzeihen. Sie setzte ihnen auseinander, dass der liebe Gott dies nur tun könne, wenn sie erst ihre richtige Strafe auf Erden erhalten hätten.

Die einzige, die dies alles nicht so recht begriff, war Laura – aber das kam wohl daher, weil sie noch so jung war. Sie gebrauchte zwar bei ihrem Abendgebet die gleichen Worte wie die Geschwister, doch bildete sie sich immer ein, dass sie zu den Piraten betete, statt für sie, und deshalb sah sie auch oft, wenn der liebe Gott erwähnt wurde, Kapitän Jonsens Gesicht vor sich.

Wieder versank ein Abschnitt ihres Lebens im Nebel der Vergangenheit und kristallisierte sich zu einer Art Mythe.

Emily war schon zu alt, um laut zu beten, darum wusste niemand, ob sie in denselben Worten wie die anderen für die Piraten betete oder nicht. Niemand wusste, was in Emily vorging.

## IV

Eines Tages holte eine Droschke die ganze Familie Thornton ab. Sie fuhren zusammen nach London. Die Droschke hielt vor dem Gerichtsgebäude, und man führte die Kinder durch gewundene Korridore und endlich eine Treppe hinauf.

Es war ein herrlicher Frühlingstag. Sie traten in einen großen Raum, mit hohen Fenstern nach Süden und schweren Vorhängen. Im Gegensatz zu den düsteren Treppen war hier alles sonnig und warm. Ein lustiges Feuer knisterte im Kamin, die Möbel waren breit und behaglich, und der dunkle Teppich war so dick, dass ihre Füße förmlich darin versanken.

Ein junger Mann stand vor dem Kamin. Er war sehr vornehm angezogen und hatte ein schönes Gesicht. Wie ein Prinz sah er aus. Er lächelte alle sehr freundlich an, kam auf sie zu und redete wie ein langjähriger Freund mit ihnen. Selbst die »Kleinen« hielten ihn schließlich dafür. Er bot den Eltern Kuchen und Wein an und bestand darauf, dass auch die Kinder davon bekamen, was doch wirklich sehr freundlich von ihm war. Der Geschmack des Weines erinnerte sie an jene stürmische Nacht auf Jamaica. Seitdem hatten sie nie wieder Wein getrunken.

Bald darauf kamen noch andere Besucher. Es waren Margaret und Harry mit einer kleinen, fanatisch aussehenden Tante mit gelblichem Teint. Die Kinder hatten sich sehr lange nicht gesehen, trotzdem begrüßten sie sich nur mit einem nachlässigen »Tag«. Herr Mathias, ihr Gastgeber, war gegen die Neuangekommenen ebenso freundlich wie vorhin gegen sie.

Jeder gab sich Mühe, so zu tun, als ob dieses Zusammentreffen ganz zufällig sei, aber die Kinder wussten gleich, dass es beabsichtigt war, und dass bald etwas geschehen würde. Doch sie konnten auch Theater spielen. Rachel kletterte auf Herrn Mathias' Knie. Alle versammelten sich um den Kamin, Emily saß kerzengerade auf einem Schemel, Edward und Laura nebeneinander in einem großen Lehnstuhl.

Mitten in der Unterhaltung entstand plötzlich eine Pause, und Herr Thornton sagte zu Emily: »Warum erzählst du Herrn Mathias nicht von euren Abenteuern?«

»Ach ja, erzähle mir doch etwas«, sagte Herr Mathias, »nicht wahr, du bist...?«

»Emily«, flüsterte Herr Thornton ihm zu.

»Alter?«

»Zehn Jahre.«

Herr Mathias nahm einen unbeschriebenen Bogen Papier.

»Welche Abenteuer?« fragte Emily mit klarer Stimme.

»Nun, ihr seid doch auf einem Segelschiff nach England abgefahren«, begann Herr Mathias. »Auf der ›Clorinda‹, nicht wahr?«

»Ja, es war ein Segelschiff.«

»Und was geschah dann?«

Sie überlegte, ehe sie antwortete.

»Da war ein Affe«, sagte sie vorsichtig.

»Ein Affe?«

»Und eine Menge Schildkröten«, warf Rachel ein.

»Erzähle doch von den Piraten«, half Frau Thornton nach. Herr Mathias warf ihr einen warnenden Blick zu. »Lassen Sie das Kind, bitte, auf seine Weise erzählen.«

»Und dann«, sagte Emily unfreundlich, »wurde unser Schiff von Seeräubern gekapert.«

Edward und Laura spitzten bei dem Wort Seeräuber die Ohren.

»Waren Sie nicht auch dabei, Fräulein Fernandez?« fragte Herr Mathias.

Fräulein Fernandez! Die Kinder wandten sich um, um festzustellen, wen er meinte. Er sah Margaret an.

»Ich?« fragte die plötzlich, als ob sie aus einem Traum erwacht wäre.

»Ja, du. So antworte doch!« sagte ihre Tante.

»Sag ja«, soufflierte Edward. »Du warst doch bei uns, nicht wahr?«

»Ja«, sagte Margaret lächelnd.

»Na also, warum hast du es denn nicht gleich gesagt?« fuhr Edward sie an.

Schweigend notierte sich Herr Mathias dieses sonderbare Benehmen der übrigen Kinder gegen die Älteste, und Frau Thornton sagte zu Edward, er dürfe nicht in solchem Ton reden.

»Erzählen Sie uns, bitte, alles vom Kapern des Schiffes, das heißt, so weit Sie sich noch besinnen können«, wandte er sich wieder an Margaret.

»Wovon soll ich erzählen?«

»Wie die Piraten die ›Clorinda‹ kaperten.«

Sie sah sich nervös um und lachte, sagte aber nichts.

»Der Affe war oben in der Takelage, darum konnten sie auf unser Schiff kommen«, half Rachel nach.

»Hat es… hm… hat es einen Kampf mit den Matrosen gegeben? Ist es euch aufgefallen, dass sie jemanden schlugen oder bedrohten?«

»Ja«, rief Edward und sprang erregt und mit weit aufgerissenen Augen auf: »Piff! Paff! Piff! Paff!« schrie er und schlug bei jedem Wort mit der Faust auf den Stuhl, dann setzte er sich wieder.

»Aber das ist ja gar nicht wahr«, entgegnete Emily. »Sei nicht so albern, Edward.«

»Piff! Paff! Piff! Paff!« wiederholte er, aber diesmal klang es weniger überzeugt.

»Paff!« rief jetzt Harry unter dem Arm der fanatischen Tante hervor, als wollte auch er seinen Beitrag zu der Berichterstattung geben.

»Piff! Paff! Piff! Paff!« fiel nun Laura in singendem Ton ein. Sie war plötzlich erwacht und hatte begonnen, einen kleinen privaten Zapfenstreich zu trommeln.

»Jetzt seid aber still!« rief Herr Thornton. »Habt ihr gesehen, dass jemand geschlagen wurde, ja oder nein?«

»... sie haben ihnen die Köpfe abgeschlagen!« rief Edward. »Und ins Meer geworfen! -- weit, ganz weit...« Seine Augen wurden verträumt und wehmütig.

»Aber es ist doch niemand geschlagen worden«, erklärte Emily, »es war ja niemand da, den sie hätten schlagen können.«

»Wo war denn die ganze Mannschaft?« fragte Herr Mathias.

»In der Takelage«, antwortete Emily.

»Aha, ich verstehe«, meinte Herr Mathias. »Hm – sagtest du nicht, dass der Affe in der Takelage war?«

»Er brach sich das Genick«, warf Rachel dazwischen und rümpfte angeekelt das Näschen. »Er war ja betrunken.«

»Sein Schwanz war ganz zerfressen«, sagte Harry.

»Sagt mir doch, was die Seeräuber taten, als sie an Bord kamen?« fragte Herr Mathias. Die Kinder schwiegen. »Nun sprecht doch, was taten sie? Was taten die Seeräuber, Fräulein Fernandez?«

»Ich weiß es nicht.«

»Emily?«

»Ich weiß es auch nicht.«

Der Rechtsanwalt lehnte sich verzweifelt in seinen Stuhl zurück. »Aber ihr habt sie doch gesehen!«

»Nein, das haben wir nicht«, erklärte Emily, »wir wurden gleich ins Deckhaus gebracht.«

»Und seid ihr dort geblieben?«

»Ja, denn die Tür war abgeschlossen.«

»Piff! Paff! Piff! Paff!« rief Laura plötzlich.

»Halt den Mund, Laura!«

»Und dann? Als man euch herausließ?«

»Wurden wir auf den Schoner gebracht.«

»Habt ihr euch nicht geängstigt?«

»Warum?«

»Nun, vor den Leuten.«

»Vor welchen?«

»Vor den Seeräubern.«

»Warum sollten wir Angst vor ihnen haben?«

»Sie taten also nichts, was euch ängstigte?«

»Uns ängstigte?«

»Ha, ha! José hat furchtbar gerülpst!« warf Edward jetzt ein und begann, das Geräusch nachzumachen. Frau Thornton wies ihn zurecht.

»Nun hör mir mal gut zu, Emily«, sagte Herr Mathias ernst, »etwas muss ich dich noch fragen. Als ihr bei den Piraten wart, haben sie da jemals versucht, euch etwas anzutun, was euch unangenehm war? Du weißt, was ich meine, etwas Widerliches?«

»Ja!« rief Rachel mit ihrer hellen Stimme, und alle sahen sie an: »Er hat einmal von Hosen gesprochen«, fügte sie empört hinzu.

»Was hat er denn gesagt?«

»Er sagte uns einmal, wir sollten nicht auf unseren Hosen das Deck herunterschliddern –, erklärte Emily verlegen.

»Weiter nichts?«

»Ja, aber er hätte nicht von Hosen sprechen dürfen«, beharrte Rachel.

»Sprich du lieber nicht so viel davon, Fräulein Naseweis«, ermahnte sie Edward.

»Fräulein Fernandez«, wandte sich jetzt der Rechtsanwalt etwas verlegen an Margaret, »können Sie uns noch etwas darüber sagen?«

»Worüber?«

»Nun... über das, wovon wir eben sprachen.«

Sie sah von einem zum anderen, antwortete aber nicht.

»Ich möchte natürlich nicht in Sie dringen, mir Einzelheiten zu erzählen«, sagte er freundlich, »aber können Sie mir nicht sagen, ob man... nun, ob man Ihnen irgendwelche... hm... Vorschläge gemacht hat?«

Emily richtete einen brennenden Blick auf Margaret, die ihn auffing.

»Es hat gar keinen Zweck, Margaret etwas zu fragen«, sagte die Tante verdrießlich. »Aber es wird Ihnen ohnedies schon klar sein, was geschehen ist.«

»Dann ist es, fürchte ich, meine Pflicht, auf meiner Frage zu bestehen«, bemerkte Herr Mathias. »Aber wir können vielleicht ein andermal darauf zurückkommen.«

Frau Thornton hatte schon eine ganze Weile versucht, ihm durch Stirnrunzeln anzudeuten, dass er dieses Thema nicht weiter erörtern möge.

»Ja, es ist besser, wir warten noch damit«, sagte sie jetzt, und Herr Mathias bemühte sich von neuem, eine Schilderung des Überfalles auf die »Clorinda« aus den Kindern herauszubekommen.

Aber es war merkwürdig, sie schienen damals wenig auf das geachtet zu haben, was sich um sie herum zugetragen hatte.

## V

Nachdem die Damen mit den Kindern fortgegangen waren, bot der Rechtsanwalt Herrn Thornton, der ihm sehr sympathisch war, eine Zigarre an, und beide Herren saßen eine Weile plaudernd am Kamin.

»Nun«, fragte Thornton, »ist die Unterredung zu Ihrer Zufriedenheit ausgefallen?«

»Na, es geht.«

»Mir fiel auf, dass Sie die Kinder hauptsächlich über die Vorfälle beim Kapern der ›Clorinda‹ ausfragten. Haben Sie denn nicht bereits alle nötigen Informationen darüber?«

»Natürlich. Alles, was mir die Kinder erzählten, hatte Marpole schon unter Eid ausgesagt, ich wollte nur ihre Zuverlässigkeit prüfen.«

»Und das Ergebnis?«

»Was ich immer gesagt habe, nämlich, dass ich lieber aus dem Teufel in Person Aussagen herausziehen möchte als aus Kindern.«

»Aber was für besondere Dinge wollten Sie denn noch wissen?«

»Alles. Die ganze Geschichte.«

»Aber die kennen Sie ja schon.«

Mathias' Stimme klang etwas ungeduldig, als er antwortete:

»Wissen Sie denn nicht, Herr Thornton, dass wir ohne Hilfe der Kinder auf eine Verurteilung nicht rechnen können?«

»Worin liegt also die Schwierigkeit?« fragte Thornton in sonderbar kühlem Ton.

»Wir könnten die Leute vielleicht der Seeräuberei überführen. Aber seit 1837 wird Seeräuberei nicht mehr mit dem Tode bestraft, außer wenn ein Mord dabei verübt worden ist.«

»Und der Tod eines kleinen Jungen genügt nicht? Das zählt wohl nicht als Mord?« fragte Thornton ironisch.

Mathias sah ihn prüfend an:

»Wir können nur vermuten, was geschehen ist«, sagte er. »Der Junge ist unzweifelhaft mit auf den Schoner gebracht worden und ist nun unauffindbar. Aber wir haben, genau genommen, keine Beweise, dass er tot ist.«

»Er kann natürlich durch den Golf von Mexiko geschwommen sein und auf diese Art New Orleans erreicht haben«, bemerkte Thornton sarkastisch.

»Ich verstehe Ihre Empfindungen vollkommen…«, begann Mathias in dem beschwichtigenden Ton, den Anwälte oft ihren Mandanten gegenüber anschlagen. Dann brach er aber ab und sagte: »Persönlich habe ich leider keinen Zweifel, dass der Junge tot ist, aber so lange ein juristischer Zweifel besteht, kann kein Schwurgericht die Leute des Mordes schuldig erklären.«

»Außer vielleicht, wenn es sich ausnahmsweise mal von seinem gesunden Menschenverstand leiten ließe.«

Mathias schwieg einen Augenblick, ehe er fragte:

»Und die Kinder haben bis jetzt nichts über das Schicksal ihres Bruders erzählt?«

»Nein, leider nichts.«

»Hat die Mutter sie befragt?«

»Sehr eindringlich.«

»Sonderbar, denn sie müssen meiner Ansicht nach doch etwas darüber wissen.«

»Es ist sehr schade«, bemerkte Thornton ironisch, »dass die Seeräuber nicht die Geschwister zum Zusehen aufforderten, als sie beschlossen, das Kind zu töten.«

Mit Rücksicht auf die Gemütsverfassung des Vaters überhörte der Anwalt diese Bemerkung. Er räusperte sich nur und sagte:

»Wenn wir nicht unbestreitbare Beweise erbringen können, dass Ihr Junge oder der holländische Kapitän ermordet worden ist, fürchte ich, dass die Leute mit dem Leben davonkommen werden. Zuchthaus werden sie natürlich auf jeden Fall bekommen. Es liegt aber alles sehr unklar, Herr Thornton«, fuhr er fort. »Jeder Rechtsanwalt scheut sich, einen Strafantrag nur wegen Seeräuberei zu stellen, weil das ein zu schwer definierbares Verbrechen ist. Die größten Juristen haben bis heute keine befriedigende Definition für den Begriff Seeräuberei finden können. Ich bezweifle, ob sie sich jemals darüber einig werden. Die einen behaupten, dass jedes auf hoher See begangene Verbrechen unter diesen Begriff fiele. Aber das nützt uns wenig, sondern macht höchstens die Bezeichnung Seeräuberei überhaupt überflüssig. Zudem wird wiederum diese Auffassung von vielen Juristen nicht geteilt.«

»Dem Laien würde es zumindest sonderbar erscheinen, wenn man einen Selbstmord in der eigenen Kabine oder ein Vergehen an der Tochter des Kapitäns als Seeräuberei bezeichnen würde?«

»Ich sehe schon, dass Sie die Schwierigkeiten begreifen. Folglich ziehen wir es vor, Seeräuberei nur als belastendes Moment zu einem ernsteren Verbrechen in die Waagschale zu werfen. Der bekannte Kapitän Kidd zum Beispiel wurde, genau genommen, nicht wegen Seeräuberei gehängt. Bei der Verurteilung wurde das Hauptgewicht darauf gelegt, dass er seinem eigenen Kanonier in verbrecherischer Absicht mit einem hölzernen Eimer, im Wert von acht Groschen, einen Schlag auf den Kopf versetzt hatte. Da handelte es sich um eine ganz bestimmte, klar umgrenzte Handlung. Auch wir brauchen etwas Bestimmtes. Und das haben wir noch nicht. Das Kapern des holländischen Dampfers bietet uns die gleiche Schwierigkeit. Ein Mann wird auf den Schoner gebracht und verschwindet. Was ist mit ihm geschehen? Wir können nur Vermutungen anstellen.«

»Gibt es denn keine Möglichkeit, einen Kronzeugen zu beschaffen?«

»Das erforderte ein anderes ebenfalls unbefriedigendes Verfahren, zu dem ich ungern Zuflucht nehmen würde. Nein, die natürlichen und richtigen Zeugen sind in diesem Fall die Kinder. Es liegt etwas Schönes in dem Gedanken, dass sie, die so sehr durch diese Männer gelitten haben, an ihnen zu Werkzeugen der Gerechtigkeit werden sollen.«

Mathias hielt einen Augenblick inne und sah Thornton prüfend an.

»Haben Sie in all diesen Wochen gar nichts über den Tod von Kapitän Vandervoort aus ihnen herausbekommen können?«

»Nein, absolut nichts.«

»Und haben Sie den Eindruck, dass sie tatsächlich nichts wissen, oder glauben Sie, dass sie terrorisiert worden sind und nur aus Angst schweigen?«

Thornton stieß einen Seufzer aus, der fast wie Erleichterung klang.

»Nein«, sagte er, »ich glaube nicht, dass sie terrorisiert worden sind. Hingegen glaube ich, dass sie etwas wissen, was sie nicht sagen wollen.«

»Aber warum in aller Welt?«

»Weil es so aussieht, als ob sie in der Zeit auf dem Schoner sowohl Jonsen als auch seinen Maat Otto sehr ins Herz geschlossen haben.«

Mathias' Stimme klang skeptisch.

»Ist es denn denkbar, dass Kinder sich so im Charakter eines Menschen irren können?«

Der spöttische Ausdruck auf Thorntons Gesicht wurde beinah diabolisch.

»Ich halte es für sehr gut möglich, dass sogar Kinder einen solchen Irrtum begehen können«, sagte er.

»Aber diese... diese Zuneigung, von der Sie sprechen, halte ich für höchst unwahrscheinlich.«

»Sie ist aber Tatsache.«

Mathias zuckte die Achseln.

Schließlich ist ein Kriminalanwalt nicht an Tatsachen interessiert. Er ist einzig an Möglichkeiten interessiert. Der Romanschreiber muss sich für Tatsachen interessieren, denn es ist sein Beruf zu zeigen, was ein bestimmter Mensch bei einer bestimmten Gelegenheit tut; von einem Anwalt kann man nicht erwarten, dass er weiter geht als zu untersuchen, wie ein gewöhnlicher Mensch wahrscheinlich unter mutmaßlichen Umständen handeln würde.

Als er diese paradoxen Überlegungen anstellte, lächelte Mathias etwas bitter. Es würde nicht gut sein, sie laut zu äußern.

»Wenn die Kinder überhaupt etwas wissen, werde ich schon dahinterkommen«, sagte er.

»Wollen Sie sie denn auf die Zeugenbank bringen?« fragte Thornton plötzlich.

»Alle natürlich nicht, Gott behüte! Doch eins von ihnen werden wir, fürchte ich, haben müssen.«

»Welches denn?«

»Zuerst dachten wir an die kleine Fernandez... Aber sie scheint mir jetzt... na, etwas ungeeignet, meinen Sie nicht?«

»Ganz recht«, sagte Thornton und fügte hinzu: »Sie war aber ganz normal, als sie Jamaica verließ, wenn sie auch keinen besonders intelligenten Eindruck machte.«

»Nach Ansicht der Tante hat das Mädchen sein Gedächtnis ganz oder teilweise verloren. Wenn ich sie überhaupt als Zeugin nehme, würde es lediglich darum geschehen, weil ihr Zustand belastend für die Angeklagten wäre.«

»Und dann?«

»Ich glaube, ich werde Emily nehmen müssen.«

Thornton stand auf.

»Na, da gratuliere ich Ihnen. Dann werden Sie selber mit ihr verabreden müssen, was sie zu sagen hat. Am besten wäre es, wenn Sie es ihr aufschrieben und auswendig lernen ließen.«

»Natürlich«, sagte Mathias und betrachtete seine Fingerspitzen, »es ist nicht meine Gewohnheit, unvorbereitet vor Gericht zu erscheinen. – Es ist schon schlimm genug, ein Kind als Zeugen nehmen zu müssen, denn man kann sich nie auf Kinder verlassen. Sie sagen immer nur das, was der andere ihrer Ansicht nach gern hören will. Genau dasselbe tun sie dem Anwalt der Gegenpartei gegenüber, wenn ihnen sein Gesicht zufällig sympathisch ist.«

Thornton antwortete nur mit einer Gebärde, das schien bei ihm so eine Gewohnheit zu sein, die er im Ausland angenommen haben musste.

»Ich glaube, ich werde Donnerstag nachmittag mit Emily in Madame Tussauds Wachsfigurenkabinett gehen und sehen, was ich bei dem Kind erreiche«, schloss Mathias, und die beiden Herren verabschiedeten sich voneinander.

## VI

Die Besichtigung der Wachsfiguren machte Emily sehr viel Spaß. Sie war begeistert von den Figuren, obgleich sie nicht wusste, dass eine Figur von Kapitän Jonsen – mit düsterem, blutbeschmiertem Gesicht und einem Messer in der Hand – schon in Vorbereitung war. Sie verstand sich außerordentlich gut mit Herrn Mathias. Vor allem kam sie sich so erwachsen vor, weil sie zum erstenmal ohne die endlos schwatzenden »Kleinen« ausgehen durfte. Zum Schluss nahm er sie in eine Teestube mit und versuchte sie zu überreden, ihm den Tee einzuschenken. Aber da wurde sie verlegen, und Herr Mathias musste es selber tun.

Der Rechtsanwalt verschwendete, wie Fräulein Dawson, sehr viel Zeit und Mühe, um das Vertrauen des Kindes zu gewinnen. Es gelang ihm auch so gut, dass sie wirklich überrascht war, als er nach einer Weile einige Fragen über Kapitän Vandervoorts Tod in die Unterhaltung einflocht. Aber sein gleichgültiger Ton täuschte sie keineswegs. Er erfuhr nichts – aber kaum war sie wieder zu Hause, da übergab sie sich fürchterlich. Wahrscheinlich hatte sie zu viel Kuchen gegessen. Als sie nachher in jener fatalistischen Stimmung, die immer auf einen Brechanfall folgt, im Bett lag und an einem Glas Wasser nippte, hatte sie Stoff, Zeit und Ruhe zum Nachdenken.

Herr Thornton, der diesen Abend ausnahmsweise zu Hause war, stand, ohne dass sie es wusste, in einer dunklen Ecke des Zimmers und beobachtete sie. Es schien seiner lebhaften Phantasie, als spiele sich in diesem Kind eine schwere Tragödie ab, und während sein Herz sich in grenzenlosem Mitleid zusammenkrampfte, entzückte sich sein Geist an der schönen, der subtilen Kombination sehr widerstreitender Kräfte, die er in der Situation zu erkennen glaubte. Er fühlte sich wie ein ohnmächtiger Zuschauer, der trotz eines beinahe unerträglichen Mitgefühls nicht imstande ist, seine Augen abzuwenden.

Aber während er so dastand und das Kind beobachtete, bemächtigte sich eine neue Empfindung seines Geistes, die weder mit Erbarmen noch mit Entzücken etwas zu tun hatte – mit einem plötzlichen schmerzhaften Schock wurde es ihm klar, dass es ihm vor dem Kind graute.

Aber bestimmt waren nur das Flackern der Kerze und ihr elendes Befinden daran schuld, dass ihr Gesicht plötzlich einen so unmenschlichen, versteinerten, basiliskenhaften Ausdruck angenommen hatte.

Als er gerade auf den Zehenspitzen das Zimmer verlassen wollte, brach Emily in ein verzweifeltes Stöhnen aus, und während sie sich über den Bettrand lehnte, begann das schmerzhafte und erfolglose Würgen von neuem. Thornton überredete sie, ein Glas Wasser zu trinken, und hielt ihre heißen, feuchten Schläfen zwischen seinen Händen, bis sie erschöpft und in völliger Passivität ins Bett zurücksank und in den Schlaf hinüberglitt.

Noch ein paarmal holte Herr Mathias sie zu Ausflügen ab, oder er besuchte sie einfach in der Wohnung und fragte sie dort aus. Aber er erfuhr nichts von ihr.

Was ging während dieser Zeit in Emily vor? Ich kann ihre tieferen Gedanken nicht mehr ergründen, und das

Instrument ihres Inneren ist für mich verstummt. Von nun an müssen wir uns mit Vermutungen begnügen.

Was Herrn Mathias betraf, so suchte er nach einer Erklärung, um sich die Niederlage, die er bei ihr erlitten hatte, nicht eingestehen zu müssen. Er entschloss sich also, nicht mehr zu glauben, dass Emily irgend etwas vor ihm verheimlichte; denn seiner Überzeugung nach wäre sie dazu gar nicht imstande gewesen.

Doch auch ohne Belastungsmaterial blieb sie eine wertvolle und wichtige Zeugin, und zwar durch den Eindruck, den ihre Erscheinung auf den Gerichtshof machen würde. Er beauftragte also, wie Thornton vorgeschlagen hatte, seinen Sekretär, in seiner schönen Handschrift eine Art Katechismus aufzuschreiben, den er Emily gab, um ihn auswendig zu lernen.

Sie zeigte die Blätter ihrer Mutter, die Herrn Mathias zustimmte und sagte, dass sie das lernen müsse. Emily steckte den Frage- und Antwortbogen an den Spiegel und lernte jeden Morgen die Antworten auf zwei Fragen. Sie bat Frau Thornton, sie zusammen mit ihren anderen Schulaufgaben abzuhören, und diese schalt sie oft aus, weil sie das Gelernte so eintönig herunterleierte. Aber Emily fragte sich, ob man denn etwas Auswendiggelerntes in seinem natürlichen Ton sagen könne. Das schien ihr ein unmögliches Verlangen. Als der wichtige Tag herangekommen war, konnte sie ihren Katechismus in- und auswendig.

Wieder fuhren sie in die Stadt, aber diesmal zum Kriminalgericht. Eine große Menschenmenge staute sich davor, und Emily wurde so schnell wie möglich in das imposante Gebäude, in dem es von Schutzleuten wimmelte, hineinbefördert. Je länger sie in dem kleinen Zimmer warten musste, desto nervöser wurde sie. Ob sie ihre Lektion noch auswendig konnte, oder ob sie vielleicht alles vergessen hatte? Von Zeit zu Zeit, wenn dieser oder jener aufgerufen wurde, hallten die Korridore von dem Echo der Stimmen wider. Die Mutter blieb bei ihr, aber der Vater kam nur ab und zu in das Zimmer und flüsterte der Mutter irgend etwas zu. Emily hatte ihren »Katechismus« mit und las ihn immer wieder durch.

Endlich kam ein Gerichtsdiener und führte sie in den Gerichtssaal. Ein Gerichtshof ist ein sehr sonderbarer Ort. Obwohl sich dort ein Ritual vollzieht, das so sorgsam ausgearbeitet ist wie nur irgendein religiöses, ist er nüchtern und ohne jedes architektonische Symbol. Der Richter in seiner Robe wirkte wie ein katholischer Bischof, der die Messe in einem öffentlichen Badehaus zelebriert. Nichts erinnert an die Gegenwart dessen, um den es hier geht: an die Gegenwart des Todes.

Als Emily ihn betrat und an den eifrig schreibenden Herren in den schwarzen Roben vorbeiging, sah sie zuerst weder den Richter noch die Geschworenen noch die Angeklagten. Das Gesicht des Gerichtsschreibers, der am Richtertisch saß, fiel ihr zuerst auf. Er hatte ein altes, aber sehr schönes, feines, gleichsam abgeklärtes Gesicht. Sein Kopf war etwas zurückgelehnt, der Mund leicht geöffnet, die Augen waren geschlossen, er schlief sanft.

Dieses Gesicht blieb in Emilys Gedächtnis haften, als sie zur Zeugenbank geführt wurde. Sie wurde vereidigt, und bei den vertrauten Worten (die Vereidigungsformel hatte sie auch auswendig lernen müssen) verschwand ihre Nervosität, und mit größter Zuversicht leierte sie ihre Antworten auf die bekannten Fragen, die ihr von Herrn Mathias, der heute verkleidet war, gestellt wurden, herunter. Aber solange der Rechtsanwalt sprach, starrte sie aus Angst, durch irgend etwas verwirrt zu werden, unverwandt vor sich auf das Geländer. Als Herr Mathias wieder Platz genommen hatte, sah sie sich zum erstenmal um. In der Nähe des schlafenden Herrn saß ein anderer Herr, der vielleicht ein noch feineres, abgeklärteres Gesicht hatte als der schlafende, aber er schlief nicht. Seine Stimme schien ihr, als er ein paar Worte an sie richtete, die freundlichste zu sein, die sie jemals gehört hatte. In seiner seltsamen Vermummung, einen Blumenstrauß, mit dem er spielte, in der Hand, machte er den Eindruck eines wohlwollenden Zauberers, der seine Zauberkünste dazu gebraucht, Gutes zu tun.

In ihrer Nähe stand ein Tisch, an dem viele Herren mit Perücken saßen. Der eine zeichnete komische Gesichter auf einen Bogen Papier, aber sein eigenes blieb tiefernst. Zwei andere flüsterten miteinander.

Jetzt stand ein zweiter Herr auf. Er war kleiner und älter als Herr Mathias und hatte auch kein so schönes und interessantes Gesicht. Dieser Herr begann nun, Fragen an sie zu stellen.

Er hieß Watkin, war der Verteidiger der Angeklagten und kein dummer Mensch. Es war ihm nicht entgangen, dass unter all den Fragen, die Mathias ihr gestellt hatte, sich nicht eine einzige auf den Tod des Kapitäns Vandervoort bezogen hatte. Das bedeutete entweder, dass das Kind nichts davon wusste – was schon allein eine wertvolle Lücke im Beweismaterial war –, oder dass ihr etwas darüber bekannt war, was in irgendeiner Hinsicht zu Gunsten der Angeklagten sprach. Bisher hatte er beabsichtigt, die übliche Taktik zu verfolgen, das heißt ein Kreuzverhör mit ihr anzustellen, sie dabei einzuschüchtern oder zu verwirren und in Widersprüche zu verwikkeln. Aber diese Politik schien ihm jetzt ungeeignet. Er war sich klar, dass er unter keinen Umständen einen glatten Freispruch für die Angeklagten erwirken konnte, sondern höchstens, dass die Anklage auf Mord fallengelassen würde.

Plötzlich beschloss er, seine ganze bisherige Taktik zu ändern. Als er sprach, war auch seine Stimme freundlich (obwohl sie nicht ganz die volle durchaus gütige Klangfärbung des Richters hatte). Er machte nicht den geringsten Versuch, Emily zu verwirren. Durch seine Teilnahme für sie hoffte er, die Sympathien des Gerichtshofes für sich zu gewinnen.

Seine ersten paar Fragen waren ganz allgemeiner Natur, und er setzte sie fort, bis Emily ihre Antworten ganz unbefangen gab.

»Nun, mein liebes Kind«, sagte er dann: »Ich hätte jetzt noch eine Frage, die ich dir stellen möchte, und ich bitte dich, laut und deutlich zu antworten, damit wir dich alle verstehen können. Wir haben von dem holländischen Dampfer gehört, der die Tiere an Bord hatte. Es ist etwas ganz Schreckliches behauptet worden. Man glaubt, dass ein Mann, und zwar der Kapitän des Dampfers, an Bord des Schoners gebracht und dort ermordet worden ist. Was ich also wissen möchte, ist folgendes: Hast du irgend etwas davon gesehen?«

Die Zuhörer, die die bisher so beherrschte Emily beobachtet hatten, sahen jetzt, dass sie auf einmal ganz weiß im Gesicht wurde und zu zittern begann. Plötzlich stieß sie einen furchtbaren Schrei aus und begann jämmerlich zu schluchzen. Das ganze Auditorium verharrte in entsetztem, atemlosem Schweigen. Dann hörten sie, alle hörten sie es, wie das Kind tränenerstickt die Worte ausstieß:

»... Er lag in seinem Blut... schrecklich war es! Er ... er starb ... er sagte etwas... und dann *starb* er!«

Das war alles, was man verstehen konnte. Watkin setzte sich hin, wie vom Blitz getroffen. Die Wirkung der Worte auf den Gerichtshof war ungeheuer. Nur Mathias verriet nicht die geringste Überraschung, aber er sah aus wie ein Mann, der eine Grube gegraben hatte, in die sein Feind gefallen war.

Der Richter lehnte sich vor und versuchte, Emily eine Frage zu stellen, aber sie schluchzte und schrie so, dass man nichts verstand. Er bemühte sich, sie zu beruhigen, aber sie war so außer sich, dass es ihm nicht gelang. Da aber die Aussage, die sie schon gemacht hatte, ausreichend für den Fall war, erlaubte man ihrem Vater, sie von der Zeugenbank fortzuführen.

Als er mit ihr durch den Saal ging, fiel ihr Blick zum erstenmal auf Jonsen und seine Mannschaft, die zusammengekauert in einer Art Verschlag saßen. Sie sahen magerer aus als auf dem Schoner. Der schreckliche Ausdruck auf Jonsens Gesicht, als ihre Augen sich begegneten – was war es nur, an was sie dieser Ausdruck erinnerte?

Herr Thornton brachte sie so rasch wie möglich fort. Sobald sie in der Droschke saß, gewann sie ihre Fassung mit erstaunlicher Schnelligkeit wieder. Sie begann von allem, was sie gesehen hatte, zu erzählen, als wäre sie bei einer Kindergesellschaft gewesen. Von dem schlafenden Herrn und dem, der die komischen Gesichter gezeichnet hatte, von dem Herrn mit dem Blumenstrauß, und zum Schluss fragte sie, ob sie das Auswendiggelernte richtig aufgesagt hätte.

»Der Kapitän war auch dort«, bemerkte sie nach kurzem Schweigen. »Hast du ihn gesehen?«

»Was war eigentlich los? Was hat das Ganze bedeutet?« fragte sie nach einer Weile. »Warum musste ich all die Fragen und Antworten auswendig lernen?«

Herr Thornton versuchte gar nicht, ihr zu antworten, er schrak sogar körperlich davor zurück, sein Kind zu berühren. Ihm schwindelte vor den vielen Möglichkeiten, die ihm durch den Kopf schwirrten. War Emily wirklich so dumm, dass ihr nicht klargeworden war, um was es sich gehandelt hatte? War es möglich, dass sie nicht wusste, was sie getan hatte? Er warf einen verstohlenen Blick auf ihr unschuldiges Gesichtchen, von dem sogar schon die Tränenspuren verschwunden waren. Was sollte er nur denken?

Als ob sie seine Gedanken gelesen hätte, glitt plötzlich eine kleine Wolke über ihre Stirn.

»Was wird man mit dem Kapitän machen?« fragte sie, und eine leise Angst schwang in ihrer Stimme mit.

Noch immer schwieg Herr Bas-Thornton. Im Geiste sah Emily wieder das Gesicht des Kapitäns, wie es vorhin ausgesehen hatte... woran erinnerte sie das doch?

Plötzlich brach es aus ihr heraus:

»Vater, was ist damals mit Tabby eigentlich geschehen, in dieser schrecklichen Sturmnacht auf Jamaica?«

## VII

Gerichtsverhandlungen sind schnell vorbei, wenn sie erst einmal angefangen haben. Es kostete den Richter wenig Zeit, die Gefangenen zum Tode zu verurteilen, um sich bald darauf einem neuen Fall mit derselben wohlwollenden und konzentrierten Aufmerksamkeit zuzuwenden.

Nachträglich wurde ein Teil der Mannschaft zu Zuchthaus begnadigt.

In der Nacht vor der Hinrichtung versuchte sich Jonsen die Kehle durchzuschneiden, aber man entdeckte es rechtzeitig und konnte ihn noch verbinden. Als der Morgen kam, war er bewusstlos und musste auf einem Stuhl zum Galgen getragen werden. Otto beugte sich einmal über ihn und küsste ihn auf die Stirn, aber Jonsen merkte es nicht, denn er war nicht mehr zur Besinnung gekommen.

Bei der Hinrichtung hatte sich der Negerkoch, dem Bericht der »Times« zufolge, am meisten hervorgetan. Er hatte keine Angst vor dem Tod und versuchte sogar noch, die anderen zu trösten.

»Ihr seid alle hierhergekommen, um zu sterben«, sagte er. »Das Ding«, er zeigte auf den Galgen, »steht nicht umsonst da. Wir werden sicher unser Leben hier beschließen: jetzt kann uns nichts mehr retten. Aber in ein paar Jahren wären wir sowieso gestorben. In ein paar Jahren wird der Richter, der uns verurteilt hat, tot sein und die meisten Menschen, die heute noch leben. Ihr wisst, dass ich unschuldig bin, dass ich, was ich getan habe, nicht aus freien Stücken tat, sondern nur, weil ich von euch dazu gezwungen wurde. Aber es tut mir nicht leid. Lieber will ich jetzt unschuldig sterben als ein paar Jahre später vielleicht mit einer großen Sünde auf dem Gewissen.«

## VIII

Ein paar Tage darauf begann das Schuljahr, und Herr und Frau Thornton brachten Emily in ihre neue Schule in Blackheath. Während die Eltern Tee mit der Vorsteherin tranken, wurde Emily ihren neuen Kameradinnen vorgestellt.

»Armes Kind«, sagte die Vorsteherin, »ich hoffe, sie wird bald all das Furchtbare, das sie durchgemacht hat, vergessen. Ich glaube, unsere Kinder werden sie ganz besonders ins Herz schließen.«

Im Nebenzimmer freundeten sich Emily und die neu hinzugekommenen Schulmädchen mit ihren Klassengefährtinnen an. Wenn man auf diese heitere Schar mit ihren unschuldigen Gesichtern und den zarten, anmutigen Gliedern blickte und ihrem endlos ohne Arg hinströmenden Schwatzen lauschte, hätte Gott vielleicht aus dieser Schar die herausfinden können, die Emily war... mir wäre das nicht möglich gewesen.

ENDE

Seine Kindheit verbrachte Richard Hughes in Surrey, Südostengland, wo er am 19. April 1900 als Sohn walisischer Eltern zur Welt kam. Früh wurde er mit dem Tod konfrontiert: innerhalb weniger Jahre starben Bruder, Schwester und Vater. Nach seiner Ausbildung an der Charterhouse School trat er im Sommer 1918 in die Britische Armee ein und verbrachte die letzten Kriegsmonate in einem militärischen Ausbildungslager. Von 1919 bis 1922 studierte er am Oriel College in Oxford, wo Aldous Huxley, Robert Graves und T. E. Lawrence zu seinen Freunden zählten.

In seine Studienzeit fallen erste literarische Veröffentlichungen. Große Aufmerksamkeit findet der Einakter »The Sister's Tragedy«, der 1922 uraufgeführt wird und den Bernard Shaw als »the finest one-act play ever written« rühmt. Bereits hier zeichnen sich die Themen ab, die Hughes' Schaffen sein Leben lang begleiten sollten: die moralische Widersprüchlichkeit von Gewalt sowie das Verschwimmen der Grenzen von Unschuld und Grausamkeit. Auch seine Faszination für die Außenseiter der Gesellschaft entwickelt Hughes früh. Auf Reisen, die ihn in die USA und nach Osteuropa führen, sucht er den Kontakt zu »tramps, beggars, and vagabonds«. Diese Erfahrungen schlagen sich in dem Lyrikband »Gipsy Night« nieder.

Im Jahr 1923 zieht er nach Nordwales, wo er die Theatergruppe »Portmadoc Players« mitbegründet. Ein Jahr darauf wird Hughes' Werk »Danger« im Radio gesendet – es ist das erste Hörspiel in der Geschichte des Rundfunks. 1925 beginnt er mit der Arbeit an »A High Wind in Jamaica«, die drei Jahre andauert und von seelischen

Krisen unterbrochen wird. Der Roman, der 1929 gleichzeitig in England und den USA (dort unter dem Titel »The Innocent Voyage«) erscheint, wird von der Kritik wie von der Leserschaft begeistert aufgenommen. Hughes kann nun zahlreiche Reisen durch Europa, die USA, Kanada, Westindien sowie den Nahen Osten unternehmen und kauft sich im alten Stadtteil von Tanger in Marocco ein Haus.

Nach seiner Heirat 1932 mit der Malerin Frances Bazley zieht er nach Südwales. Das Paar, das im Lauf der Ehe fünf Kinder bekommt, lebt dort auf einem Anwesen zwischen den Ruinen von Laugharne Castle. In einem Nachbarhaus lässt sich sein Freund Dylan Thomas nieder. 1938 erscheint Hughes' zweiter Roman »In Hazard«, der ebenfalls auf See spielt.

Während des Zweiten Weltkrieges ist Hughes als Verwaltungsbeamter im Marineministerium tätig. Diese Erfahrung verarbeitet er 1955 zusammen mit J. D. Scott in dem historischen Werk »Administration of War Production«.

Jahrelang pausiert Hughes in seinem schriftstellerischen Schaffen. Stattdessen rezensiert er für die »Sunday Times« Bücher, die vor allem von seiner Passion, dem Meer, handeln. 1955-1956 hat er einen Lehrstuhl am Londoner Gresham College inne, an dem er Rhetorikvorlesungen hält. Erst 1956 beginnt Hughes wieder mit dem Schreiben. Er plant ein mehrbändiges Werk über die Zwischenkriegszeit, von dem er aber nur zwei Bände (»The Fox in the Attic«, 1961 und »Wooden Shepherdess«, 1973) realisieren kann. Am 28. April 1976 stirbt Richard Hughes in Wales an Leukämie.